HEYNE BÜCHER

Von der gleichen Autorin erschienen
außerdem als Heyne-Taschenbücher

Clarinda – Die Herzogin mit der Maske · Band 01/5789
Clarissa – Liebe im Schatten der Angst · Band 01/5829
Verena – Die Königin der Ballnacht · Band 01/5878
Antoinette – Der Ruf des Herzens · Band 01/5962
Amanda – Die russische Affäre · Band 01/5995
Camilla – Das Geheimnis des Blutes · Band 01/6047
Francesca – Die zwei Gesichter einer Frau · Band 01/6085
Jeanette – Die Liebe einer Nacht · Band 01/6247

CAROLINE COURTNEY

MARIELLA – DIE MACHT DER LEIDENSCHAFT

Roman

Deutsche Erstveröffentlichung

WILHELM HEYNE VERLAG
MÜNCHEN

HEYNE-BUCH Nr. 01/6305
im Wilhelm Heyne Verlag, München

Titel der amerikanischen Originalausgabe
CONSPIRACY OF KISSES
Deutsche Übersetzung von Iris Foerster

2. Auflage

Printed in Germany 1984
Umschlagfoto: Design-Team, München
Umschlagfoto: Bildagentur Mauritius/Stock, Mittenwald
Satz: IBV Lichtsatz KG, München
Druck und Bindung: Elsnerdruck GmbH, Berlin

ISBN 3-453-01850-8

Erstes Kapitel

»Was ist das für ein Unsinn, Mariella? Hast du vollkommen den Verstand verloren?«

Lord George Stanley sah auf seine blonde Verlobte herab, und jeder Zoll seiner kleinen, gedrungenen Gestalt drückte Mißbilligung aus.

Mariella Ward konnte ihm nicht in seine ärgerlichen, braunen Augen sehen. Ich hatte zwar damit gerechnet, dachte sie, daß George meine unerwartete Eröffnung nicht besonders freundlich aufnehmen würde. Aber ich hätte nicht gedacht, daß er dermaßen zornig werden würde.

Sie stützte sich auf Lord Stanleys dunklen Eichentisch in der Bibliothek, holte tief Luft und versuchte es noch einmal.

»Ich bin mir bewußt, daß dies ein Schock für dich ist, George. Aber bitte versuche, es zu verstehen.«

»So wie ich es sehe, Mariella, scheinst du dich über Nacht von einer bescheidenen, liebenswerten jungen Dame in ein eigensinniges, undankbares Mädchen verwandelt zu haben«, sagte Lord Stanley gekränkt. Er stand mit dem Rücken zum Kaminfeuer und fragte streng:

»Trifft es nicht zu, daß du nach dem kürzlichen Tod deiner Eltern in großen finanziellen Schwierigkeiten gewesen wärest, wenn ich dich nicht unter meine Obhut genommen und dir den Schutz der Ehe angeboten hätte?«

»Gewiß, George.«

»Und was noch wesentlicher ist: du wirst in eine der angesehensten und wohlhabendsten Familien von ganz England einheiraten. Du wirst eine Dame von Rang sein. Hast du es dir in jenen finsteren Tagen nach der Beerdigung deiner Eltern je träumen lassen, daß deine Zukunft innerhalb von so kurzer Zeit wieder hell und gesichert sein würde?«

»Nein, George.«

»Und jetzt besitzt du die Unverschämtheit, vor mich zu treten und mir zu erklären, du wolltest die Hochzeit verschieben! Es ist der empörendste Vorschlag, den ich in meinem ganzen Leben gehört habe.«

Mariellas veilchenblaue Augen füllten sich mit Tränen. George hatte natürlich recht. George hatte immer recht. Als ihre Eltern im vergangenen Jahr Italien besuchten, hatten sie sich ein Fieber zugezogen, das sich als tödlich erwies. Das Besitztum der Wards und das Stadthaus in London waren an Mariellas ältesten Vetter gefallen, so daß die achtzehnjährige Mariella in einer kritischen finanziellen Lage war. Natürlich hatte sie Lord George Stanley, einem Freund der Familie, den sie seit ihrer frühesten Kindheit kannte, ihr Herz ausgeschüttet. Und natürlich war sie erleichtert gewesen, als George ihre Probleme so geschickt in die Hand nahm.

Er sprach mit Mariellas Vetter und sorgte dafür, daß sie in ihrem Elternhaus in der Hill Street bleiben konnte, wenn auch nur vorübergehend, und daß sie von ihrem Vetter ein kleines Taschengeld für ihre täglichen Bedürfnisse bekam.

George hatte sie täglich besucht, und sie hatte seine Anwesenheit und seine einfühlsamen, aufmunternden Worte beruhigend gefunden. Sie war ihm dankbar, und deshalb hatte sie zugestimmt, als George an dem Tag, an dem die ersten sechs Monate ihrer Trauerzeit vorüber waren, ihre Hand nahm und sie bat, ihn zu heiraten. Es schien unabwendbar zu sein, daß sie George heiraten würde. Unabwendbar und – ja – richtig.

Alles, was George tat, war richtig.

»Ich warte auf eine überzeugende Erklärung dafür, weshalb du unsere Hochzeit aufschieben willst, Mariella.«

Mariella warf ihr goldblondes Haar zurück.

»Bitte glaube mir, George, ich habe diesen Entschluß nicht aus freien Stücken gefaßt. Erinnerst du dich daran, daß ich gestern abend bei Tante Emilia gegessen habe?«

»Ja, richtig«, sagte Lord Stanley. »Lady Henlow ist die einzige Schwester deiner verstorbenen Mutter, nicht wahr?«

»Ja, und sie ist erst kürzlich verwitwet. Sie hat während ihrer ganzen Ehejahre in Bath gelebt und möchte jetzt den Rest ihrer Tage in King's Lynn verbringen, wo sie geboren wurde.

Sie hat dort ein Haus gemietet und möchte im neuen Jahr nach Norfolk ziehen.«

»Mariella, ich wäre dir dankbar, wenn du freundlicherweise zur Sache kommen würdest«, sagte Lord Stanley gereizt. »Ich bin sicher, deine Tante Emilia ist eine sympathische Dame, aber ich sehe nicht ein, was ihre Wohnungsprobleme mit deiner plötzlichen Weigerung zu tun haben, mich an deinem neunzehnten Geburtstag im Januar zu heiraten, wie es ausgemacht war.«

Lord Stanley mußte einige Minuten auf die Erklärung seiner Verlobten warten, denn ein Dienstmädchen trat ein und zog die Samtvorhänge der Bibliothek vor dem nebligen Dezemberabend zu. Als die Türen sich hinter dem Mädchen wieder geschlossen hatten, sagte Mariella:

»Du mußt berücksichtigen, daß Tante Emilia allein ist, George. So sehr sie sich auf ihre Rückkehr nach King's Lynn freut, so ungern denkt sie daran, allein hinzureisen und den Haushalt einzurichten. Als ihre einzige Nichte, ja, als ihre einzige lebende Verwandte, hielt ich es für meine Pflicht, ihr anzubieten, daß ich sie nach Norfolk begleite und ein paar Monate bei ihr bleibe, bis sie sich dort eingelebt hat.«

Lord Stanley ging zur Cognac-Karaffe und schenkte sich großzügig ein.

»Norfolk!« rief er. »King's Lynn! Meine liebe Mariella, bist du dir nicht bewußt, daß niemand, aber auch wirklich niemand mitten im Winter nach Norfolk reist? Im Herbst, zur Jagdsaison, ja. Dann kann man sich dort ausgezeichnet unterhalten. Sogar ganz hervorragend. Aber wenn man jetzt im Januar nach Norfolk reist, beweist man damit nur, daß man nicht ganz bei Trost ist.«

»Ich versichere dir, George«, sagte Mariella mit ungewohnter Festigkeit, »Tante Emilia ist eine der vernünftigsten, liebenswürdigsten...«

»Mariella!« unterbrach Lord Stanley gönnerhaft, »da du ein Mädchen bist, berücksichtige ich, daß dir keine richtige Bildung zuteil geworden ist. Ist dir klar, wo King's Lynn liegt?«

Natürlich wußte Mariella, wo King's Lynn lag. Sowohl ihre

Mutter als auch Tante Emilia waren dort geboren worden. Dadurch hatte sie sich für die Stadt interessiert, und dieses Interesse war von ihrem Privatlehrer noch verstärkt worden, der Mariellas Tage im Unterrichtszimmer sorgfältig überwachte. Trotzdem kam sich Mariella unter dem gönnerhaften Blick ihres Verlobten wie ein linkisches, zwölfjähriges Schulmädchen vor.

»N-Norfolk liegt an der O-Ostküste von England«, begann sie stotternd, »in dem Gebiet namens East Anglia. Im Norden grenzt es an Lincolnshire, im Westen an Cambridgeshire und im Süden an Suffolk. K-King's Lynn ist eine Hafen- und eine Marktstadt. Es liegt am Fluß Great Ouse und ist hundert Meilen von London entfernt.«

Lord Stanley lächelte nachsichtig.

»Es ist richtig, was du sagst, meine Liebe, aber du hast einen wesentlichen Punkt vergessen, um nicht zu sagen, den wichtigsten. Denke etwas schärfer nach!«

Mariella sank auf das Sofa zurück und fragte sich, wie es kam, daß George ständig ein Gefühl des Unvermögens in ihr weckte. Vielleicht bin ich tatsächlich unzulänglich. Ich versuche so sehr, so zu sein, wie er mich sehen möchte. Aber allzu oft vermittelt mir George den Eindruck, daß ich ihn enttäusche.

Verzweifelt nahm sie jetzt zu dem Trick Zuflucht, mit den Augenlidern zu klimpern und strahlte ihn mit ihren veilchenblauen Augen hilflos an.

»O George, du bist so klug, und doch neckst du mich auf diese Weise. Wenn ich dein schönes Gesicht ansehe, verfliegen alle meine vernünftigen Gedanken.«

Lord Stanleys Brust weitete sich sichtbar. Er ging zum Sofa, setzte sich neben seine Verlobte und tätschelte ihre Hand.

»Du bist eine törichte, aber bezaubernde kleine Gans«, sagte er. »Manchmal mache ich mir Vorwürfe, weil ich zuviel von dir verlange, wo es doch dein Lebenszweck ist, uns mit deiner Schönheit zu entzücken und nicht mit deiner Intelligenz. Nein, das Wesentliche, woran du bei East Anglia denken mußt, ist das Klima, meine Liebe. Norfolk liegt, wie du richtig gesagt hast, an der Ostküste des Landes und ist deshalb zu allen Jahreszeiten den heftigsten Winden ausgesetzt. Aber im Januar sind diese Winde nicht nur heftig, sondern auch eisig. Sie fegen vom kalten Norden herab, über das schneebedeckte Rußland...«

Mariella fröstelte und kauerte sich neben das prasselnde Kaminfeuer.

Lord Stanley nippte an seinem Cognac und fuhr fort:

»Überlege einmal, Mariella, du bist hier in London geboren und aufgewachsen. Da du ein Mädchen bist, besitzt du eine zarte Konstitution. Mitten im Winter nach Norfolk zu reisen, wäre für dich ein Akt des Wahnsinns. Nein, meine Liebe, das ist etwas, das ich nicht erlauben kann und auch nicht erlauben werde. Du wirst deiner Tante sagen, daß du sie leider nicht begleiten kannst, und unsere Hochzeit wird im Januar stattfinden, wie wir es geplant haben.«

Die Worte ›ja, George‹ lagen Mariella auf der Zunge. Sie war so daran gewöhnt, in allen Dingen Georges Rat zu folgen, daß es ihr jetzt unerhört erschien, seine Worte in Frage zu stellen. Und doch murmelte sie leise:

»Aber George, ich habe es Tante Emilia versprochen. Ich habe ihr mein Wort gegeben, daß ich sie nach Norfolk begleite. Sie trifft in diesem Augenblick alle Vorbereitungen für die Reise. Ich kann nicht zu ihr hingehen und sagen, ich hätte es mir anders überlegt.«

Lord Stanley seufzte. Manchmal ist die Bürde, die ein verlobter Mann zu tragen hat, wirklich schwer, dachte er. Aber er wußte, was seine Pflicht war. Und die Pflicht war etwas, vor der kein Mitglied der Familie Stanley jemals zurückschreckte.

Er stand auf, ging zum Kamin hinüber und rückte den Spiegel mit dem verzierten Goldrahmen gerade, der über dem Kamin hing.

»Mache dir weiter keine Gedanken, Mariella«, sagte er. »Ich werde morgen Lady Henlow besuchen und ihr die Lage auseinandersetzen. Sie ist zur Zeit in London bei einer Freundin in der Jermyn Street, ist das richtig?«

Mariella nickte.

Lord Stanley fuhr zuversichtlich fort:

»Du kannst ganz beruhigt sein, meine Liebe. Ich werde deiner Tante klarmachen, daß du keineswegs unbesonnen dein Versprechen zurücknimmst. Aber um deiner Gesundheit willen habe ich als dein Verlobter beschlossen, daß es das Klügste ist, wenn du in dem milden Klima des Südens bleibst. Ich bin sicher, daß Lady Henlow dich von deinem Versprechen löst, sobald sie meine Gründe gehört hat.«

Für den Rest seines Lebens sollte Lord Stanley sein Gespräch mit Lady Henlow nicht vergessen und die Episode wie durch einen dichten Nebel betrachten. Die Probleme hatten sich daraus ergeben, sagte er sich später, daß Lady Henlow, wie so viele Personen weiblichen Geschlechts, für logische Argumente unzugänglich war.

Sie war eine zierliche Frau mit gekräuseltem, silbernem Haar und hatte ihn höflich empfangen und viel Aufhebens darum gemacht, ob sein Stuhl auch bequem war, ob er nicht im Durchzug saß oder zu dicht am Kaminfeuer. Als sie ihm schließlich gegenüber saß, begann er sofort seine vorbereitete Rede über Mariellas zarte Konstitution und seine Befürchtungen, daß die eisigen Winde von East Anglia für ihre Gesundheit zu gefährlich sein würden.

Aber statt um das Wohlergehen ihrer Nichte besorgt zu sein, strahlte ihn Lady Henlow an und sagte:

»Ah ja, die Luft von Norfolk ist so erfrischend und so rein im Vergleich zu dem nebeligen Wetter hier in London. Ich bin so froh, daß Sie darin mit mir übereinstimmen, daß ein wenig Luftveränderung Mariella guttun wird.«

Lord Stanley runzelte die Stirn. War die Frau begriffsstutzig? Sie schien kein Wort von dem verstanden zu haben, was er gesagt hatte.

Er versuchte es noch einmal.

»Lady Henlow, ich fürchte, Sie haben mich mißverstanden. Ich bin der Ansicht, wenn Mariella das Risiko auf sich nimmt und sich dem Winter von Ostengland aussetzt, wäre das, wenn man an ihre zarte Konstitution denkt, wie wenn man über dünnem Eis Schlittschuh liefe. Ich kann nicht erlauben...«

»Schlittschuhlaufen!« rief Tante Emilia begeistert, und ihre blauen Augen leuchteten. »Es ist schön, daß Sie mich daran erinnern, Lord Stanley. Was hatten wir immer für einen Spaß beim Schlittschuhlaufen, als ich noch jung war. Die Kanäle in Lynn frieren im Winter zu. Dann gehen alle jungen Leute auf das Eis, und es gibt heiße Kastanien und Glühwein. Mariella wird es gefallen. Wissen Sie, ob sie schon Gelegenheit hatte, Schlittschuhlaufen zu lernen?«

»Äh... ich habe wirklich keine Ahnung«, murmelte Lord Stanley überrumpelt. Aber dann fing er sich und sagte energisch:

»Wir reden aneinander vorbei, Lady Henlow. Bitte verstehen Sie, daß ich heute hierhergekommen bin, um mit Ihnen vertraulich über meine Verlobte zu sprechen.«

Lady Henlow riß unschuldig die Augen auf. »Aber wir sprechen doch über Mariella, Lord Stanley. Wir sind uns darin doch einig, nicht wahr – daß die Luft von Norfolk ihre Wangen röten wird und daß Mariella Schlittschuhlaufen lernen wird. Vielleicht wird auf dem Eis auch getanzt. Mariella tanzt gern, nicht wahr?«

Lord Stanley wollte nicht über die Tanzleidenschaft seiner Verlobten sprechen. Da er selbst kein Gefühl für Rhythmus hatte, verstand er nicht, weshalb Mariella so versessen darauf war, auf den Bällen, die sie besuchten, die ganze Nacht zu tanzen.

Er mußte daran denken, daß sie zum Glück nach ihrer Verlobung um ihre Eltern trauerte. Und er hatte ihr erklärt, daß es für eine Dame, die Schwarz trug, unschicklich war, in der Öffentlichkeit zu tanzen.

»Zweifellos wird Mariella in Lynn viele Bälle besuchen«, plauderte Lady Henlow weiter. »Daß es Winter ist, bedeutet nicht, daß sich alle Welt abkapselt und vergißt, wie man sich vergnügt. O nein, die Leute von Norfolk lassen sich vom Wetter ihre Vergnügungen nicht verderben.«

Lord Stanley gewann langsam den Eindruck, daß ihm das Gespräch entglitt. Deshalb stand er auf, um seinen Worten noch mehr Nachdruck zu verleihen, und sagte mit energischer Stimme:

»Das ist genau das, worauf es mir ankommt, Lady Henlow. Es ist alles schön und gut für Leute, die in Ostengland geboren wurden und sogar bei Schneestürmen und heulenden Orkanen aus dem Haus gehen. Aber Mariella, meine Verlobte, ist eine zierliche Blume, und ich würde meine Pflicht vernachlässigen, wenn ich Ihnen nicht in den stärksten Worten meine Besorgnis...«

Er mußte vom Kamin wegspringen, neben dem er gestanden hatte, da Lady Henlow sich vorbeugte und einen funkensprühenden Kiefernscheid in die Flammen warf.

Sie sah lächelnd zu ihm auf.

»O ja, Mariella ist ein so reizendes Mädchen, nicht wahr? Ihr schönes goldenes Haar, ihre strahlenden blauen Augen und ihr makelloser Teint! Sie müssen wirklich sehr stolz auf sie sein. Und sie wiederum ist glücklich, einen Mann wie Sie zum Verlobten zu haben.« Lady Henlow seufzte. »So viele Herren haben heutzutage keinen Sinn mehr für die alten Wertmaßstäbe – Loyalität, Vertrauen und vor allem Pflichtbewußtsein. Aber in Ihnen hat Mariella jemanden gefunden, der wirklich das Rechte vom Unrechten unterscheiden kann. Ich kann mir in ganz London keinen anderen Mann denken, der so selbstlos seine Hochzeit aufschieben würde, damit seine Verlobte ihrer armen verwitweteten Tante zur Seite stehen kann und ihr behilflich ist, sich in der Stadt, in der sie geboren wurde, einzurichten. In der Stadt, die ihr letzter Ruheplatz sein wird. Dies, mein lieber Lord Stanley, ist wirkliche Pflichterfüllung, Erfüllung der Familienpflicht, und Sie sollen wissen, daß ich Ihnen nicht nur dankbar bin, sondern Sie auch bewundere.«

Lord Stanley rieb sich die Augen. Er konnte nicht glauben, daß er richtig gehört hatte. Er mußte wohl träumen. Dieses Gespräch konnte doch unmöglich stattfinden? Aber die Situation verschlimmerte sich sogar noch. Denn Lord Stanley, der zu dem Schluß gekommen war, daß Takt und Diplomatie bei der eigenwilligen Lady Henlow vergeudet waren, holte tief Luft und wollte gerade laut und kompromißlos verkünden, daß er unter keinerlei Umständen seiner Verlobten erlauben würde, sie nach Norfolk zu begleiten, als ein Diener eintrat und erklärte, daß Lady Torrington Lady Henlow besuchen möchte.

Lady Torrington wartete nicht, bis der Diener sie einzutreten bat, sondern kam in den Salon gerauscht, entließ den Diener mit einer gnädigen Handbewegung, und nachdem sie Lady Henlow begrüßt hatte, setzte sie sich auf den Stuhl, von dem Lord Stanley vor kurzem aufgestanden war.

Lord Stanley war über die Ankunft der Dame alles andere als begeistert. Er schreckte sogar davor zurück, in ihre stählernen Augen zu blicken. Vor einem Jahr war er nahe daran gewesen, um die Hand von Lady Torringtons Tochter Selina anzuhalten. Lord und Lady Torrington hatten der Verbindung stillschweigend zugestimmt. Die Torringtons und die Stanleys waren alte, wohlhabende Familien, und eine Verbindung von George und Selina hätte beiden Familien weiteres Ansehen gebracht. Aber dann waren Mariellas Eltern so unerwartet gestorben, und Lord Stanley hatte die Vorteile der Situation rasch genützt. Mariella besaß zwar kein Vermögen wie Selina Torrington. Aber Lord Stanley war selbst reich genug. Und was für ihn wichtiger war, war die Tatsache, daß Mariella wesentlich schöner war als die etwas schwerfällige Selina. Sie war auch gefügiger.

Selina war das einzige Kind begüterter Eltern, und sie benahm sich gelegentlich wie ein verzogenes, eigensinniges Kind.

Mariella dagegen war sanftmütig und lenkbar. Er war zuversichtlich, daß er dieses reizende goldblonde Mädchen mit der Zeit in die fügsame, bescheidene Ehefrau verwandeln konnte, die er sich immer gewünscht hatte. Er war sicher, daß ganz London ihn darum beneiden würde, wenn er die sanftmütige, schöne Mariella zur Frau nahm.

Er hatte Mariella schon seit vielen Jahren im Auge behalten, obwohl er wußte, daß seine Hoffnungen, sie zu heiraten, aussichtslos waren. Durch Zufall hörte er einmal, wie ihr Vater ihn ›dieses hochtrabende Rindvieh‹ nannte.

»Psst, William«, hatte Mrs. Ward gesagt. »Lord Stanley stammt aus einer der besten Familien im Land.«

»Und wenn er mit King George selbst verwandt wäre«, fauchte ihr Vater zurück, »er wäre gut beraten, es sich vorher gründlich zu überlegen, ehe er um die Hand meiner Tochter bei mir anhält. Wenn Mariella heiratet, dann muß es einer sein, der ihrer würdig ist, ein intelligenter Mann mit einem kultivierten Geist und kein steifnackiger Langweiler wie Stanley.«

Nach dem plötzlichen Tod der Wards war es Lord Stanley leichtgefallen, Mariella zu einer Heirat zu überreden. Weniger leicht war jedoch sein Gespräch mit Lord und Lady Torrington gewesen.

Obwohl er und Selina nicht offiziell verlobt gewesen waren, hatte zwischen ihnen Einvernehmen darüber geherrscht, wie Lady Torrington später eisig feststellte. Lord Stanley hatte seine plötzliche Verlobung mit Mariella so erklärt, indem er den Torringtons ernst mitteilte, daß er es als ein alter Freund der Familie Ward für seine Pflicht hielt, der verwaisten Mariella seinen Schutz anzubieten.

Als er jetzt in Lady Henlows Salon stand, bereute er bitter die lange und leidenschaftliche Rede, die er den Torringtons über das Pflichtbewußtsein gehalten hatte. Denn Lady Henlow rückte ihren Stuhl näher an Lady Torrington heran und erzählte über ihren bevorstehenden Umzug nach Norfolk in Begleitung ihrer Nichte und wie großzügig es von Lord Stanley war, seine Hochzeit aufzuschieben, damit seine Verlobte diese freundliche Pflicht gegenüber ihrer Tante erfüllen konnte.

Lady Torrington sah ihn frostig an.

»Ah ja«, sagte sie kurz, »wie nobel von Ihnen, Lord Stanley. Aber schließlich ist es genau das, was man von Ihnen erwartet hätte. Ich erinnere mich noch gut daran, wie Sie mir gesagt haben, daß es in diesen Tagen der sinkenden moralischen Werte wichtig sei, die Tugenden hochzuhalten.«

Lord Stanley verabschiedete sich rasch. Er stieg nicht in seine Kutsche, sondern ging wütend zu Fuß zu seinem Haus in der Curzon Street. Die Frauen waren eine Geißel der

Menschheit, sagte er sich, und Mariellas Tante Emilia war das eigenwilligste und wirrköpfigste weibliche Wesen, dem er je begegnet war. Das Gespräch mit ihr genügte ihm, um sich ernstlich mit dem Gedanken zu befassen, ob er nicht Mönch werden sollte.

Aber als er an jenem Abend mit Mariella speiste, hatte sich Lord Stanley wieder unter Kontrolle.

Mariella trug ein einfaches, schwarzes Seidenkleid und erwartete ihn im Salon. Er war überrascht, sie allein anzutreffen, denn nach dem Tod ihrer Eltern hatte Lord Stanley verlangt, daß sie ihr altes Kindermädchen bat, aus dem Ruhestand zurückzukehren, und bei Mariella als Anstandsdame zu wohnen.

»Nanny hat Kopfschmerzen, George, und darum gebeten, daß man ihr das Essen auf ihr Zimmer bringt«, sagte Mariella, als Georges trockene Lippen ihre kühle Wange berührten. »Äh... wie fandest du Tante Emilia? Hat sie dir gefallen?«

Lord Stanley konnte beim besten Willen mit seiner Verlobten nicht über die wahren Gefühle ihrer Tante gegenüber sprechen.

Er räusperte sich und sagte dann:

»Als ich heute nachmittag mit deiner Tante sprach, meine Liebe, wurde mir noch einmal bewußt, wie gut es ist, daß ich in dieser schwierigen Welt als Mann geboren wurde. Der Tod ihres Gatten hat deine Tante schwer mitgenommen, und sie ist nicht in der Verfassung, daß wir sie allein nach Norfolk reisen lassen können.«

»Nein, George, das ist es ja, was ich...«

»Es wäre gefühllos und unmenschlich von uns, der alten Dame in der schwierigsten Lage ihres Lebens unsere Begleitung zu verweigern«, unterbrach er sie.

»Ich bin so erleichtert, das zu hören, George, denn...«

»Ich bin mir dessen bewußt, wie enttäuscht du nun bist, daß wir die Hochzeit verschieben müssen, Mariella. Aber dies ist eine Lage, in der wir unsere selbstsüchtigen Wünsche beiseite schieben und unsere Unterstützung und Loyalität derjenigen zukommen lassen müssen, die sie am meisten braucht.«

»Ja, George«, hauchte Mariella, aber dann fragte sie: »Ich dachte, du hättest beschlossen, daß es meiner Gesundheit zuliebe klüger wäre, mich nicht den rauhen Winden von Ostengland auszusetzen?«

Lord Stanley runzelte die Stirn, und er tat dies immer noch, als er sie in den blauen Speisesaal begleitete.

»Mariella, ich habe kürzlich bemerkt, daß es ein Zug der weiblichen Mitglieder deiner Familie zu sein scheint, nicht darauf zu achten, was andere Leute sagen. Dies ist ein Fehler, meine Liebe, den du sofort ablegen solltest.«

»Ja, George. Ich verspreche dir, es zu versuchen.«

Lord Stanley glättete seine Damastserviette auf seinen Knien und fuhr fort:

»Ich sagte, daß wir unsere selbstsüchtigen Wünsche zum Besten deiner Tante Emilia unterdrücken müssen. Wir müssen Opfer bringen, Mariella! Dies ist das einzig Verantwortungsvolle. Sicher willst du mir nicht sagen, daß du deine Tante in der Stunde der Not alleinlassen möchtest, nur weil du fürchtest, du könntest in Norfolk frieren?«

»N... nein, George«, stammelte Mariella. »Aber ich hatte gedacht du...«

»Wir werden zu dritt im neuen Jahr nach Norfolk reisen«, unterbrach sie Lord Stanley. »Die Angelegenheit ist geregelt.«

Mariella ließ ihren Suppenlöffel fallen.

»Zu dritt?« rief sie. »Du willst uns begleiten?«

»Aber natürlich werde ich euch begleiten«, sagte Lord Stanley gereizt. »Wie könnte ich einem unverheirateten Mädchen, meiner Verlobten, und einer hilflosen Frau erlauben, daß sie allein mitten im Winter durch die Wildnis von England reisen. Abgesehen von den Gefahren, die vom Wetter drohen, treiben sich gefährliche Schurken und Banditen auf unseren Straßen herum. Natürlich dürft ihr nicht allein reisen. Ich stelle Lady Henlow meine Kutsche zur Verfügung und treffe persönlich alle Vorbereitungen für die Reise.«

»Das ist sehr großzügig von dir«, sagte Mariella. »Ich bin sicher, meine Tante wird dir dafür sehr dankbar sein.«

»Ohne Zweifel«, sagte Lord Stanley. »Es ist für mich natürlich ein großes Opfer, da ich gerade in dieser Zeit in London viel zu tun hätte. Aber ich habe den Trost zu wissen, daß ich deiner Familie gegenüber ein Beispiel geben muß, und ich bin sicher, daß du dich meiner Verwandtschaft gegenüber ebenso verhältst, sobald wir verheiratet sind.«

Mariella unterdrückte einen Schauder. Sie wußte, daß George damit seine schreckliche Mutter meinte, eine unzufriedene alte Dame, die nichts lieber mochte, als wenn die Frauen ihrer Söhne ständig nach ihrer Pfeife tanzten. Mariella kam sich vor wie ein Vogel, der gnadenlos in einen goldenen Käfig getrieben wurde. Aber sie murmelte:

»Ja, George.«

Sie brachen am Tag nach Mariellas neunzehntem Geburtstag auf. Es war ein sonniger und für Anfang Januar milder Tag. Lord Stanleys luxuriöse Kutsche war gut eingerichtet und bequem. Aber Mariella, die gewöhnlich ein heiteres Naturell besaß, war an diesem Tag niedergeschlagen.

Sie hatte sich darauf gefreut, allein mit Tante Emilia nach King's Lynn zu reisen. Es wäre ein Abenteuer gewesen, nur sie beide allein auf der abwechslungsreichen Fahrt, denn Mariella fand die Gesellschaft ihrer Tante unterhaltsam. Nun überkam sie ein Schuldgefühl, als sie das Profil ihres Verlobten vor dem dunkelblauen Samtpolster anblickte. Wie kann ich nur so etwas denken, fragte sie sich. Was ist mit mir los? Natürlich freue ich mich, daß George uns begleitet. Natürlich hätte ich ihn schrecklich vermißt, wenn er in London geblieben wäre. Jedes verlobte Mädchen würde sich nach ihrem künftigen Gatten sehnen, wenn es von ihm getrennt wäre. George war so gut zu mir, so freundlich, so fürsorglich. Ohne ihn hätte ich in diesem vergangenen Jahr niemanden gehabt. Und nun vergelte ich ihm seine Freundschaft mit dem Verlangen, in seiner Kutsche mit Tante Emilia allein zu reisen.

Schuldbewußt wegen ihrer Undankbarkeit und begierig, sich zu bessern, beugte sich Mariella vor und berührte Lord Stanley am Arm.

»Es wäre sehr schön, wenn du uns auf alle Sehenswürdigkeiten und auf alle besonders interessanten Gebäude während unserer Reise aufmerksam machen würdest, George. Ich habe mein ganzes Leben lang in London verbracht und bin nicht weiter als bis nach Surrey gekommen. Ich weiß noch nicht einmal, warum London ›London‹ genannt wird.«

Lord Stanley, immer begierig mit seinen Kenntnissen zu renommieren, sagte:

»Die Römer nannten die Stadt Londinium, aber vorher hieß sie Llyndyn. Dyn oder Dun ist das keltische Wort für Hügel oder Ort der Stärke, und Llyn heißt Teich oder See. Die Themse dehnte sich damals zu einem beträchtlichen See aus.«

»Aber natürlich«, unterbrach Tante Emilia eifrig. »Wie außergewöhnlich, daß Sie dies wissen, Lord Stanley.«

»Überhaupt nicht«, sagte Lord Stanley mürrisch. »Wir Stanleys wohnen seit Generationen in der Hauptstadt. Natürlich bin ich mit der großartigen Geschichte dieser Stadt *au fait*.«

»Sie mißverstehen mich«, sagte Tante Emilia lächelnd. »Ich sprach nicht von London, sondern von King's Lynn. Es ist ebenfalls eine Stadt, die aus Land und Wasser geboren wurde, müssen Sie wissen, dem Wasser aus dem Marschland und dem Salzwasser, das von der Nordsee hereinströmt. Lynn muß wie London nach seinem Wasser benannt worden sein, und später verlieh ihm Heinrich VIII. den Titel Lynn Regis. Wie schön, daß Sie über die Ursprünge meiner Heimatstadt so gut Bescheid wissen, Lord Stanley.«

Lord Stanley schlug die *Times* auf. Ihre Reise nach Osten würde annähernd vier Tage dauern. Vier Tage in einer Kutsche zusammen mit der strohköpfigen Tante seiner Verlobten! Lord Stanley fragte sich, wie er diese Schicksalsprüfung überstehen sollte, ohne am Ende der Reise in einem völlig zerrütteten Geisteszustand zu sein.

Mariella wußte nicht, weshalb George während ihrer langen Fahrt so verdrießlich war. Sie und Tante Emilia taten ihr möglichstes, um ihn zu unterhalten. Sie interessierten sich lebhaft für die wechselnde Vielfalt der Landschaften, durch die sie fuhren, und versuchten, über interessante Themen zu sprechen. Aber Tag um Tag wurde er abweisender und nur dann lebendig, wenn sie ihr Nachtquartier erreichten. Dann sprang er aus der Kutsche, gab Anweisungen über die Pflege der Pferde und sprach mit dem Wirt, damit man für sie die besten Zimmer richtete.

Die üppige Landschaft von Surrey ging in das offenere Land von Hertfordshire und Cambridgeshire über, bis sie schließlich Norfolk erreichten. Hier wurde die Landschaft noch flacher, denn sie näherten sich den Fenlands, der ostenglischen Moorlandschaft. Ein geheimnisvolles Schweigen senkte sich in der Dämmerung über die Gegend, nur unterbrochen vom Rascheln des Schilfs, das auf den Deichen wuchs.

Tante Emilia sah zur Kutsche hinaus, über Meilen flachen, wilden Landes und sagte:

»Lord Stanley, ich sehe ungefähr zwei Meilen vor uns die Lichter eines Gasthauses. Ich möchte vorschlagen, daß wir uns dort für die Nacht einquartieren. Es ist sehr gefährlich, in der Dunkelheit durch die Fens zu fahren. Es gibt zahllose Sümpfe hier, und wenn sich der Nebel senkt, könnte es sein, daß wir uns heillos verirren.«

Wenn es etwas gab, das Lord Stanley verabscheute, dann war es eine Frau, die ihm sagte, was er zu tun habe.

»Mein Kutscher ist ein erfahrener Mann, Madam. Ich kann Ihnen versichern, es besteht nicht die geringste Gefahr, daß wir in einen Sumpf geraten könnten. Das Land ist flach, und wir wollen keine Zeit verlieren. Die Reise hat so schon lange genug gedauert. Ich sehe keinen Grund, weshalb wir vor King's Lynn noch einmal Station machen sollten.«

Als Tante Emilia darauf etwas erwidern wollte, sagte Mariella rasch:

»Ich bin sicher, George hat recht, Tante Emilia. Er ist viel gereist und mit den verschiedenen Gegenden Englands gut vertraut.«

Aber trotz dieser wortreichen Unterstützung ihres Verlobten konnte Mariella ein Frösteln nicht unterdrücken, als sie über die flache, fremdartige Einöde des Landes blickte, durch die sie fuhren. Abgesehen von den einladenden Lichtern des Gasthauses, an dem sie vorübergekommen waren, konnte sie kein anderes Haus und kein menschliches Wesen in der dunkler werdenden Landschaft entdecken. Es war so, dachte sie mit einer seltsamen ängstlichen Erregung, als ob wir über einen fremden Planeten fuhren, durch einen Ort, wo die Gesetze der Gesellschaft nicht galten, einen Ort, wo alles geschehen konnte.

Plötzlich hielt die Kutsche ruckartig an, so daß Mariella in die Kissen des gegenüberliegenden Sitzes geschleudert wurde.

Mit einem unterdrückten Fluch packte Lord Stanley den Türgriff.

»Was ist denn in den Kutscher gefahren, zum Teufel?«

»Vielleicht ist er vor einem Fuchs erschrocken, der ihm über den Weg gelaufen ist«, sagte Mariella.

»In den Fens gibt es wenige Füchse«, sagte Tante Emilia. »Das Land ist zu feucht für sie. Ich weiß noch, wie mein Vater –«, sie hielt inne und stieß einen erschrockenen Schrei aus, als die Kutschentür von außen aufgerissen wurde und sie sich einer schimmernden Pistole gegenübersahen. Die Waffe hielt ein maskierter Mann in der Hand, der auf einem herrlichen Grauen saß.

»Lehnt euch zurück«, befahl Lord Stanley überflüssigerweise, denn Tante Emilia und Mariella hatten sich sofort in die Polster gepreßt.

Als der maskierte Mann sprach, war es ein leises Flüstern. Er hielt seine Pistole vor Lord Stanleys empörtes Gesicht und sagte:

»Wieso setzen Sie zwei Frauen in der Nacht den Gefahren der Fens aus? Warum sind Sie nicht im Gasthaus eingekehrt?«

»Das geht Sie gar nichts an«, fauchte Lord Stanley. »Wollen Sie Geld? Hier!« Er griff nach seiner Geldbörse, aber der maskierte Mann hob ablehnend die Hand.

»Nein, behalten Sie Ihr Gold und Silber. Sie werden es im Gasthaus brauchen.«

»Wir kehren nicht im Gasthaus ein«, sagte Mariella und war selbst überrascht, daß sie ihre Sprache wiedergefunden hatte, obwohl sie einem Erpresser mit einer Pistole gegenüberstand. »Mein Verlobter möchte ohne weitere Verzögerung nach Lynn fahren, und er ist sicher, daß wir uns unterwegs nicht verirren.«

Der maskierte Mann blickte Mariella an. Sie sah sein Gesicht nicht, aber sie spürte die durchdringende Intensität seines Blickes. Er hat blaue Augen, sagte sie sich unwillkürlich. Der Schurke hat tiefblaue Augen.

Der Mann lachte leise und spöttisch.

»Ah, Ihr Verlobter sagt das?«

»Überlasse diese Angelegenheit bitte mir, Mariella«, fauchte Lord Stanley.

»Ganz im Gegenteil«, sagte der maskierte Mann. »Ich treffe hier die Entscheidungen, und ich habe beschlossen, daß Sie mit dieser Kutsche umkehren und die Nacht im *Schwarzen Schwan* verbringen.«

Er rief dem Kutscher etwas zu. Langsam gingen die Pferde rückwärts, und die Kutsche wurde gewendet.

Tante Emilia, die sehr erleichtert war, daß sie nicht beraubt oder ermordet wurde, murmelte:

»Lord Stanley, ich muß gestehen, ich halte es für einen sehr vernünftigen Vorschlag, im Gasthaus zu übernachten. Man fährt nicht in der Nacht durch die Fens.«

»Lady Henlow«, sagte Lord Stanley gereizt, »ich wäre Ihnen dankbar, wenn Sie alles, was mit unserer Reise zu tun hat, mir überlassen würden. Wir werden nicht im Gasthaus übernachten! Glauben Sie, ich lasse mich von einem Banditen einschüchtern? Wir werden in den Hof des Gasthauses einfahren und nach einiger Zeit unsere Fahrt nach King's Lynn fortsetzen.«

»Aber George, ist das klug?« fragte Mariella. »Wir sind jetzt einem Wegelagerer begegnet, es können noch Dutzende von seiner Sorte in den Fens auf uns lauern.«

»Streite nicht, Mariella«, sagte Lord Stanley barsch. »Es wird so gemacht, wie ich es sage!«

»Du meine Güte, ich fürchte, ich bin die Ursache verletzender Worte zwischen dem verlobten Paar.«

Der maskierte Mann stieg vom Pferd und öffnete die Tür neben Mariella und ihrer Tante. Er wandte sich an Mariella und sagte:

»Ich bin sicher, Sie werden Ihrem Verlobten klarmachen, daß ich hier draußen in den Fens warte. Und wenn ich Ihre Kutsche vom Gasthaus zurückkehren sehe, jage ich Ihren Verlobten persönlich in den nächsten Sumpf!«

Lord Stanley wurde wütend. Aber der maskierte Mann ignorierte ihn und konzentrierte sich auf Mariella. In dem schwachen Kutschenlicht sah sie, daß sie recht gehabt hatte. Seine Augen waren tiefblau. Plötzlich wandte sie den Kopf ab, denn sie wurde sich bewußt, daß sie den Fremden übermäßig lange angeschaut hatte.

Der maskierte Mann lachte spöttisch.

»Ich sehe nur verkniffene, ärgerliche Gesichter und keinen Funken Dankbarkeit, daß ich mir die Zeit genommen habe, Sie alle vor einer höchst unbequemen Nacht in der Wildnis der Fens zu bewahren.« Er hielt einen Augenblick inne und fuhr dann in einem gleichgültigen Tonfall fort: »Ich glaube, ich sollte eine Entschädigung für meine Freundlichkeit von Ihnen fordern.«

Lord Stanley holte tief Luft und griff zum zweitenmal nach seiner Geldbörse. Mit zusammengebissenen Lippen fauchte er:

»Sagen Sie, was Sie wollen, und dann seien Sie so freundlich und lassen uns zum Gasthaus fahren.«

Der Fremde machte eine ablehnende Handbewegung zur Geldbörse hin und richtete seine Aufmerksamkeit wieder auf Mariella. »Ihr Geld interessiert mich nicht, aber diese entzükkende, junge Dame. Sogar sehr. Ich möchte eine kleine Erinnerung an sie haben. Ihre Ohrringe, meine Liebe. Ich würde mich sehr freuen, wenn Sie sie mir anvertrauen würden.«

Erschrocken hob Mariella mit einer beschützenden Geste ihre Hände an die Ohren und bedeckte die kostbaren Juwelen aus Smaragden und Gold.

»Sie können nicht so herzlos sein und sie mir wegnehmen wollen. Mein Verlobter hat sie mir zu meinem achtzehnten Geburtstag geschenkt.«

Tante Emilia machte sich an den Bändern ihres Ohrmuffs zu schaffen. »Bitte nehmen Sie statt dessen meine Perlenohrringe«, sagte sie.

Der maskierte Mann schüttelte den Kopf und sagte freundlich:

»Bemühen Sie sich nicht, Madam. Behalten Sie Ihre Perlen. Aber ich fürchte, ich muß darauf bestehen, daß die junge Dame mir ihre Ohrringe aushändigt, als ein Zeichen der Dankbarkeit für mein rechtzeitiges Eingreifen hier heute abend.«

»Erpressung!« fauchte Lord Stanley.

Die Stimme des Fremden klang so, als ob er lächelte. »Es gibt natürlich noch eine andere Möglichkeit. Wenn die junge Dame untröstlich über meinen Wunsch sein sollte, sich von dem Geburtstagsgeschenk ihres Verlobten zu trennen, würde ich als Ersatz dafür auch etwas anderes nehmen.«

»Und das wäre?« fragte Lord Stanley.

Mariella spürte, wie ihr ein Schauder den Rücken hinunterlief, als der maskierte Mann ihr wieder in die Augen sah. Einen Augenblick war es so, als ob weder Lord Stanley noch Tante Emilia existierten und sie und der Maskierte die einzigen Menschen auf der Welt wären und nichts und niemand sonst von Bedeutung wäre.

Als er sprach, tat er es mit so leiser und warmer Stimme, daß seine Worte für Mariella wie eine Liebkosung klangen.

»Einen Kuß«, sagte er.

Tante Emilias schockiertes Atemholen brachte Mariella in die Gegenwart zurück. Sie wandte sich an ihren Verlobten und fragte hilflos:

»George, was soll ich tun?«

Lord Stanleys Gesicht war purpurrot vor Zorn geworden. Aber angesichts der Pistole des maskierten Mannes blieb ihm nichts anderes übrig, als seine Wut zu unterdrücken.

»Was du tun sollst?« fuhr er Mariella an, »das ist doch ganz offensichtlich, Mariella, wie kannst du so etwas überhaupt fragen? Gib dem Schurken deine Ohrringe, und dann vergessen wir die ganze Angelegenheit.«

»Aber... sie sind doch dein Geburtstagsgeschenk«, sagte sie bekümmert.

»Mariella, du schlägst doch sicher nicht vor, daß ich als dein Verlobter dabeistehe und zusehe, wie du von einem

Straßenräuber geküßt wirst? Die Idee ist ungeheuerlich und eine Beleidigung für mich! Gib ihm augenblicklich deine Ohrringe! Ich kaufe dir neuen Tand, sobald wir in Lynn angekommen sind, was bei unserem jetzigen Tempo irgendwann im Spätsommer sein wird.«

Der maskierte Mann lachte. Das erboste Mariella derartig, daß sie sich die Ohrringe herunterriß und sie auf einen Impuls hin an dem Fremden vorbei hinaus in die Dunkelheit zwischen das raschelnde Schilf schleuderte.

»Wenn Sie sie haben wollen, suchen Sie danach!« sagte sie aufgebracht, und ihre veilchenblauen Augen blitzten.

Lord Stanley schlug die Hände vor das Gesicht und stöhnte.

Mariella saß steif da, die Hände im Schoß gefaltet. Sie wartete, wie der Maskierte auf ihren unbesonnenen Trotz reagieren würde.

Einen Moment stand er reglos da und sah sie an. Dann murmelte er so leise, daß nur sie es hören konnte:

»So wie ich es mir gedacht habe! Das Kätzchen hat doch Krallen!« Er hob die Stimme und sagte gleichgültig: »Gute Nacht, meine Damen und mein Herr. Ich wünsche Ihnen eine angenehme Ruhe im *Schwarzen Schwan*.«

Er schlug die Kutschentür zu, und sie hörten, wie er dem Kutscher befahl, zum Gasthaus zurückzufahren.

Die Kutsche setzte sich in Bewegung, und die drei Reisenden waren wieder allein. Ein paar Augenblicke saßen sie in betäubtem Schweigen da und konnten nicht glauben, daß die Gefahr überstanden war. Dann faßte sich Lord Stanley wieder und fuhr Mariella an:

»Es ist alles nur deine Schuld! Warum konntest du nicht den Mund halten? Warum mußtest du sagen, daß wir nicht vorhaben, die Nacht im Gasthaus zu verbringen?«

Tante Emilia murmelte besänftigend:

»Ich muß gestehen, ich war etwas überrascht, daß Sie der Pistole des Wegelagerers nicht mit Ihrer eigenen Waffe begegnet sind, Lord Stanley. Wir reisen doch sicher nicht unbewaffnet?«

»Natürlich nicht«, fauchte Lord Stanley wütend. »Aber zufällig liegt meine Pistole im Kastensitz, auf dem Sie und Mariella sitzen. Ich wollte die Pistole nicht offen liegen lassen, aus Sorge, daß ihr Anblick Mariella erschrecken könnte. Aber das tut nichts zur Sache. Wie ich schon sagte, Mariella...«

»Sie haben so recht, Lord Stanley«, unterbrach Tante Emilia. »Pistolen sind äußert gefährliche Waffen, wenn man es nicht gewöhnt ist, mit ihnen umzugehen. Ich erinnere mich, wie ich einmal mit meinem verstorbenen Mann von Bath nach Lynn gereist bin und ein Herr in der Kutsche darauf bestand, seine Pistole griffbereit liegenzuhaben. Auf der schlechten Straße wäre die Kutsche fast umgefallen und dabei löste sich in der Pistole ein Schuß und traf ihn ins Bein.«

»Lady Henlow, ich muß gegen Ihre Andeutung protestieren, daß ich unfähig sei, mit einer Pistole umzugehen!«

Mariella sah in die Nacht hinaus und verschloß ihre Ohren vor dem Streit in der Kutsche. Sie war immer noch mit der seltsamen Mischung aus Verwirrung und Erregung beschäftigt, die sie ergriffen hatte. Sie erlebte noch einmal die Episode mit dem maskierten Mann und erinnerte sich an jedes seiner Worte, an jede Geste und den Tonfall seiner Stimme. Aber am lebhaftesten erinnerte sie sich an ihr Gefühl der Enttäuschung, als George ihr befohlen hatte, dem Mann die Ohrringe anstelle eines Kusses zu geben.

Ich wollte, daß er mich küßt, gestand sie sich ein. Wie schändlich, wie verworfen ist es für ein verlobtes Mädchen, so etwas zu wünschen. Und das in Anwesenheit des Verlobten und der Tante. Aber der maskierte Fremde war anders als jeder Mann, dem ich bisher begegnet bin. Ich habe sein Gesicht nicht gesehen, ich weiß seinen Namen nicht und nichts über ihn, und doch ist es so, als ob ich ihn kenne. Dieser Mann ist mir seltsam vertraut, und wie sehr wünschte ich, seine Lippen auf den meinen zu spüren. Wie sehr wünschte ich, daß er mich geküßt hätte.

Zweites Kapitel

Sie kamen früh am nächsten Nachmittag in King's Lynn an. Sie fuhren langsam durch die Stadt, da der Dienstagsmarkt die Straßen verstopfte. Das Gedränge der Händler, der Bauern und Zigeuner, die zum Markt kamen, mißfiel Lord Stanley, freute aber Tante Emilia.

»Lynn ist ein faszinierender Ort, Mariella, da es sowohl eine Hafenstadt, als auch eine Marktstadt ist. Die Händler erzeugen mit ihren exotischen Waren aus den fremden Ländern ein Gefühl des Abenteuers, aber gleichzeitig ist alles so friedlich hier, so beschaulich, wenn man sieht, wie ein englischer Bauer seine Gänse zum Markt treibt.«

»Lady Henlow«, unterbrach sie Lord Stanley barsch, »mein Kutscher ist in King's Lynn fremd. Ich wäre Ihnen deshalb sehr dankbar, wenn Sie ihm klare und knappe Anweisungen geben würden, wie er zu Ihrem Haus gelangt.«

Aber Tante Emilia konnte dem Kutscher keine klaren Anweisungen geben. Verwirrt durch Lord Stanleys herrische Worte und durch das Treiben in den belebten Straßen, ließ sie den Kutscher zweimal die Stadt umrunden, bis sie sich schließlich eher durch Zufall in der ruhigen Straße befanden, in der das Weiße Haus lag.

Lord Stanley schob Tante Emilia ins Haus und trat dann noch einmal auf den Bordstein zurück. Er musterte das Haus kritisch.

»Mmm, das ist keine sehr eindrucksvolle Unterkunft für deine Tante, Mariella.«

»Es ist nur vorübergehend, bis sie Zeit hat, sich nach einem anderen Haus umzusehen, das sie kaufen möchte«, sagte Mariella. »Das Weiße Haus ist klein, das gebe ich zu, verglichen mit deiner großartigen Residenz in London, George. Aber für Tante Emilia ist das Haus groß genug. Und sieh, wie hübsch es liegt, hinter diesem von Walnußbäumen gesäumten Weg. Ich gestehe, nachdem wir tagelang in der Kutsche saßen, sehne ich mich jetzt nach etwas Bewegung in der frischen Luft.«

Lord Stanley sah zum Himmel hinauf und schüttelte den Kopf.

»Es wird kaum Gelegenheit zum Spazierengehen geben, meine Liebe. Der Himmel hat einen deutlich gelben Schimmer, der meiner Ansicht nach Schnee ankündigt. Es ist das beste, wenn du im Haus bleibst und dich warmhältst.«

»Aber Schnee schadet doch nicht, George.«

»Wenn das Wetter unfreundlich wird, bleibst du im Haus und hältst dich warm«, wiederholte Lord Stanley streng.

»Ja, George.«

Im Haus fanden sie Tante Emilia in einem hübschen roséfarbenen Salon vor einem knisternden Kaminfeuer.

»Meine Lieben, ich habe eine wundervolle Überraschung«, begrüßte sie Tante Emilia. »Das Haus hat bereits Personal. Ich habe eben mit der Haushälterin, Mrs. Gordon, gesprochen. Sie scheint eine sehr tüchtige Frau zu sein.«

»Das ist eine gute Nachricht«, sagte Mariella. »Ich weiß, du hast den Umstand gefürchtet, der damit verbunden ist, gute Dienstboten zu suchen. Du bist nach dieser langen Reise sicherlich sehr erschöpft. Darf ich vorschlagen, daß du dich vor dem Abendessen noch etwas ausruhst?«

Als Tante Emilia sich in ihr Zimmer zurückgezogen hatte, ging Lord Stanley ruhelos im Salon auf und ab. Er inspizierte kritisch die Aquarelle auf der schönen, wenn auch schon leicht verblaßten Tapete.

»Mmm, das sind gute Bilder. Leider sind die Rahmen etwas altmodisch.«

»Ja, George«, sagte Mariella und unterdrückte ihre Meinung, daß die alten Rahmen perfekt zu der vornehmen Atmosphäre dieses zauberhaften Raumes paßten. Es war schließlich ein Zimmer in einer Kleinstadt und kein eleganter Londoner Salon.

»Ich bin froh, daß bereits Dienstboten vorhanden sind«, sagte Lord Stanley. »Es sieht so aus, als ob wir bald Pläne für unsere Heimreise machen könnten, da deine Tante nun gut versorgt ist.«

»Aber George, wir können sie doch nicht so rasch allein lassen«, sagte Mariella entsetzt. »Ich bin sicher, sie braucht ein wenig Zeit, um sich hier einzuleben und sich in Lynn wieder zurechtzufinden. Sie braucht unsere Hilfe.«

»Sei nicht albern, Mariella. Lady Henlow wurde in dieser Stadt geboren und ist hier aufgewachsen. Sie fühlt sich hier völlig zu Hause.«

Mariella warf ihre goldenen Locken zurück.

»Tante Emilia war seit ihrem achtzehnten Geburtstag nicht mehr hier, und in dieser Zeit hat sich vieles verändert, wie du weißt. Sie war heute völlig verwirrt, als sie den Kutscher zum Weißen Haus leiten sollte. Und wir müssen auch bedenken, daß es etwas anderes ist, als junges Mädchen unter dem Schutz der Familie in einer Stadt zu leben oder verwitwet in den mittleren Lebensjahren wieder zurückzukehren.«

Lord Stanley runzelte die Stirn und läutete nach Erfrischungen. Er verabscheute das, was er bis jetzt von Lynn gesehen hatte. Er haßte dieses kleine Haus und seine feminine Einrichtung in Rosa- und blassen Blautönen. Und Lady Henlow selbst ging ihm über alle Maßen auf die Nerven. Aber zu seinem Ärger fand er kein vernünftiges Argument gegen Mariellas Entschluß, eine angemessene Zeit bei ihrer Tante zu bleiben. Er mußte zugeben, daß es ihre Pflicht war, ja sogar ihrer beider Pflicht, aber er wußte auch, daß dieser kalte Januar in Lynn einer der längsten Monate seines Lebens werden würde.

Lord Stanleys Laune besserte sich nicht, als am nächsten Morgen ein Diener in die Bibliothek kam und ihm mitteilte, daß Richard, Earl of Darvill, Lady Henlow seine Aufwartung machen wollte.

»Ich sehe keinen Grund, Lady Henlow zu stören«, sagte Lord Stanley. Er wußte, daß Tante Emilia im Frühstückszimmer mit der Köchin das Menü besprach.

»Ich werde Lord Darvill hier in der Bibliothek empfangen.«

Mit einem ärgerlichen Seufzer legte Lord Stanley seine *Times* beiseite und bereitete sich darauf vor, Höflichkeiten mit einem Musterexemplar des englischen Landadels auszutauschen. Lord Stanley hatte häufig diese ausgefallene Brut bei ihren gelegentlichen Ausflügen nach London beobachtet. Es waren derbe, ungehobelte Individuen, die kein zivilisiertes Wort zu sagen wußten.

Er zog seine Taschenuhr heraus und beschloß, daß er Richard, Earl of Darvill ganze zehn Minuten seiner Zeit widmen würde. Nicht mehr und nicht weniger.

»Ich fürchte, ich störe den Frieden Ihrer Bibliothek«, sagte eine tiefe, angenehme Stimme von der Tür aus. »Bitte behalten Sie Platz. Eigentlich wollte ich Lady Henlow sprechen.«

Lord Stanley blickte überrascht auf. Er war es nicht gewöhnt, daß Fremde die verbale Initiative ergriffen. Er erhob sich, gewann dadurch aber keine zusätzliche Autorität, denn Lord Darvill überragte ihn um Kopf und Schultern. Mit noch größerer Überraschung stellte Lord Stanley fest, daß Lord Darvill einen wollenen Mantel mit einem so modischen Schnitt trug, daß dieser nur von einem der besten Londoner Schneider angefertigt worden sein konnte.

»Lady Henlow ist im Augenblick unabkömmlich«, sagte er kurz. »Aber Sie können Ihr Anliegen auch mir vorbringen. Ich bin Lord George Stanley und habe die Ehre, mit Miß Henlows Nichte verlobt zu sein.«

Ein leichtes Lächeln spielte um Lord Darvills Lippen. Aber er sagte höflich:

»Und ich bin Richard, Earl of Darvill. Ich habe die Ehre, das Haus zu besitzen, das Lady Henlow gemietet hat. Wenn Sie so liebenswürdig sein wollten, ihr meine Ankunft mitteilen zu lassen. Es gibt einige Fragen, die das Haus betreffen und die ich gern mit ihr besprochen hätte.«

»Ich habe Ihnen schon gesagt, daß Sie diese Angelegenheit auch mit mir bereden können«, sagte Lord Stanley hartnäkkig. »Solange ich hier wohne, steht Lady Henlow unter meinem Schutz.«

»Aber Lady Henlow ist diejenige, die die Miete bezahlt, soviel ich weiß«, erwiderte Lord Darvill ruhig. »Und da Sie, wie Sie selbst sagten, mit der Dame nicht verwandt sind, ist sie der Haushaltungsvorstand. Und sie ist es auch, mit der ich sprechen möchte. Und zwar jetzt!«

Lord Stanley zuckte zusammen, als Lord Darvill plötzlich im Befehlston sprach. Aber ehe er protestieren konnte, öffnete sich die Bibliothekstür und Lady Henlow und ihre Nichte traten ein.

Tante Emilia, die Lord Darvill nicht sofort bemerkte, weil er neben der Tür stand, sagte fröhlich:

»Lord Stanley, Mariella und ich haben vor, einen kleinen Stadtbummel zu machen. Möchten Sie uns begleiten?«

Lord Stanley hustete, um sie auf die Anwesenheit des Besuchers aufmerksam zu machen. Man stellte sich vor, und dann sagte Lord Stanley mürrisch:

»Lord Darvill möchte mit Ihnen sprechen, Lady Henlow. Offenbar ist er gekommen, um die Miete zu kassieren.«

Tante Emilia lachte. »Sie sind köstlich, Lord Stanley. Ich bin sicher, Lord Darvill hat einen Verwalter, der sich um diese Angelegenheiten kümmert.«

Lord Darvill senkte seinen dunkelhaarigen Kopf.

»Es war mein Verwalter, der das Hauspersonal eingestellt hat, Lady Henlow. Aber ich bin heute hierhergekommen, um mich zu vergewissern, ob alles zu Ihrer Zufriedenheit ausgefallen ist.«

»Ja, wirklich«, sagte Tante Emilia und errötete wie ein Schulmädchen, als der große, dunkelhaarige Mann sie anblickte. »Das Haus ist bezaubernd, und die Dienstboten sind mustergültig.«

»Wenn Sie uns den Namen und die Adressen des Verwalters nennen, wird sich Lady Henlow künftig, wenn sie irgendwelche Fragen hat, direkt an ihn wenden, ohne Ihre wertvolle Zeit zu beanspruchen, Darvill«, sagte Lord Stanley schneidend.

»Ganz im Gegenteil«, erwiderte Lord Darvill gelassen. »Es wäre mir sehr unangenehm, Lady Henlow, wenn Sie sich nicht an mich wenden würden, falls Sie irgendwelche Beschwerden haben sollten. Ich habe selbst einige Zeit in diesem Haus gewohnt, während das Darvill House renoviert wurde, und ich muß gestehen, ich habe dieses Haus liebgewonnen.«

Während dieses Wortwechsels stand Mariella neben der Tür, sprach nichts und hörte nur das Klopfen ihres Herzens.

»Lord Darvill, darf ich Ihnen Miß Mariella Ward, meine Verlobte, vorstellen«, hatte Lord Stanley gesagt.

Mariella hatte einen Knicks gemacht und in tiefblaue Augen geblickt. Vertraute Augen. Faszinierende Augen. Die Augen des maskierten Mannes, von dem sie schamloserweise am vergangenen Abend draußen in den Fens gewünscht hatte, daß er sie küßte.

Sie wunderte sich, daß weder ihre Tante noch ihr Verlobter ihn wiedererkannten. Aber sie haben ihm nicht in die Augen gesehen, dachte sie. Es konnte in ganz England keinen zweiten Mann mit so durchdringend tiefblauen Augen geben. Sie selbst war während der Vorstellung zu schockiert gewesen, um Lord Darvill zu zeigen, daß sie ihn wiedererkannt hatte. Seine Miene war unergründlich gewesen. Als sie nun neben der Tür stand und zuhörte, wie ihre Tante und Lord Darvill Höflichkeiten austauschten, schien es ihr, als ob ihre Fantasie sie narrte. Lord Darvill war in Lynn ein angesehener und wohlhabender Mann. Was tat er in seiner Position an einem Winterabend maskiert wie ein Wegelagerer draußen in den Fens?

Und auf was gründete sie ihre Vermutung, daß es ein und derselbe Mann war? Auf nichts weiter als auf seine tiefblauen Augen! Augen, die sie, nachdem sie einander vorgestellt worden waren, nicht mehr losließen.

»Ich hoffe, Ihre Fahrt von London hierher war nicht zu anstrengend«, fragte Lord Darvill.

Lord Stanley warf Tante Emilia einen warnenden Blick zu. Am Abend zuvor hatte er beim Essen beiden Damen eingeschärft, daß sie den Vorfall mit dem Wegelagerer niemandem gegenüber erwähnen durften.

»O... ja... wir hatten eine angenehme Reise... sehr... angenehm... äh... und ereignislos«, stotterte Tante Emilia.

Lord Darvill lächelte.

»Das freut mich zu hören. In den Fens gibt es eine Menge

Schurken und Banditen. Aber Lord Stanley hat mir bereits versichert, daß Sie unter seinem Schutz stehen.«

Mariella wandte sich ab, um ihr Lächeln zu verbergen. Sie rückte einige Bücher auf einem Beistelltisch zurecht und war nun sicher, daß Lord Darvill tatsächlich der maskierte Mann gewesen war. Als er das Wort ›Schutz‹ aussprach, sah er Mariella direkt in die Augen, und sie wußte, daß er dabei an die Episode in den Fens dachte.

Sie fragte sich, wieviel dieser faszinierende Mann in ihrem Gesicht hatte lesen können. Wußte er, als er sie in der Kutsche ansah, wie sehr sie sich wünschte, von ihm geküßt zu werden?

Sie errötete bei der Erinnerung daran und hätte gern die Bibliothek verlassen, aber Tante Emilia hielt sie zurück.

»Ich freue mich über Ihren Besuch und Ihren Willkommensgruß, Lord Darvill. Meine Nichte und ich wollten eben meine alte Heimatstadt erforschen.«

Lord Stanley war an das Fenster getreten.

»Ich würde im Augenblick von einem Spaziergang abraten. Der Himmel sieht nach Schnee aus.«

Tante Emilia machte ein enttäuschtes Gesicht.

Lord Darvill sagte leichthin:

»Heute wird es nicht schneien. Die Wolken sind zu hoch. Wenn Sie einen Spaziergang machen wollen, wäre es mir ein Vergnügen, Sie ein Stück zu begleiten. Lynn muß sich sehr verändert haben, seitdem Sie es verlassen haben, Lady Henlow, und es würde mir große Freude machen, Sie begleiten zu dürfen.«

Lord Stanley sah aus, als würde er explodieren, während Tante Emilia dem Vorschlag begeistert zustimmte.

»Nun brauchen wir Sie nicht mehr zu bemühen, Lord Stanley. Sie werden einen ruhigen Morgen in der Bibliothek genießen. Lord Darvill ist so freundlich, uns durch die Stadt zu führen.«

»Natürlich leiste ich Ihnen Gesellschaft«, sagte Lord Stanley und sah Lord Darvill unfreundlich an.

»Dann sind wir zu viert, wie angenehm«, sagte Lord Darvill lächelnd.

Mariella, die ebenfalls lächelte, als sie aus der Bibliothek ging, um ihr Cape und ihre Haube zu holen, dachte unwillkürlich daran, wie anders die Umstände gewesen waren, als sie sich zum erstenmal gesehen hatten.

Sie wurden einige Minuten aufgehalten, als Lord Stanley, der nichts für körperliche Betätigung übrig hatte, vorschlug, daß sie die Kutsche nehmen sollten. Aber Lady Henlow war dafür, daß sie zu Fuß gingen. »Denn auf diese Weise werden wir viel mehr sehen«, sagte sie.

Lord Darvill, der die Geschichte der Stadt und viele interessante Anekdoten über sie kannte, die alle mit den alten Gebäuden und den Straßen zusammenhingen, erwies sich bei ihrem Rundgang durch die Stadt als ein äußerst angenehmer Begleiter.

Tante Emilia, die mit leuchtenden Augen vertraute Plätze wiedersah, war entzückt, daß zwei der Lieblingsgebäude ihrer Kindheit, das im Renaissancestil erbaute Zollhaus und das aus Feuerstein erbaute Rathaus, noch unverändert waren.

Es gab natürlich viel mehr Geschäfte als in ihrer Jugend, aber Lord Stanley wollte ihnen nicht erlauben, vor den Putzwarengeschäften und Kleiderläden stehenzubleiben und drängte sie weiter.

Mariella faszinierten am meisten die Hafenanlagen mit ihrem bunten Treiben und den imposanten Häusern, die am Wasser lagen und von denen Lord Darvill ihr sagte, daß sie einmal die Unterkünfte reicher Kaufleute gewesen waren.

Als sie zum Weißen Haus zurückkehrten, überraschte sie Lord Darvill damit, daß er sie alle zu sich ins Darvill House zum Abendessen einlud.

Noch ehe Lord Stanley etwas sagen konnte, nahm Tante Emilia die Einladung erfreut an.

»Prächtig. Ich freue mich darauf, Sie heute abend bei mir zu empfangen. Auf Wiedersehen.«

Er verabschiedete sich mit einer höflichen Verbeugung.

Lord Stanley, dessen Miene sich bei dieser Wendung der Ereignisse verfinstert hatte, ging ebenfalls weg, um seine Bekanntschaft mit Lord Egremont zu erneuern, der in der Stadt wohnte.

Tante Emilia fand im Haus keine Ruhe, so groß war ihre Freude über die Aussicht, an diesem Abend bei Lord Darvill zu Gast sein zu dürfen.

»Stelle dir vor«, sagte sie aufgeregt, »jetzt sind wir erst so kurze Zeit in Lynn und werden schon in eines der großartigsten Häuser der Grafschaft eingeladen, und von einem so stattlichen und höflichen Herrn. Meine Freundinnen in Bath werden es mir niemals glauben, wenn ich es ihnen schreibe. Nachdem wir seine Bekanntschaft erst heute gemacht haben, werden wir von ihm zum Abendessen eingeladen! Ich bin ganz überwältigt, Mariella.«

Lächelnd beugte sich Mariella vor, um die Bänder der Haube ihrer Tante zu lösen, die diese in ihrer Aufregung verknotet hatte.

»Ich glaube, der Graf hat uns heute zum Essen eingeladen, weil er vermutet, daß es morgen schneien wird und die Straßen unpassierbar werden könnten«, sagte sie.

Das war natürlich nicht das, was Mariella glauben wollte. Aber sie sagte sich, daß es das war, was sie glauben sollte, zumal in ihrer Stellung als Verlobte von Lord Stanley. Es ist lächerlich, dachte sie, als sie in ihr Schlafzimmer hinaufging, daß ich so viele Gedanken an Lord Darvill verschwende. Ich bin in Gefahr, von ihm fasziniert zu sein, was nicht nur absurd ist, sondern auch ungehörig für ein verlobtes Mädchen. Ich sollte mich glücklich schätzen und dankbar sein, einen so vernünftigen, besonnenen und verantwortungsbewußten Mann wie George heiraten zu können, der immer weiß, was das Beste und Richtige ist.

Schließlich weiß ich nichts von Lord Darvill, sagte sie sich, während sie ihr Kleid auszog und unter die leichte Daunendecke schlüpfte. Ich weiß nur, daß er ein reicher und angesehener Mann ist. Aber das ist George auch. Doch George maskiert sich nicht als Wegelagerer und erschreckt nicht unschuldige Reisende in der Wildnis der Fens.

Bei der Vorstellung, ihr Verlobter könnte sich als Straßenräuber verkleiden, bekam Mariella einen Lachanfall, doch dann zwang ein schuldbewußtes Gefühl der Loyalität gegenüber ihrem Verlobten sie, wieder ernst zu werden. Zugegeben, Lord Darvill war nicht so weit gegangen, Geld von ihnen zu nehmen. Er war um ihre Sicherheit besorgt gewesen.

Und doch hielt sein Edelmut nicht während der ganzen Episode an, denn er verlangte meine Ohrringe oder einen Kuß. Einen Kuß! Nichts weniger als das. Während mein Verlobter bei mir in der Kutsche saß! Was für ein Mann ist dieser Graf, daß er so dreist eine solche Forderung stellen konnte? Und wie oft, fragte sich Mariella, streifte er nachts durch die Fens und verlangte mit vorgehaltener Pistole von unschuldigen Reisenden Küsse? Das schien ihr ein seltsamer Sport in einer kalten Winternacht in Norfolk zu sein. Warum war er nicht verheiratet und kümmerte sich um seine Ländereien, seine Frau und seine Kinder? Er mußte schon Anfang Dreißig sein, überlegte Mariella. Ein Mann mit seinem Titel und seinem offensichtlichen Reichtum mußte ohne Zweifel der Wunschtraum eines jeden heiratsfähigen Mädchens der Grafschaft sein.

Zugegeben, er hatte nicht erwähnt, daß er unverheiratet war. Aber Mariella wußte instinktiv, daß dieser Mann bisher von keiner Frau gezähmt worden war. Sein Gang, seine breiten Schultern, der lebhafte Ausdruck seiner tiefblauen Augen – dies alles sprach für einen Mann, der an seine Freiheit gewöhnt war, für einen Mann, der nicht gern Zwänge und Fesseln irgendwelcher Art auf sich nehmen würde. Mariella fand, daß von den beiden Männern, Lord Darvill und Lord Stanley, George es war, der so aussah, als wäre er schon seit Jahren verheiratet, mit seinem sorgenvollen Gesicht und den hängenden Schultern, die schwere Bürden zu tragen schienen.

Aber George hat viele Pflichten, dachte Mariella entschuldigend. Im letzten Jahr hat er sich um mich gekümmert. Er hat mich vor der Welt beschützt und mir seine Hand gereicht, als ich mich von dem Schock über den Tod meiner Eltern erholen mußte. Und dann ist da noch seine Mutter, die ihn sehr beansprucht.

Mariella seufzte, als sie an Lady Stanley dachte. Sie hatte

mit allen Mitteln versucht, freundlich über Georges Mutter zu denken. Aber es mißlang ihr. Lady Stanley war eine furchterregende alte Dame, die, wenn es ihr gefiel, die Kranke spielte. Sie bewohnte ein riesiges, zugiges, altes Haus in der Park Lane, gleich um die Ecke bei Georges Haus, und ihre liebste Unterhaltung bestand darin, sich ins Bett zu legen und alle ihre Kinder um sich zu scharen, samt deren Ehegatten und den Enkelkindern, damit sie sich um sie kümmerten. Ihre Söhne und deren Familien lebten in London, und wenn einer der Söhne oder deren Frauen sie nicht täglich besuchten, klagte sie, daß sie einzig und allein aus Einsamkeit sterben würde.

Sie war erbost gewesen, als George ihr mitgeteilt hatte, daß er Mariella und deren Tante nach Norfolk begleiten müsse. Aber als der älteste Sohn hatte er immer ein wenig mehr Einfluß auf sie gehabt als seine Brüder. So dankbar Mariella war, daß sie George heiraten würde und eine sichere Zukunft vor ihr lag, so sehr fürchtete sie die Aussicht darauf, einen großen Teil ihres Ehelebens damit zu verbringen, Georges nörgelnder, unzufriedener Mutter Gesellschaft leisten zu müssen.

Aber das alles liegt in der Zukunft, dachte Mariella und warf die Daunendecke beiseite. Heute abend werde ich mit Lord Darvill speisen! Und irgendwie muß es mir gelingen, ein paar Minuten mit ihm allein zu sein. Ich muß erfahren, warum er nachts als Straßenräuber verkleidet durch die Fens streicht.

Mariella kleidete sich sorgfältig an. Sie wählte ein dunkelblaues Samtkleid, das einfach geschnitten und mit feiner, weißer Spitze besetzt war. Dazu trug sie einen Saphir-Anhänger und Ohrringe und steckte ihr blondes Haar zu einem lockigen Kranz auf. Dann ging sie hinunter zu Tante Emilia und ihrem Verlobten, und ihre schönen, veilchenblauen Augen strahlten in Erwartung des bevorstehenden Abends.

Im Salon fand sie Tante Emilia tränenüberströmt vor.

Lord Stanley, der sehr verlegen aussah, stand neben ihrem Stuhl und klopfte ihr unbeholfen auf die Schulter.

»Was ist geschehen, Tante?« fragte Mariella erschrocken und umarmte Tante Emilia.

Lady Henlow unterdrückte ihre Schluchzer. »Wir... wir werden nicht bei Lord Darvill speisen. L-Lord Stanley hat Lord Darvill wissen lassen, ich sei unpäßlich und wir könnten deshalb nicht kommen.«

Mariella sah ihn fragend an. Während Tante Emilia ihre Augen trocknete, erklärte Lord Stanley in einem düsteren Tonfall:

»Zu meinem Bedauern kann ich weder dir noch deiner Tante erlauben, Darvills Haus zu betreten, Mariella.«

»Warum?« fragte Mariella enttäuscht.

Lord Stanley räusperte sich.

»Wie du weißt, habe ich heute nachmittag Lord Egremont besucht. Im Verlauf der Unterhaltung kamen gewisse Tatsachen, gewisse höchst unangenehme Tatsachen über Lord Darvill ans Licht. Und angesicht dessen war ich gezwungen, unsere Verabredung für heute abend abzusagen.«

»Was für Tatsachen, George?« fragte Mariella unglücklich.

»Ich halte es für einen Herrn wie mich für unangemessen, über solche Dinge mit zwei Damen zu sprechen.«

Aufgebracht sagte Tante Emilia:

»Lord Stanley, ich war über zwanzig Jahre lang verheiratet, und ich versichere Ihnen, daß ich mit allen Seiten des Lebens vertraut bin, mit den guten und mit den schlechten. Da Sie es auf sich genommen haben, eine Verabredung abzusagen, die mich anbetraf, muß ich darauf bestehen, den Grund zu erfahren.«

Mariella war erstaunt über die ungewohnte Festigkeit ihrer Tante. Sie selbst hatte es bisher nicht gewagt, mit George in dieser Art und Weise zu sprechen. Wer hätte es für möglich gehalten, daß die gute, liebe Tante Emilia so autoritär sein konnte?

Lord Stanley schien Mariellas Überraschung zu teilen. Mehrere Minuten lang kämpfte er mit sich, bis er schließlich mit belegter Stimme erklärte:

»Lady Henlow, mein Gefühl für Gerechtigkeit sagt mir, daß Sie die Wahrheit über Lord Darvill erfahren müssen. In einer kleinen Stadt wie King's Lynn werden sich Ihre Wege immer wieder kreuzen, und es ist wichtig, daß Sie die Gründe kennen, weshalb Sie mit einem solchen Mann nicht verkehren dürfen. Eine gewisse Lady Melton war bei Lord Egremont ebenfalls zu Gast...«

»Lady Melton«, unterbrach ihn Tante Emilia. »Sie wurde ein paar Jahre nach mir in die Gesellschaft eingeführt. Natürlich war sie damals noch nicht Lady Melton, sondern die ehrenwerte Isabella Loughton – oder war es Lawton? Ich kann mich nicht mehr genau erinnern...«

»Ich werde Lady Melton bitten, nach dem Abendessen bei uns zu einer Tasse Tee vorbeizukommen«, sagte Lord Stanley etwas zu laut. »Sie ist mit allen Tatsachen, die Lord Darvill betreffen, vertraut und wird Ihnen zweifellos die Dinge in einer Art erklären, die ich als Mann unmöglich so ausdrücken kann.«

Lord Stanley weigerte sich eisern, noch ein weiteres Wort über diese Angelegenheit zu verlieren, und die beiden Damen mußten sich damit zufriedengeben.

Das Abendessen verlief schweigend und angespannt. Tante Emilia, die wegen des verdorbenen Abends verärgert war, aß wenig und sprach noch weniger.

Lord Stanley wünschte sich hundert Meilen weit weg, in die zivilisierten Salons von London.

Und was Mariella anbetraf, so waren ihre Gedanken in Aufruhr. Was konnte George über Lord Darvill erfahren haben? Die Wahrheit über die Episode mit dem Wegelagerer? Aber George wäre sicher nicht deswegen so empört, daß er sich veranlaßt sah, Lady Melton einzuladen, damit sie die Tatsachen über Lord Darvill enthüllte, anstatt daß er selbst alles erklärte. Nein, es mußte etwas Tiefgreifenderes sein. Spielschulden? Nein, viele von Georges Bekannten bei White's standen ständig durch Spielschulden am Rande des Bankrotts, und George billigte das zwar nicht, aber er war niemals so kritisch, daß er sie auf der Straße schnitt.

Was konnte es dann sein? Unehrenhaftes Verhalten gegenüber einer Frau? Georges Weigerung, über die Angelegenheit zu sprechen, deutete darauf hin, daß Lord Darvill in einen Skandal mit einer Frau oder mit Frauen verwickelt war...

Mariella schob diese Gedanken sofort beiseite. Plötzlich wollte sie ihren Gedanken nicht länger gestatten, in diese Richtung zu schweifen. Aus einem unerklärlichen Grund war die Vorstellung, Lord Darvill in der Gesellschaft einer anderen Dame zu sehen, etwas, woran sie nicht denken wollte. Es war absurd, überlegte sie, denn er ist ein freier Mann, ein attraktiver Mann, und er hat das Recht, sein Vergnügen zu suchen, wo er es findet.

Dann errötete sie und dachte an seine Augen, die an jenem Abend in den Fens die ihren festgehalten hatten, und an ihren verzehrenden Wunsch, die Berührung seiner Lippen auf den ihren zu spüren.

Wenn er solche Gefühle in mir weckte, als wir einander völlig fremd waren, wozu mußte er fähig sein, wenn er mit einer Frau länger bekannt war?

»Mariella, Liebste, geht es dir gut?«

Wie aus weiter Ferne hörte Mariella Tante Emilias besorgte Worte.

»Ich habe schon zweimal gesagt, es ist an der Zeit, Lord Stanley seinem Portwein zu überlassen. Wir wollen uns in den Salon zurückziehen.«

Lord Stanley sah sie an.

»Wenn du dich von den Ereignissen des Tages zu angestrengt fühlst, wäre es vielleicht am besten, wenn du dich bald zurückziehst, meine Liebe.«

Mariella schenkte ihm ihr betörendstes Lächeln. Nicht um alles in der Welt wollte sie Lady Meltons Enthüllungen über den Grafen versäumen!

»Ich fühle mich wohl, das versichere ich dir, George. Ich habe nur daran gedacht, daß wir seit unserer Ankunft hier keine Nachricht von deiner Mutter haben, und ich habe mich gefragt, ob sie sich jetzt wohl besser fühlt.«

»Ich habe versäumt, dir zu sagen, daß mit der Abendpost ein Brief von ihr gekommen ist, Mariella. Mutter hat sich erkältet, und die ganze Familie ist bei ihr. Sie ist natürlich über meine Abwesenheit bekümmert.«

Er tätschelte ihre Hand, als sie mit ihrer Tante auf dem Weg an ihm vorbeiging.

Das Warten auf Lady Melton schien Mariella endlos zu dauern, und sie war dankbar dafür, daß Tante Emilia ihre Erinnerungen auffrischte und über Lady Melton sprach, wie diese in ihrer Jugend gewesen war.

»Sie war ein großes Mädchen, das rasch ihre Jugendschönheit verlor. Sie heiratete ziemlich spät, wie ich mich erinnere, aber vorher munkelte man über eine unglückliche Liebschaft. Ich glaube nicht, daß sie und Lord Melton mit Kindern gesegnet waren, obwohl es natürlich wenig Kontakt zwischen uns gab, da ich die ganzen Jahre in Bath gelebt habe.«

Kurz darauf wurde Lady Melton angekündigt. Sie war in der Tat groß und hatte ein Gesicht, das früher einmal interessant gewesen sein mag, aber nun durch Falten der Verbitterung und des Hasses entstellt war.

Und obwohl sie Lady Henlow überschwenglich begrüßte, bemerkte Mariella eine gewisse frostige Vorsicht unter der aufgesetzten Freundlichkeit.

Mariella hatte befürchtet, Lady Melton und Tante Emilia würden eine Zeitlang Erinnerungen über ihre Kindheit in Lynn austauschen, aber zu ihrer Erleichterung kam Lady Melton sofort zum Zweck ihres Besuches.

»Emilia, ich weiß, Sie wollen etwas über den Skandal erfahren, in den Lord Darvill verwickelt ist«, begann Lady Melton, sobald Mariella ihr den Tee gereicht hatte.

Skandal? fragte sich Mariella. Sie setzte sich auf einen Stuhl, der etwas entfernt von den beiden älteren Damen stand, um sie nicht mit einem Wort oder einer Geste abzulenken.

Lady Melton beugte sich eifrig vor.

»Erinnern Sie sich an den alten Lord Darvill, Emilia?«

»Aber natürlich«, sagte Tante Emilia. »Ich weiß noch, wie wir uns als junge Mädchen vor ihm gefürchtet haben. Er war so furchterregend, so herrisch – Männer sind nun einmal so, wie wir alle wissen –, aber es gab viele Frauen in seinem Leben. Dann heiratete er die gute, liebe Melissa, und ich nahm an, daß sie glücklich miteinander waren.«

Lady Melton schüttelte den Kopf.

»Alles ging einigermaßen gut, bis ihr einziger Sohn, Richard, erwachsen geworden war. Dann gab es nichts als Zank und Streit zwischen Vater und Sohn.«

»Aber das ist nichts Außergewöhnliches zwischen zwei Männern in einer Familie«, sagte Tante Emilia. »Der junge Mann versuchte eben, seine Überlegenheit gegenüber dem alten Grafen zu beweisen.«

»Darüber weiß ich nichts«, sagte Lady Melton. »Ich weiß nur, daß der alte Graf und sein Sohn dermaßen zerstritten waren, daß der Graf drohte, ihn zu enterben. An jenem Abend gab es eine schreckliche Szene im Darvill House – Fensterscheiben gingen in die Brüche, Möbel stürzten um, das Haus wurde in Brand gesteckt!«

Tante Emilia keuchte.

»Das Haus in Brand gesteckt!«

»Es sollte noch schlimmer kommen«, fuhr Lady Melton fort. »Als das Feuer gelöscht war, fand man den alten Grafen tot vor. Direkt ins Herz geschossen!«

Tante Emilia riß die Augen auf.

»Sie wollen damit doch nicht etwa sagen...«

»Was die Dienstboten und die einfachen Leute von Lynn angeht, so hat sich der Graf versehentlich selbst erschossen, nachdem er zuviel Wein getrunken hatte. Aber die Gesellschaft von Lynn ist natürlich der Meinung, daß Richard seinen Vater während dieser Auseinandersetzung erschossen hat, um zu verhindern, daß der Alte ihn enterbt.«

Zitternd hob Tante Emilia ihre Tasse, und Mariella beeilte sich, den Damen noch einmal Tee einzuschenken. Es wurde also behauptet, Lord Darvill habe seinen Vater erschossen! Mariella schauderte, als sie an den maskierten Mann dachte und an die Pistole, die er in der Hand gehalten hatte.

»Und was ist mit Lady Darvill?« fragte Tante Emilia. »Sie muß doch dabeigewesen sein und bezeugen können, was an jenem Abend geschah?«

»Lady Darvill ist geflohen«, sagte Lady Melton leise. »Sie floh nicht nur aus dem Haus, sondern auch aus dem Land und lebt jetzt in Italien. Sie war über den Tod ihres Mannes vor Kummer ganz außer sich und vor Scham über die Tat ihres Sohnes. In Wahrheit war ihre Flucht mehr als alles andere die Bestätigung dafür, daß sich der alte Graf nicht selbst erschossen hat!«

»Arme Melissa«, seufzte Tante Emilia. »Sie war so ein sanftmütiges, liebes Mädchen, und dann mußte sie solch eine Tragödie treffen. Ihr Mann tot und ihr Sohn als Mörder gebrandmarkt. Aber ich nehme an, daß man Lord Darvill nichts beweisen konnte?«

»Überhaupt nichts«, stimmte Lady Melton zu. »Er selbst bezeugte, daß sein Vater sich erschossen habe, als die Pistole zufällig losging, und die Behörden glaubten seiner Aussage. Trotzdem lastet der Verdacht in den Augen von ganz Lynn schwer auf Lord Darvills Schultern.«

»Bedeutet dies, daß er jetzt in der Gesellschaft gemieden wird?« fragte Tante Emilia. »Hat deshalb Lord Stanley so eisern darauf bestanden, daß Mariella und ich heute abend nicht bei Lord Darvill speisen sollten?«

Lady Melton schwieg einen Augenblick. Dann sagte sie:

»Es wäre nicht die ganze Wahrheit, wenn ich erklären würde, daß man mit ihm nicht verkehren darf. Schließlich ist es nicht bewiesen, daß er seinen Vater erschossen hat.«

»Und er ist ein außerordentlich begehrenswerter Mann«, sagte Tante Emilia lächelnd, und es war ein Echo auf Mariellas Gedanken. »Ich kann mir denken, daß jede Dame mit einer heiratsfähigen Tochter ihn auf ihre Bälle und Abendgesellschaften einlädt.«

»Nun... ja und nein«, sagte Lady Melton. »Es gibt nämlich noch eine zusätzliche... äh... wie soll ich es ausdrücken... Komplikation, was Lord Darvill anbetrifft.«

Lady Melton fingerte nervös an ihrem Spitzenbesatz ihres Seidenkleides, und Mariella war neugierig, was für weitere Enthüllungen es nun noch über den geheimnisvollen und gefährlichen Lord Darvill geben würde.

»Nachdem er auf so dramatische Weise den Titel erlangt hat«, fuhr Lady Melton fort, »nahm man an, er würde sofort heiraten. Als das Darvill House nach dem Brand wieder aufgebaut worden war, dachten wir, er würde die Gelegenheit nutzen und das Haus nun in einem Stil einrichten, der zu einem jungen, verheirateten Mann, der Erben wünscht, paßt.«

»Aber natürlich«, sagte Mariella halb zu sich selbst. »Hat Lord Darvill nicht erwähnt, daß er eine Zeitlang hier in diesem Haus gelebt und es sehr liebgewonnen hat? War das nicht während der Zeit, als er sein Haus wieder aufbauen ließ, Lady Melton?«

»Ich glaube ja«, sagte Lady Melton kurz und wandte Mariella nicht einmal den Kopf zu, als sie deren Frage beantwortete.

Mariella lehnte sich im Stuhl zurück und fühlte sich übergangen. Sie fragte sich, was sie getan oder gesagt hatte, um Lady Meltons Ärger derartig auf sich zu ziehen.

»Man hatte angenommen«, fuhr Lady Melton an Tante Emilia gewandt fort, »Lord Darvill würde Sarah Woodrow heiraten. Jedermann wußte, daß sie seine Jugendliebe gewesen war. Die beiden paßten in jeder Hinsicht vorzüglich zusammen, und sie hätten ein ideales Paar abgegeben. Aber dann heiratete Sarah ganz unerwartet Lord Denby. Ihre Heirat war eine furchtbare Enttäuschung für Lord Darvill, und es heißt, er habe das nie überwunden.«

»Ich nehme an, viele sehen dies als eine gerechte Strafe dafür an, wenn er tatsächlich seinen Vater erschossen haben sollte«, sagte Tante Emilia.

»Ja, in der Tat«, stimmte Lady Melton zu.

»Und er hat keine andere Frau geheiratet?«

Lady Melton seufzte.

»Das ist der Punkt, auf den ich zu sprechen kommen wollte, Emilia. Es ist wahr, niemand hat bis jetzt gesehen, daß er einem anderen unverheirateten Mädchen in der Stadt jemals den Hof gemacht hat. Aber das heißt nicht, daß es ihm an weiblicher Gesellschaft gefehlt hätte, wenn Sie wissen, was ich meine.«

»Doch nicht etwa Mädchen aus dem Bordell?« sagte Tante Emilia.

Lady Melton schüttelte den Kopf.

»Nein, viele Jahre hat sich Lord Darvill mit etlichen bekannten verheirateten Damen aus der Grafschaft getröstet.«

»Oh!« sagte Tante Emilia enttäuscht. »Ist das alles?«

»Alles?« rief Lady Melton empört und stellte ihre Teetasse hin. »Ich wundere mich über Sie, Emilia. Ich hätte gedacht, Sie wären über diese Nachricht schockiert.«

Tante Emilia spielte mit den Locken ihres silbernen Haares.

»Man weiß doch, daß in einer Vernunftehe wenig echte Liebe auf beiden Seiten ist. Und Mann und Frau stimmen darin überein, natürlich diskret, daß beide ihre eigenen Wege gehen. So war es jedenfalls in Bath, und ich nehme an auch in London.«

Sie sah Mariella fragend an.

»Ja... ja, wirklich«, sagte Mariella hastig.

Mariella hatte in Wahrheit keine Ahnung, ob dies wahr war oder nicht. Sie war in der Hauptstadt geboren und aufgewachsen, aber sie war behütet aufgewachsen, zuerst beschützt von ihren Eltern und in jüngster Zeit von Lord Stanley. Sie wußte natürlich, daß viele Ehen eher aus Vernunft als aus Liebe geschlossen wurden. Das war eine allgemein akzeptierte Tatsache, und es war ihr nie in den Sinn gekommen, sich zu fragen, was für Arrangements in einer solchen Ehe getroffen wurden.

Lady Melton sah Mariella streng an.

»Ich weiß nicht, was für ein Leben Sie in London geführt haben, Miß Ward, aber ich versichere Ihnen, als wir heute nachmittag in Anwesenheit von Lord Stanley dieses Thema besprachen, war er ebenso schockiert über Lord Darvill wie ich.«

Als hätte Lord Stanley seinen Namen gehört, betrat er in diesem Augenblick den Salon. Mariella unterdrückte einen Seufzer, denn sie hätte gern noch mehr über Lord Darvill gehört. Aus Georges mißmutiger Miene ging deutlich hervor, daß er ein Gespräch über diese Angelegenheit nicht weiter dulden würde. Und seine Worte bewiesen es ihr:

»Meine Damen, ich hoffe, Sie haben das Thema abgeschlossen, um das es ging? Falls nicht, ziehe ich mich in die Bibliothek zurück.«

»O bitte bleiben Sie und trinken Sie mit uns eine Tasse Tee,

Lord Stanley«, bat Lady Melton in ihrem liebenswürdigsten Tonfall. »Ich bin so froh, daß Sie da sind, denn ich wollte mit Ihnen über meinen Ball sprechen, den ich morgen für meine Nichte Clara gebe. Sie ist vor kurzem in Lynn eingetroffen und wird eine Weile bei mir wohnen. Ich hoffe doch, daß Sie alle drei morgen meine Gäste sein werden?«

Lord Stanley strich sich über die Stirn.

»Wir sind erst wenige Tage hier in Lynn, Lady Melton. Ich fürchte, die Anstrengungen eines Balles würden meine Verlobte überfordern.«

»Ein Ball, wie herrlich!« rief Tante Emilia als habe sie Lord Stanleys Worte nicht gehört. »Natürlich ist es uns eine Ehre, kommen zu dürfen. Ich vermute, Ihre Nichte ist im gleichen Alter wie Mariella. Es wäre schön, wenn sich die beiden Mädchen kennenlernen würden. Wir nehmen Ihre freundliche Einladung sehr gern an.«

»Dann ist alles geregelt«, sagte Lady Melton und stand auf. »Ich muß Sie jetzt verlassen, da ich für den morgigen Ball noch eine Menge Vorbereitungen zu treffen habe. Clara ist zu Hause und sieht darauf, daß die Namen der Gäste auf den Tischkarten richtig geschrieben werden. Das letzte Mal regte sich Lady Sewel schrecklich auf, weil der letzte Buchstabe ihres Namens versehentlich ein r statt ein l war.«

Die Gästeliste, überlegte Mariella.

Würde Lord Darvill beim Ball anwesend sein? Trotz aller Beteuerungen, wie schockiert sie über seinen Ruf sei – würde Lady Melton es wagen, ihn auszuschließen?

Drittes Kapitel

Mariellas Gedanken verweilten am nächsten Tag vor allem bei den Enthüllungen über Lord Darvill, während sie und Tante Emilia sich auf Lady Meltons Ball vorbereiteten. Sie war am vorangegangenen Abend wie betäubt gewesen, ja mehr noch, schockiert, als Lady Melton ihre Geschichte über Lord Darvill lang und breit ausgebreitet hatte. Aber jetzt, im kühlen Licht des Januartages, stellte sie fest, daß sie Lord Darvills Leben mit größerer Gelassenheit betrachtete.

Schließlich ist es nur ein Gerücht, daß er seinen Vater erschossen haben soll, sagte sie sich. Es gibt keinen einzigen Beweis dafür, daß er dieses Verbrechen tatsächlich begangen hat. Und was seine Amouren mit den verheirateten Damen der Grafschaft anbetraf, so war selbst Tante Emilia über diese Enthüllungen nicht schockiert gewesen.

Mariella war weit mehr beunruhigt über die Neuigkeit, daß Lord Darvills Herz gebrochen war, als seine Jugendliebe geheiratet hatte. Mariellas romantische Seele war aufgewühlt bei dem Gedanken daran, und sie hätte gern mehr über Sarah Woodrow erfahren, die Lord Darvill geliebt hatte und die er anscheinend immer noch liebte, wenn man Lady Melton Glauben schenken durfte.

Was für eine Frau war diese Sarah, die das Herz Lord Darvills gewonnen hatte? War sie blond oder dunkelhaarig, ein schlichtes Mädchen vom Land oder eine temperamentvolle Frau? Es verstimmte Mariella, daß Lady Melton so wenig über sie erzählt hatte, außer, daß das Paar vorzüglich zusammengepaßt hätte. Eines jedoch wußte Mariella gewiß – Sarah Woodrow mußte außergewöhnliche Qualitäten besessen haben, wenn Lord Darvill sie nach so vielen Jahren immer noch liebte und nach wie vor kein anderes unverheiratetes Mädchen eines Blickes für würdig hielt.

Und doch – und doch wollte er mich küssen, sagte sich Mariella. Ja, weil er wußte, daß ich verlobt bin, sagte sich Mariella energisch. Zweifellos prüfte er das Gelände und fragte sich, ob ich, sobald ich mit Lord Stanley verheiratet bin, eine angenehme Ergänzung zu der Schar williger, verheirateter Damen sein könnte.

Der Gedanke ernüchterte Mariella, und sie wurde wütend auf sich selbst, weil sie so viele Gedanken auf das Glück und die Liebschaften von Lord Darvill verschwendet hatte. Sofort ging sie hinunter zu George, um mit ihm Backgammon, sein Lieblingsspiel, zu spielen. Er gewann mühelos, wie sie es gewollt hatte, und war in sehr guter Stimmung, als sie in ihre Zimmer zurückkehrten, um sich für den Ball umzukleiden.

Nachdem Mariella ein Jahr lang Trauerkleidung getragen hatte, bereitete es ihr ein besonderes Vergnügen, ihr rosarotes Ballkleid anzuziehen, das am Saum und am Halsausschnitt mit Perlen bestickt war. Sie trug auch eine Perlenkette um ihren schlanken Hals und hatte ihr schönes, lockiges Haar hochgesteckt.

Die Frisur fand aber keineswegs Lord Stanleys Beifall.

»Ich wollte, du würdest dein Haar nicht auf diese Weise tragen«, sagte er tadelnd, als sie in den Salon kam. »Du siehst dadurch größer aus als ich.«

»Aber keineswegs«, sagte Tante Emilia rasch. Sie fürchtete, sie könnten zum Ball zu spät kommen, wenn Mariella ihre Zofe bitten sollte, das Haar auf eine bescheidenere Art umzufrisieren. »Sie sind nicht übermäßig groß, Lord Stanley, aber durch ihr untadeliges Auftreten werden Sie eindrucksvoller aussehen als jeder andere Mann im Ballsaal.«

Besänftigt drückte Lord Stanley seine Schultern durch und nahm eine aufrechte Haltung an, als er die beiden Damen in die Halle führte. Sie warteten, bis ein Diener kam, um ihnen die Haustür zu öffnen. Er versuchte es, aber ohne Erfolg.

»Die Tür scheint zu klemmen, Lord Stanley«, sagte der Diener verwirrt.

»Haustüren öffnen sich gewöhnlich nach innen und nicht nach außen«, sagte Lord Stanley gereizt.

»Ja, Sir, gewiß, aber dieses Haus wurde nur mit einer mittelgroßen Halle gebaut, und deshalb hat Lord Darvill die Türen ändern lassen, als er hier wohnte.«

Lord Stanleys Gesicht verdüsterte sich, als Lord Darvills Name fiel. Aber ehe er etwas äußern konnte, kam Mrs. Gordon, die Haushälterin, in die Halle geeilt.

»Sie werden diese Tür heute abend nicht öffnen können«, rief sie. »Wissen Sie nicht, daß in den letzten paar Stunden etwa ein Fuß hoch Schnee gefallen ist?«

Sie sahen sich bestürzt an. Tante Emilia hatte fast den ganzen Nachmittag geschlafen, und Lord Stanley und Mariella hatten bei geschlossenen Vorhängen in der Bibliothek Backgammon gespielt, denn Lord Stanley hatte darauf bestanden, daß die Vorhänge in der Bibliothek geschlossen blieben, damit Mariella nicht im Durchzug saß. Und der Diener hatte sich den ganzen Nachmittag mit der neuen Wäscherin vergnügt.

Mariella eilte in den Salon und zog die Vorhänge auf. Die Straße draußen schimmerte weiß, und die schneebeladenen Bäume sahen aus, als wären sie mit zauberhaften weißen Blüten besetzt. Für Mariella war die Schönheit der Szene jedoch völlig vergeudet. Sie sah ärgerlich hinaus und verabscheute jede einzelne Schneeflocke, die vom Himmel fiel.

»Wie sollen wir jetzt zum Ball kommen?« rief sie bekümmert.

Lord Stanley trat neben sie. »Wir werden den Ball natürlich nicht besuchen, meine Liebe. Selbst wenn es möglich wäre, die Kutsche aus dem verschneiten Hof zu holen, würden wir die Straße, die nach Melton Hall führt, unpassierbar finden.«

Mariella sah ihre Tante unglücklich an. Es mußte doch eine Möglichkeit geben!

Aber Tante Emilia machte ein ebenso unglückliches Gesicht wie sie.

»Ich fürchte, Lord Stanley hat recht, Mariella. Wir sind eingeschneit, und wir können bis morgen früh nichts dagegen unternehmen.«

Mrs. Gordon nickte. »Wenn der Schnee bis morgen früh nicht geschmolzen ist, Mylady, lassen wir einen Diener zu einem Fenster hinausklettern und einen Weg um das Haus freischaufeln.«

»Mache kein so untröstliches Gesicht«, sagte Lord Stanley, als Mariella enttäuscht in einen Sessel sank. »Es ist schließlich nur ein Ball. Du bist erst neunzehn Jahre alt und wirst in deinem Leben noch viele Bälle besuchen.«

»Ja, George«, erwiderte Mariella leise.

Nicht einmal vor sich selbst wollte sie zugeben, weshalb ihr gerade dieser Ball so wichtig war. Sie sagte sich, daß es sie nur einfach interessiert hätte, ob Lady Melton Lord Darvill eingeladen hatte, und wenn ja, welche Wirkung er auf die anderen Gäste ausübte.

»Es ist immer so unnatürlich still, wenn es schneit«, sagte Tante Emilia. »Alle Geräusche sind gedämpft, und es ist so, als wäre die Welt eingeschlafen.«

Mariella ging unruhig auf und ab. Sie war unfähig, still zu sitzen. Sie wollte tanzen und in angenehmer Gesellschaft sein, bei Musik, Kerzenlicht und Gelächter, und sich nicht in einem eingeschneiten Haus wie eine Gefangene fühlen, wo sie die Uhren ticken hörte anstatt der Musik im Ballsaal.

Trotzig sah sie aus dem Fenster des Salons und fragte sich, wie George wohl reagieren würde, wenn sie es aufriß und hinausstieg und zu Fuß zum Ball lief. Bei dem Gedanken daran mußte sie lächeln. Sofort sagte Lord Stanley:

»Ich freue mich, daß du dich wieder gefangen hast, meine Liebe. Wir werden hier zu Abend essen und später vielleicht ein wenig Backgammon spielen. Ich gestehe, die Aussicht auf einen ruhigen Abend gefällt mir. Was ist ein Ball schließlich anderes als ein Exzeß von unnützem Gerede, lauter Musik und ungeschickten Damen, die einem ständig auf die Zehen treten.«

Mariella hörte ihm nicht zu. Sie hatte draußen Stimmen vernommen und ein schabendes Geräusch. Sie ging rasch zum Fenster und öffnete es.

»Da draußen sind viele Männer!« rief sie aufgeregt. »Sie haben Schaufeln und Besen dabei und räumen den Schnee weg!«

Lord Stanley trat neben sie und schob sie beiseite, um sich selbst davon zu überzeugen.

»Wie seltsam«, rief Mariella, »daß sie die Straße am Abend freischaufeln, anstatt bis morgen früh zu warten. George, bitte, frage die Männer, was das heißen soll.«

»Sei nicht albern, Mariella, ich kann unmöglich so etwas Entwürdigendes tun und mit Arbeitern vom Fenster aus sprechen«, tadelte sie Lord Stanley.

»Dann beauftragen Sie einen Dienstboten«, schlug Tante Emilia vor.

Unter einigen Schwierigkeiten wegen des Schnees auf dem Fenstersims kletterte ein Diener aus dem Fenster. Er sprach mit dem Vorarbeiter der Männer, und innerhalb weniger Minuten war alles geklärt. Die Männer waren von Lord Darvill geschickt worden, um das kurze Straßenstück vom Schnee zu säubern, das von Lynn zum Melton House führte.

»Lord Melton und auch die anderen Herrschaften in der Nachbarschaft lassen die Straßen vom Schnee räumen, damit alle Gäste ungehindert zum Ball kommen können«, sagte der Diener zu Lord Stanley.

Mariella und Tante Emilia sahen einander glücklich an. Lord Stanley jedoch goß rasch eine kalte Dusche über ihre neuerwachten Hoffnungen.

»Das ist alles recht und schön, aber was geschieht, wenn wir in Melton Hall angekommen sind und Neuschnee uns den Heimweg blockiert?«

»Wenn Sie gestatten, Mylord«, sagte der Diener, »Lord Darvill hat durch seine Männer ausrichten lassen, daß es heute nacht wahrscheinlich nicht mehr schneien wird.«

Lord Stanley schmollte, aber er konnte vor dem Diener schwerlich Lord Darvills Worte anzweifeln.

Tante Emilia gab rasch ihren männlichen Dienstboten Anweisungen, sich den Männern draußen beim Schneeschippen anzuschließen und dann die Kutsche bereitzumachen.

Mariella war überglücklich. Wir gehen auf den Ball, sagte sie sich immer wieder.

In London hatte Mariella zahlreiche Bälle in den großartigsten Häusern der Hauptstadt besucht, aber noch nie zuvor hatte sie eine so entspannte Atmosphäre erlebt wie auf dem Ball in Melton Hall an diesem Abend. Alle Gäste, mit Ausnahme Lord Stanleys, waren froh darüber, daß es ihnen schließlich doch noch gelungen war, das Wetter zu überlisten. Das Hochgefühl war so groß, daß man sogar die verwitwete Lady Sewel, die gewöhnlich auf den Bällen mißmutig herumsaß, begeistert den flotten *Dashing White Sergeant* tanzen sah.

Mariella hatte reichlich Gelegenheit, die Tänzer zu beobachten. George hatte ihr zu ihrem Verdruß verboten, die Bauerntänze mitzutanzen.

»Wir werden später, wenn es passend ist, das Menuett zusammen tanzen«, sagte er. »Aber die Bauerntänze schicken sich nicht für ein verlobtes Mädchen, Mariella. Wir setzen uns hier in die Fensternische und gewöhnen uns an diesen Lärm und das laute Gerede.«

»Ja, George«, sagte Mariella.

Schwerzen Herzens tat sie, was er befohlen hatte. Als die Paare in dem vergoldeten und von Kronleuchtern erhellten Ballsaal vorübertanzten, bemerkte Mariella, daß sie das Ziel vieler neugieriger und interessierter Blicke der anderen Mädchen war. Sie wußte, daß ihre Ankunft in einer kleinen Gesellschaft wie der von Lynn nicht stillschweigend aufgenommen worden war. Jetzt begutachtete man sie als Neuankömmling aus London und als das Mädchen, das mit dem reichen und angesehenen Lord Stanley verlobt war. Vielleicht beneidete man sie auch, da sie eine so gute Partie machte.

Aber wie beneidete Mariella sie, die wie Schmetterlinge durch den duftenden Ballsaal schweben durften. Besonders ein Mädchen erregte Mariellas Aufmerksamkeit. Es war groß und sehr anmutig, hatte tiefschwarzes Haar und eine milchweiße Haut. Es hatte etwas Traumhaftes an sich, als wäre es in einer eigenen Welt, viele Meilen von Melton Hall entfernt. Sie spürte, daß jemand sie beobachtete, und blickte auf. Aber es waren nicht nur Mariellas Augen, die sie gemustert hatten, sondern auch die tiefblauen Augen eines großen, dunkelhaarigen Mannes in einem grünen Samtabendrock, der lässig an einer Marmorsäule lehnte.

Mariellas erste Reaktion war Erschrecken darüber, daß er auf dem Ball war, und dann zog sich ihr Herz zusammen, als sie sah, wie er das dunkelhaarige Mädchen betrachtete. Aber ihr blieb keine Zeit für weitere Überlegungen. Lady Melton, Lady Sewel und Tante Emilia kamen zu ihnen an den Tisch in der Fensternische.

»Was für ein herrlicher Abend!« rief Lady Sewel begeistert und setzte sich, wobei ihr dunkelblaues Taftkleid raschelte. »Als es zu schneien begann, fand ich mich schweren Herzens damit ab, den Abend allein am Kamin zu verbringen. Es war eine großartige Idee, Lady Melton, die Straßen vom Schnee freischaufeln zu lassen.«

»Ich gestehe, die Initiative ging von Lord Darvill aus«, sagte Lady Melton und fingerte nervös an ihrer Rubinkette. »Er wußte, daß meine Nichte sehr enttäuscht gewesen wäre, wenn der Ball nicht stattgefunden hätte.«

»Ihre Nichte ist das hübsche, dunkelhaarige Mädchen in dem blauen Kleid, nicht wahr?« fragte Tante Emilia und sah zu dem verträumten Mädchen hinüber, das Mariella während der Bauerntänze beobachtet hatte.

Lady Melton nickte.

»Clara ist vor über einem Jahr in die Gesellschaft eingeführt worden, und sie ist seither wahrhaft aufgeblüht. Ich bin stolz auf sie. Sie hat eine natürliche Anmut und Würde, die sie in meinen, zugegebenermaßen voreingenommenen Augen weit über die anderen Mädchen ihres Alters stellt.«

»Sie ist in der Tat sehr reizvoll«, stimmte Tante Emilia zu. »Und wie lobenswert, daß sie, obwohl sie sehr groß ist, eine so gute Körperhaltung hat und die Schultern nicht hängen läßt.«

»In der Tat«, sagte Lady Sewel erstaunt, »sie überragt alle anderen Mädchen, Lady Melton. Es wird schwer sein, für sie einen passenden Mann zu finden, da sie größer als die meisten Männer ist.«

Lord Stanley, der sich dessen immer bewußt war, daß ihm

einige Zoll an Körpergröße fehlten, setzte sich kerzengerade hin, als würde er dadurch in den Augen der kritischen Damen, die ihn umgaben, seine Statur verbessern.

Lady Melton jedoch ließ sich von der Kritik an ihrer Nichte nicht unterkriegen. Sie lächelte und sagte:

»Clara besitzt ein beträchtliches Vermögen, und was noch wichtiger ist, ein angenehmes und gefügiges Wesen. Ich bin sicher, es wird nicht schwer sein, einen passenden Mann für sie zu finden.«

Alle Augen richteten sich auf Clara, und dabei war es unmöglich zu übersehen, daß Lord Darvill, der jetzt neben der mit einem roten Teppich belegten Treppe stand, das dunkelhaarige Mädchen immer noch interessiert betrachtete.

»Ich wundere mich, daß Lord Darvill heute abend hier ist«, sagte Lord Stanley zu Lady Melton. Sein Tonfall deutete an, daß er sehr darüber überrascht war, den Mann in Melton Hall zu sehen, den man für einen Mörder hielt.

Lady Melton winkte mit ihren dünnen Händen ab.

»Man befindet sich in solchen Situationen in einem Dilemma. Natürlich schreckt man vor der Vorstellung zurück, in seinem Haus einen Mann zu empfangen, der so kaltblütig seinen eigenen Vater getötet hat.«

»Aber das ist doch nicht bewiesen«, sagte Tante Emilia. »Man kann einen Mann auf ein bloßes Gerücht hin nicht beschuldigen.«

Mariella wäre ihrer Tante am liebsten um den Hals gefallen, weil sie das ausgesprochen hatte, was auch sie dachte. Aber da ihr Verlobter zugegen war und diese schrecklichen Damen, hatte sie geschwiegen.

Lady Sewel rückte ostentativ ihren Stuhl so, daß sie Lord Darvill den Rücken zukehrte.

»Es sind nicht nur die Gerüchte, die Lord Darvill für die gute Gesellschaft unannehmbar machen. Es sind auch seine bekannten Liaisons mit gewissen achtbaren verheirateten Damen der Grafschaft.«

»Wenn es allgemein bekannt ist, daß sie mit Lord Darvill ein Verhältnis hatten, kann man sie kaum achtbar nennen«, sagte Tante Emilia leise.

»Meine Damen, mit Respekt, ich wäre Ihnen außerordentlich dankbar, wenn wir ein passenderes Gesprächsthema wählen würden. Ich bin sicher, Sie stimmen mir zu, wenn ich Lord Darvill und seine Lebensweise nicht für ein angemessenes Thema halte, das in der Anwesenheit eines unverheirateten Mädchens geführt wird, das ich in Kürze zu meiner Frau machen werde.«

Mariella errötete und wünschte, George würde sie nicht wie eine kleine Nonne bchandeln, die gezwungen ist, den Schleier über ihre Haube zu ziehen, sobald ein Angehöriger des anderen Geschlechts auftaucht.

Lady Sewel hob ihr Lorgnon und musterte Mariella.

»Ah, Sie sind Miß Ward, die erst kürzlich mit der guten Emilia aus London gekommen ist, um ihr eine Zeitlang Gesellschaft zu leisten. Wie ist Ihr erster Eindruck von der Gesellschaft in Lynn, Miß Ward?«

»Wir sind erst wenige Tage hier«, sagte Mariella lächelnd, »aber ich gestehe, ich bin von der Stadt bezaubert und von der Freundlichkeit der Menschen, denen ich bisher begegnet bin.«

»Sie wohnen im Weißen Haus. Stimmt es, daß es eines der schönsten Häuser in Lynn ist, obwohl es nicht übermäßig groß ist?«

»Lord Darvill erzählte mir, daß auch er das Haus sehr liebt«, sagte Tante Emilia und erntete von Lord Stanley einen strafenden Blick, weil sie den Namen erwähnt hatte, den er am wenigsten hören wollte.

»Ja, Lord Darvill besitzt dieses Haus, wie Sie zweifellos wissen«, sagte Lady Melton nachdenklich. »Aber in seiner Familie ist es Tradition, daß das Weiße Haus, sobald Lord Darvill heiratet, das Eigentum seiner Frau wird, der es, solange sie lebt, zur Verfügung steht. Sie darf es nicht verkaufen, aber sie entscheidet darüber, wer es bewohnt.«

»Ach du meine Güte«, sagte Tante Emilia erschrocken. »Wie beunruhigend für mich. Das Haus gefällt mir so gut, daß ich darin wohnen bleiben möchte, und nun könnte es sein, daß ich nach Lord Darvills Hochzeit plötzlich ohne Heim dastehe.«

Lady Sewel tätschelte ihre Hand.

»Beunruhige dich nicht, Emilia. Lord Darvill hat während der letzten Jahre bewiesen, daß er nicht ans Heiraten denkt. Man hat noch nie gesehen, daß er mehr als drei Blicke auf irgendein unverheiratetes Mädchen geworfen hätte.«

Lord Stanley schob energisch seinen Stuhl zurück.

»Mariella, ich glaube, jetzt beginnt das Menuett. Es ist mir ein Vergnügen, dich auf die Tanzfläche zu führen.«

Lord Stanley war nicht gerade der anmutigste Tänzer. Er hatte kein Gefühl für den Rhythmus, und diesmal war er zusätzlich durch seinen beträchtlichen Ärger abgelenkt.

»Mariella, ich verstehe nicht, warum sich Lady Melton genötigt sah, Darvill auf diesen Ball einzuladen. Wie kommt es außerdem, daß er für jedermann ein unerschöpfliches und faszinierendes Gesprächsthema ist?«

Mariella hatte sich genau das gleiche auch gefragt. Oberflächlich betrachtet erweckten die Menschen in Lynn den Eindruck, daß sie Lord Darvill ächteten, und doch wurde er nicht nur überall empfangen, sondern sobald er einen Raum betrat, sprachen die Anwesenden über nichts anderes lieber als über ihn. Besonders die Damen waren offensichtlich von ihm gefesselt. Während der Bauerntänze hatte Mariella die anderen Frauen beobachtet. Nur wenige von ihnen hatten es fertiggebracht, ihre Blicke von Lord Darvill abzuwenden, und Mariella hatte in ihren Augen eine Mischung aus Bewunderung und Faszination gesehen, gemischt mit einem Anflug von Furcht, die jedoch nicht hinreichend erschreckte, um das Leuchten ihrer Augen zu verbergen. Sie mißbilligen sein Tun, dachte Mariella lächelnd, und doch hat er eine Ausstrahlung, die sie gleichzeitig alle in seinen Bann zieht.

Nach zwei Tänzen mit ihrem Verlobten wurde Mariella von Lord Egremont über die Tanzfläche gewirbelt, und danach forderte Lord Melton sie zum Kotillon auf. Zufrieden, daß seine Verlobte in ehrenwerten Händen war, zog sich Lord Stanley an einen der Kartentische in dem Salon nebenan zurück.

Doch während Lord Melton Mariella zur Tanzfläche führte, trat ein Diener auf sie zu und teilte Seiner Lordschaft mit, daß Schnee vom Dach auf den Wintergarten gefallen war, das Glasdach zertrümmert hatte und, wie man befürchtete, ein Aquarell beschädigt worden war, an dem Lord Melton gerade arbeitete.

Lord Melton war ein talentierter Maler. Nun wandte er sich beunruhigt an Mariella:

»Bitte würden Sie mich entschuldigen, Miß Ward. Mein Bild sollte morgen fertig werden. Ich kann nicht ruhig auf dem Ball sein, ohne zu wissen, ob mein Bild vom Schnee und von den Glasscherben beschädigt worden ist.«

»Aber natürlich müssen Sie sofort in den Wintergarten gehen«, sagte Mariella.

Tante Emilia trat zu ihnen.

Lord Melton lächelte Mariella an. »Ich hoffe, ich habe später noch einmal das Vergnügen, mit Ihnen tanzen zu dürfen.«

Tante Emilia war atemlos. »Mariella, ich gestehe, ich bin um die Säulen im Ballsaal gelaufen wie ein gejagter kleiner Hase«, sagte sie aufgeregt. »Lady Egremont hat mich wissen lassen, daß sie meine Bekanntschaft gern erneuern würde, aber um die Wahrheit zu sagen, es gibt nichts, was ich weniger wünschte.«

Mariella lachte.

»Ich habe eben mit ihrem Sohn getanzt. Er ist so schüchtern, daß er nicht wagte, meine Hand anzufassen, als wir auf die Tanzfläche gingen.«

Tante Emilia nickte. »Ja, Lady Egremont ist furchterregend. Alle ihre Kinder fürchten sich vor ihr, und ich weiß noch, als ich in die Gesellschaft eingeführt wurde, machte sie mir das Leben zur Hölle, indem sie ständig an meinem Äußeren, meiner Haltung, meinen Manieren herumkritisierte.«

Mariella erinnerte sich daran, daß George ein alter Bekannter von Lord Egremont war. Zweifellos hatten sie vieles miteinander gemeinsam, da beide das Mißgeschick hatten, dominierende Mütter zu haben.

Lord Darvill trat neben sie. »Lady Henlow, ich habe eben mit Lady Egremont gesprochen. Sie bat mich, Ihnen auszurichten, wie sehr sie sich freuen würde, wenn Sie zu ihr in den Rosa Salon kämen.«

Tante Emilia stöhnte.

»Du meine Güte, ich werde mir wieder wie achtzehn vorkommen und fürchten, mein Haar ist unordentlich und ich verliere das Gleichgewicht, wenn ich einen Knicks mache.«

Lord Darvill lachte.

»Lady Egremont glaubt, ich sei ein bekanntermaßen unzuverlässiger Mensch. Sie wäre keineswegs überrascht, wenn ich vergessen hätte, Ihnen ihre Bitte auszurichten. Sie hat sich bedauerlicherweise den Knöchel verstaucht und kann deshalb den Rosa Salon nicht verlassen.«

Tante Emilias Stimmung besserte sich bei dieser Nachricht beträchtlich. Sie lächelte Lord Darvill an:

»Ich bin Ihnen so dankbar, daß Sie es uns ermöglicht haben, den Ball zu besuchen. Ich hoffe, Sie unterhalten sich gut?«

»Ja, und ich bin sicher, daß die nächsten fünfzehn Minuten die schönsten des ganzen Abends sein werden, das heißt«, er wandte sich nun an Mariella, »wenn Sie, Miß Ward, mir die Ehre des nächsten Tanzes geben.«

»O... ich... nun... George...«, stammelte Mariella.

Tante Emilia lächelte, nahm Mariellas Hand und legte sie auf Lord Darvills Arm. »Du hast ganz recht, meine Liebe. Das Stück, das sie spielen heißt ›Der Tag, an dem George in den Krieg zog‹. Es ist so traurig, aber so romantisch und hat eine so schöne Melodie.«

Lord Darvill führte Mariella auf die Tanzfläche. Anfangs konnte sie ihm nicht in die Augen sehen. Wie typisch für ihn, dachte sie, daß er weder meine Tante, noch meinen Verlobten um Erlaubnis gebeten hatte, mit mir zu tanzen. Er mißachtet völlig die Konvention und sprach mich direkt an, so daß ich unmöglich ablehnen konnte, ohne wie ein linkisches Schulmädchen zu erscheinen.

Und du, Mariella, wie hast du reagiert, als du mit seiner Aufforderung zum Tanz konfrontiert wurdest, fragte sie sich streng. Du hast gestammelt und gestottert und dich mit deinen Worten hinter deinem Verlobten verstecken wollen.

Ärgerlich über sich selbst, hob sie den Kopf und sah Lord Darvill in die Augen. Er sagte nichts, aber als die Musik begann, spielte ein Lächeln um seinen schönen Mund.

»Sicherlich haben Sie unter Ihrer Maske an dem gewissen Abend draußen in den Fens auf die gleiche Weise gelächelt«, sagte Mariella so leise, daß nur er es hören konnte.

Ihre Worte erschreckten ihn in keiner Weise. Er tanzte unbeirrt weiter, ohne einen Schritt auszulassen.

»Ich muß gestehen, daß die Episode mich sehr amüsiert, aber auch geärgert hat«, sagte er.

»Geärgert?« fragte sie verblüfft. Dann lächelte sie, als ihr bewußt wurde, daß sie seine selbstsichere Pose durchdrungen hatte. »Ja, richtig, ich glaube, ich habe Ihren Versuch vereitelt, meine Ohrringe an sich zu bringen.«

»War es nicht töricht, Ihre Juwelen in das Schilf zu werfen?«

»Wenn ich jetzt daran denke, ja«, sagte Mariella. »Ich habe mich seitdem gefragt, ob unschuldige, kleine Wasservögel die Ohrringe in den Schnabel genommen haben und daran erstickt sein könnten.«

Sie sah, wie seine Augen aufblitzten und doch aufreizend undurchdringlich blieben. In einem gleichgültigen Tonfall sagte er:

»Sie mißverstehen mich. Ich hätte gedacht, daß Sie Ihre Tat deshalb für töricht halten würden, weil Sie durch Ihr unbesonnenes Handeln das kostbare Geschenk Ihres Verlobten für immer verloren haben.«

Wütend darüber, daß sie auf diese Weise überrumpelt worden war, erwiderte Mariella:

»Ich bin überrascht darüber, daß ein Straßenräuber, der sich damit amüsiert, in den Fens den Wegelagerer zu spielen, sich über den Verlobten seines Opfers den Kopf zerbricht. Wie mitfühlend von Ihnen, Lord Darvill.«

Einen Augenblick preßte er ihr Handgelenk fester. Das brachte ihr zum Bewußtsein, daß er ein Mann war, der sich niemals scheuen würde, Gleiches mit Gleichem zu vergelten.

»Es scheint Ihre Spezialität zu sein, mich mißzuverstehen, Miß Ward«, sagte er in einem Tonfall, der liebenswürdig war, aber gleichzeitig etwas Stählernes an sich hatte. »Ich war an jenem Abend nicht wegen Ihrer Juwelen verärgert, sondern weil Sie nach Einbruch der Dunkelheit durch das gefährliche Moor fahren wollten. Es war eine Torheit. Nur deshalb habe ich Sie angehalten. In Lynn sprechen sich die Dinge rasch herum. Ich wußte, daß Sie mit Ihrer Tante eintreffen werden. Wenn Sie mit ihr allein gereist wären, hätte ich mich natürlich offen an Sie gewandt. Aber als die Kutsche vorbeifuhr und ich Lord Stanley darin sitzen sah...«

»...beschlossen Sie, sich auf Kosten meines Verlobten zu amüsieren und meine arme Tante zu Tode zu erschrecken«, fauchte Mariella. Wenn sie nicht eine Minute vorher von ihm gewarnt worden wäre, als er ihr Handgelenk fester packte, hätte Mariella ihn geschlagen, so heftig war die Reaktion, die er in ihr hervorrief. Sie war über sich selbst überrascht. Ihr ganzes Leben lang hatte man ihr gesagt, was für ein zurückhaltendes, sanftes Mädchen sie war. Es war die Seite ihres Charakters, die George am meisten an ihr schätzte. Und doch erweckte Lord Darvill in ihr nach wenigen Minuten Konversation einen Zorn, der ihr die Selbstbeherrschung nahm.

Als spüre Lord Darvill den Kampf in ihr, schwieg er eine Weile, und dann sagte er: »Miß Ward, Sie ziehen voreilige Schlüsse. In Wirklichkeit ist es so, daß ich durch meine Gespräche mit Lord Egremont einiges über Lord Stanleys Charakter weiß und daher annahm, wenn ich mich offen an ihn wandte und ihm riet, die Nacht im Gasthaus zu verbringen, er meinen Rat nicht befolgen würde. Außerdem setzte ich meine Maske auf und zückte meine Pistole, um sicher zu sein, daß meine Worte volle Aufmerksamkeit fänden.«

Mariella verstand sehr gut, was Lord Darvill mit seinen wohlüberlegten Worten bezweckte. Er sagte ihr damit, daß Lord Stanley stur bis zur Dummheit war und von niemandem einen Rat annehmen würde.

Hitzig verteidigte sie ihren Verlobten: »Mein Verlobter ist als Oberhaupt einer alten, einflußreichen Familie in London daran gewöhnt, die Führung zu übernehmen und seine Entscheidungen zu treffen. Sie haben Glück, Lord Darvill, daß er Sie nicht wie ich als den Wegelagerer wiedererkannte, als wir uns in der Bibliothek des Weißen Hauses vorgestellt wurden. Wenn er wüßte, wer Sie sind, hätte er Sie sofort herausgefordert.«

»Zweifellos«, sagte Lord Darvill trocken und grüßte höflich Lord Melton, der eben in den Ballsaal zurückgekehrt war.

»Ich möchte gern zwei Dinge von Ihnen wissen, Miß Ward. Erstens, wieso haben Sie mich wiedererkannt und Ihr Verlobter und Ihre Tante nicht? Und zweitens, warum haben Sie mich nicht sofort verraten?«

Seine Fragen brachten Mariella in Verlegenheit. Wie konnte sie ihm erklären, daß sie vom ersten Augenblick in den Fens, als sie in seine tiefblauen Augen blickte, ein Gefühl des Wiedererkennens überkam, als kenne sie diesen Mann schon ihr ganzes Leben lang? Die Vorstellung war absurd, und sie hätte sich eher in Öl sieden lassen, als diese Gedanken dem Mann gegenüber zuzugeben, mit dem sie tanzte, dem Mann, der sie gleichzeitig aufwühlte und anzog.

Und warum hatte sie ihn nicht an George verraten? Weil sie von seiner Dreistigkeit fasziniert war und mehr über diesen Mann und sein Leben wissen wollte.

Doch nichts davon konnte sie Lord Darvill gegenüber enthüllen.

Wegwerfend sagte sie, als wäre ihr die ganze Angelegenheit gleichgültig:

»Es genügt, daß ich Sie wiedererkannt habe, auf den Grund dafür kommt es nicht an. Ich hätte Sie natürlich entlarvt, wenn Sie nicht das Haus besäßen, das meine Tante von Ihnen gemietet hat. Wenn mein Verlobter von Ihren Abenteuern in den Fens etwas erführe, würde er die schrecklichste Szene machen und darauf bestehen, daß Tante Emilia sofort das Weiße Haus verläßt. Aber da wir eben erst angekommen sind und es Winter ist, würde dies große Unannehmlichkeiten für sie bedeuten, und davor wollte ich sie bewahren.«

Lord Darvills Augen strahlten.

»Ich bin gerührt zu erfahren, wie pflichtbewußt Sie sind, Miß Ward.«

Über seinen spöttischen Tonfall gekränkt, erwiderte Mariella hitzig:

»Es gibt immer noch einige Menschen auf der Welt, die Loyalität und Treue gegenüber ihren Verwandten beweisen.«

Sein Blick wurde eisig, und einen Augenblick lang glaubte sie, er würde sie mitten im Ballsaal vor allen Gästen schlagen. Instinktiv tanzte sie graziös den Kotillon, aber ihr Herz hämmerte vor Angst, und sie schalt sich selbst, weil ihr diese unbedachten Worte entschlüpft waren.

Es ist nur ein Gerücht, daß er seinen Vater getötet hat, sagte sie sich ärgerlich. Es ist nicht bewiesen, und ich habe kein Recht, ihm auf eine so derbe Art die Vergangenheit ins Gedächtnis zu rufen.

Lord Darvill sah sie durchdringend an, so daß sie spürte, wie sie von Kopf bis Fuß zu zittern begann. Sie wollte, er würde etwas sagen, damit sie Gelegenheit bekam, sich zu erklären. Denn wie kam es, daß in seinem Verhalten, in seinem Tonfall immer etwas lag, das sie zu Worten und Handlungen provozierte, die ihr sonst fremd waren? Bei ihrer ersten Begegnung hatte sie unbesonnen ihre Ohrringe in das Schilf geworfen und ihm gesagt, wenn er sie haben wolle, solle er sie suchen. Und jetzt erinnerte sie ihn mitten auf einem Ball an die entsetzliche Nacht, in der sein Vater gewaltsam zu Tode kam.

Aber weder Mariella noch Lord Darvill bekamen die Gelegenheit, das Thema weiterzuverfolgen, denn der Kotillon war zu Ende.

Lord Darvill verbeugte sich. Mariella machte zitternd einen Knicks. Dann griff er in die Tasche seines grünen Samtrockes und sagte:

»Wir werden uns wiedersehen, Miß Ward. Hier ist inzwischen für Sie eine kleine Erinnerung daran, daß ich selten erfolglos bin, wenn ich jage.«

Sie spürte, wie er ihr etwas Kaltes und Hartes in die Hand drückte.

Er drehte sich auf dem Absatz um und ging weg. Sie blickte in ihre Handfläche und errötete, als sie die goldenen Smaragd-Ohrringe sah, die sie in jener Nacht ins Schilf geworfen hatte. Er hatte sie gefunden und ihr zurückgegeben. Es mußte ihn viel Zeit gekostet haben, sie im Schilf zu finden.

Mariella steckte die Ohrringe in ihre Handtasche und fand, daß Lord Darvill der unberechenbarste Mann war, dem sie je begegnet war. Zuerst versetzte er sie so in Furcht, daß sie am ganzen Körper zu zittern begann, und im nächsten Augenblick weckte er in ihr ein fast überwältigendes Gefühl der Dankbarkeit, ja fast der Zuneigung.

»Mariella!«

Es war George, der vor ihr stand. Sein Gesicht war wutverzerrt. Er packte sie fest am Arm.

»Komm augenblicklich mit!«

Mariella hatte George noch nie so zornig gesehen. Innerhalb weniger Minuten hatte er sie aus dem Ballsaal geführt und einen Diener beauftragt, ihren Mantel zu holen. Dann wurde sie in die Kutsche geschoben, in der Tante Emilia sie schon erwartete.

»Du hast den Namen der Stanleys beschmutzt!« schrie Lord Stanley, nachdem er die Kutschentür zugeschlagen hatte.

»Aber George, was habe ich getan?« stammelte Mariella. »Warum fahren wir schon nach Hause? Der Ball ist erst halb vorüber, und ich habe ihn so genossen...«

»Das war nur zu offensichtlich«, schrie Lord Stanley. »Wie konntest du es wagen, kaum daß ich dir den Rücken gekehrt habe, mit dem verrufendsten Mann der ganzen Grafschaft zu tanzen?«

»Ich... ich bitte um Verzeihung, George... es ging alles so rasch. Ehe ich Zeit hatte...«

»Es ist bedauerlich, daß du deine Gedanken nicht darauf konzentrierst hast, welchen abscheulichen Ruf dieser Mann genießt. Wie du weißt, vermeide ich es normalerweise, über derartige Dinge mit Damen zu sprechen, aber diesmal werde ich meine Worte nicht auf die Goldwaage legen. Darvill ist stadtbekannt für seine Liebschaften mit verheirateten Damen. Was aber noch schlimmer ist, seit Jahren hat man nicht gesehen, daß er sich einem unverheirateten Mädchen genähert hätte oder es um die Ehre eines Tanzes gebeten hätte.

Daß er das heute abend getan hat und daß du zugesagt hast, ist ungeheuerlich ... und in Melton Hall nicht unbemerkt geblieben. Ist dir nicht aufgefallen, daß alle euch während des Kotillons beobachtet und über euch getuschelt haben?«

»Ich habe es nicht bemerkt, George«, sagte Mariella eingeschüchtert, und sie sprach die Wahrheit. Sie hatte in der Tat nichts von dem Getuschel bemerkt, das ihren Tanz mit Lord Darvill begleitet hatte. Sie hatte nur für ihn Augen und Ohren gehabt.

Lord Stanley konnte sich nicht beruhigen.

»Du solltest dir bewußt sein, daß er ein gefährlicher Mann ist. Sein Ruf ist so, daß kein anständiges Mädchen vor ihm sicher ist. Und du bist freiwillig mit ihm auf die Tanzfläche gegangen, und dies vor der gesamten Gesellschaft von Lynn.«

»Wenn Lord Darvill sich nur mit verheirateten Damen abgibt«, schaltete sich Tante Emilia mit sanfter Stimme ein, »dann hätte ich gedacht, daß Mariella als unverheiratetes Mädchen bei ihm vollkommen sicher ist.«

Lord Stanley schlug sich mit der Hand an die Stirn. Er wußte natürlich, daß weibliche Wesen nicht mit einem logischen Geist ausgestattet waren, aber Lady Henlow besaß eine Logik, daß er, wenn er mit ihr sprach, immer das Gefühl hatte, als stülpe sie ihm einen Sack über den Kopf.

Er ignorierte Lady Henlow und fauchte seine Verlobte an:

»Dein Verhalten war nicht nur schändlich, sondern zutiefst beleidigend für mich und den Namen meiner Familie. Der Himmel weiß, was Mutter sagen wird, wenn sie in London von deinem Verhalten erfahren sollte.«

Niedergeschlagen und deprimiert preßte sich Mariella in eine Ecke der Kutsche. Auf dem Ball, beschwingt von der berauschenden Atmosphäre, den Lichtern, der Musik, der ausgelassenen Stimmung, hatte sie überhaupt nichts dabei empfunden, mit Lord Darvill zu tanzen. Aber jetzt erkannte sie die Ungeheuerlichkeit dessen, was sie getan hatte. Doch wie konnte sie George erklären, daß Lord Darvill sich tadellos verhalten hat, während sie miteinander tanzten? Er hatte nichts gesagt, was man als eine Beleidigung für George auslegen konnte. Und in Wahrheit hat er mich nur deshalb zum

Tanz aufgefordert, damit er Gelegenheit bekam, mir diskret meine Ohrringe zurückzugeben. Es gab keinen anderen Grund, davon bin ich überzeugt.

Mariella wußte, daß sie nichts dergleichen vor ihrem zornigen Verlobten äußeren konnte. Es war klüger, wenn sie schwieg und nicht durch abwehrende Proteste Öl in das Feuer seines Zornes goß. Außerdem war sie nicht gewohnt, George in irgendeiner Weise zu widersprechen. Es war fast ihre zweite Natur geworden, daß sie sich von ihm in allen Dingen raten ließ, und daß er ihr die vernünftigste Handlungsweise vorschrieb.

Sie hatte auch noch einen weiteren Grund zu schweigen. Während sie darauf wartete, daß der Diener ihren Mantel brachte, hatte sie Lady Egremonts durchdringende Stimme aus dem Rosa Salon gehört. Lady Egremont wurde offenbar Lady Meltons Nichte vorgestellt.

»Ein charmantes junges Ding«, lautete Lady Egremonts Urteil, nachdem Clara wieder in den Ballsaal gegangen war. Und dann hörte Mariella sie fortfahren: »Aber ein geheimnisvolles Mädchen. Sie ist groß und dunkelhaarig und hat schöne, verträumte graue Augen. Sie hat eine bemerkenswerte Ähnlichkeit mit Sarah Woodrow, von der wir, wie Sie sich erinnern, alle angenommen hatten, sie würde Lord Darvill heiraten.«

Viertes Kapitel

Während der folgenden Woche widmete Mariella sich der Aufgabe, ihren Verlobten zu besänftigen. Sie mischte seinen Schnupftabak so, wie er es am liebsten hatte, sie ließ die Köchin des Weißen Hauses seine Lieblingsspeisen zubereiten, und sie spielte endlos Backgammon mit ihm. Trotz all ihrer Bemühungen zeigte Lord Stanley ihr deutlich, daß er immer noch verärgert über sie war. Es hätte wenig gefehlt, und sie wären nach London zurückgekehrt, das wußte sie. Aber der Winter hatte mit aller Macht eingesetzt, und starke Schneefälle hatten die Straßen von Norfolk unpassierbar gemacht. Schnee und Eis ließen es zu einem gefährlichen Unternehmen werden, das Haus zu verlassen, und dies wiederum besserte Lord Stanleys Laune keineswegs. Da er an seine eigene große Junggesellenwohnung in London gewöhnt war, mißfiel es ihm, tagelang in einem weiblichen Haushalt eingeschlossen zu sein.

Eines Nachmittags nach einem Backgammonspiel, in dem er so schlecht gespielt hatte, daß es für Mariella unmöglich gewesen war, ihn gewinnen zu lassen, schrie er sie an, das Leben in einem Haus mit zwei Frauen führe dazu, daß er eindeutig nicht mehr er selber sei.

Tante Emilia blickte von ihrer Stickerei auf und bemerkte sanftmütig:

»Dann fürchte ich für Sie, wenn Sie verheiratet sind, Lord Stanley. Stellen Sie sich vor, Sie werden der Vater einer Familie mit lauter Töchtern. Werden Sie sich dann ständig unpäßlich fühlen?«

Lord Stanley verließ hastig den Raum. Aber an diesem Abend ergriff er die Gelegenheit, mit Lady Henlow ein ernstes Wort zu sprechen, ehe Mariella zum Abendessen herunterkam.

»Ich wäre Ihnen dankbar«, begann er, »wenn Sie es unterlassen wollten, vor Mariella über etwas zu sprechen, das sie... was die intime Seite des Ehelebens anbetrifft.«

Tante Emilia sah ihn erstaunt an. »Ich wüßte nicht, daß ich über dergleichen mit Ihnen gesprochen hätte, Lord Stanley.«

Außer sich über ihre Sturheit und sehr verlegen fuhr Lord Stanley fort:

»Sie haben heute nachmittag die Möglichkeit erwähnt, daß ich der Vater einer Familie mit lauter Töchtern werden könnte.«

»Ich hatte natürlich angenommen, daß Sie und Mariella als Verlobte über ihre künftige Familie gesprochen hätten und darüber, mit wieviel Kindern Sie gesegnet zu sein hoffen«, erwiderte Tante Emilia ruhig. »Ich erinnere mich gut daran, daß wir, mein künftiger Gatte und ich, viele glückliche Stunden damit verbrachten, Namen für unsere Kinder auszuwählen. Wie es sich später herausstellte, waren wir allerdings nicht so glücklich, mit ihnen gesegnet zu werden, aber das wußten wir damals noch nicht. Ich erinnere mich noch daran, daß er hoffte, unsere Töchter würden so wie ich aussehen und unsere Söhne...«

Lord Stanley stand auf. Was man bei einem Gespräch mit Lady Henlow braucht, dachte er, ist ein Knäuel Bindfaden, der einen durch alle Windungen des Labyrinths zurückführte, durch das sie einen lockt. Ihr verstorbener Mann tut mir leid. Ich kann mir vorstellen, daß er im stillen erleichtert gewesen sein mußte, daß seine Frau unfruchtbar war. Eine Familie von Mädchen, die alle wie ihre Mutter redeten, hätte den Mann frühzeitig ins Grab gebracht.

Zum erstenmal in dieser Woche erlaubte er sich ein Lächeln, als Mariella in den Salon trat. Er billigte das bescheidene hellblaue Kleid, das sie trug und bemerkte, daß sie ihr Haar im Nacken und nicht auf dem Kopf geknotet hatte, so daß sie kleiner als er selbst erschien.

Er war ernstlich beunruhigt gewesen, als Lady Henlow über seine und Mariellas künftige Familie redete. Solche Dinge wurden zwischen ihnen niemals besprochen. Lord Stanley mied alles, was irgendwie von intimer Natur war.

Er hatte sich zu Mariella hingezogen gefühlt und sie wegen

ihrer Unschuld und Reinheit als seine geeignete Braut betrachtet. Und er wollte, daß es so bis zu ihrem Hochzeitstag blieb. Er selbst achtete peinlich darauf, sich keine Freiheiten bei seiner Verlobten herauszunehmen. Am Tag ihrer Verlobung hatte er sie auf die Lippen geküßt, wie es sich für einen verlobten Mann gehörte, aber seit damals hatte er sich nichts weiter als einen Kuß auf ihre Wangen erlaubt, wenn er sie begrüßte und wegging. Und so sollte es bleiben, bis sie seine Frau wurde. Er hatte viel darüber gehört, daß verlobte Paare intime Gespräche miteinander führten, wie sie sich berührten und küßten, bis die Köpfe der Damen mit solchen Sehnsüchten und Fantasien angefüllt waren, daß sie, wenn sie dann verheiratet waren, in ihren Wünschen unmäßig wurden. Lord Stanley wollte nicht, daß dies bei Mariella eintrat. Er wußte, daß sie unschuldig war und unberührt von unreinen Gedanken oder der Kenntnis, wie es in der Welt zuging oder wie die Männer waren. Und so sollte es bleiben, bis sie verheiratet waren. Dann würde sie erfahren, was sie wissen mußte. Sie würde bei ihm beschützt sein, und er würde sie lehren, sie formen, wie es ein pflichtbewußter Gatte tat. Bis dahin sollten ihre Gedanken bei einfachen, weiblichen Tätigkeiten verweilen und bei Lady Henlows Haushalt und natürlich seiner eigenen Bequemlichkeit und seinem Wohlergehen.

Am Ende dieser Woche kam der Sandwagen nach Lynn, und als die vereisten Straßen mit Sand bestreut waren, konnte man endlich das Haus wieder verlassen; und erleichtert planten die Bewohner des Weißen Hauses ihre jeweiligen Besorgungen.

Lord Stanley traf Lord Egremont bei Stowe's, dem kleinen, vornehmen Herrenclub von Lynn. Lady Henlow und Mariella ihrerseits besuchten die Geschäfte und erneuerten ihre Bekanntschaft mit anderen Damen aus der Stadt.

Mariella empfand ein herrliches Gefühl der Freiheit, als die Türen des Weißen Hauses sich öffneten und sie auf die Straße traten. Schnee und Eis glitzerten auf den Fensterscheiben und den Bäumen, die Sonne schien und die Luft war belebend. Sie trug einen mit Hermelin besetzten Mantel und atmete tief die saubere frische Luft ein und war glücklich.

Die vergangene Woche, als sie das Weiße Haus nicht hatte verlassen können, hatte ihr viel Zeit zum Nachdenken gegeben. Sie fühlte sich gegenüber George außerordentlich schuldig, nicht nur weil sie mit Lord Darvill getanzt hatte, sondern auch deswegen, weil sie eine unangemessen lange Zeit damit verbracht hatte, über Lord Darvill nachzudenken, den George einen Schurken genannt hatte. Ich war in Gefahr gewesen, von ihm fasziniert zu sein und mich wegen ihm unmöglich zu machen.

Nach unserer ungewöhnlichen ersten Begegnung war es ganz natürlich, daß ich von ihm angetan war. Aber jetzt hat er mir meine Ohrringe zurückgegeben, und es gibt keinen Grund, weshalb wir weiter gesellschaftlichen Kontakt pflegen sollten. Ja, es gibt überhaupt keinen Grund, weshalb er wünschen sollte, seine Bekanntschaft mit mir fortzusetzen. Besonders, da Clara Melton in Lynn eingetroffen ist, dachte Mariella, das Mädchen, das eine so starke Ähnlichkeit mit der Frau hat, die Lord Darvill hatte heiraten wollen, die er laut Lady Egremont aber an einen anderen Mann verloren hat.

Mariella hätte gern gewußt, ob Lady Melton vorhatte, eine Verbindung zwischen ihrer Nichte und Lord Darvill herzustellen.

Lady Melton hatte natürlich Lord Stanley gegenüber die Gerüchte nicht verschwiegen, die Lord Darvill anbetrafen. Aber gleichzeitig konnte niemand leugnen, daß Lord Darvill der begehrenswerteste Junggeselle der Grafschaft war. Er war Anfang dreißig, der letzte seiner Linie und mußte daran denken zu heiraten und Erben zu zeugen, die die Darvill-Tradition weiterführten.

Mariella hatte nicht vergessen, wie er auf dem Melton-Ball Clara interessiert beobachtet hatte, während sie traumverloren durch den Ballsaal tanzte.

Mariella warf eigensinnig den Kopf zurück, als sie mit Tante Emilia durch die verschneiten Straßen ging. Lord Darvills Zukunft ist seine eigene Angelegenheit. Ich werde keine

Zeit mehr mit ihm vergeuden und statt dessen an meine eigene Zukunft und meine eigene Ehe denken.

Deshalb sagte sie zu Tante Emilia:

»Ich muß für meine Brautausstattung noch ein paar Dinge einkaufen. Ich bin neugierig, ob ich heute in Lynn das Passende finde.«

Tante Emilia, die romantisch veranlagt war, sagte:

»Es wäre wundervoll, wenn du mit Garderobe aus meinem geliebten Lynn zu deiner Hochzeitsreise aufbrechen würdest. Es hat sich natürlich seit meiner Jugend in der Stadt vieles verändert, aber ich erinnere mich an einen ausgezeichneten Tuchwarenhändler, der die schönsten französischen Seiden und Spitzen verkaufte. Wollen wir dort hingehen?«

Die beiden Damen verbrachten zwei angenehme Stunden, indem sie von Geschäft zu Geschäft gingen.

Bei der Putzmacherin trafen sie Lady Melton in Begleitung ihrer Nichte Clara. Sofort flammte Mariellas Neugier, was Clara anbetraf, wieder auf. Sie sah das dunkelhaarige Mädchen interessiert an und hoffte, deren Wesen und Charakter zu ergründen, da sie Sarah Woodrow so ähnlich war, die Lord Darvill geliebt hatte.

Aber zu Mariellas Enttäuschung führte Lady Melton das Gespräch.

»Es tat mir so leid, daß Sie den Ball so früh verlassen mußten, Emilia«, begann Lady Melton und sah dabei Mariella auf eine Weise an, die deutlich machte, daß sie Lord Stanleys Zorn über seine Verlobte wohl bemerkt hatte.

»Ich bekam wieder einmal meine schrecklichen Kopfschmerzen«, erwiderte Lady Henlow. »Es tat uns beiden so leid, daß wir gehen mußten, denn es war ein so schöner Abend.«

»Ja, für alle war es sichtbar, daß Miß Ward ihren ersten Besuch in der Gesellschaft von Lynn sehr genossen hat«, sagte Lady Melton spitz. Sie beugte sich vor und fragte in vertraulichem Tonfall: »Sagen Sie mir, meine Liebe, wir waren alle so erstaunt, daß Sie mit Lord Darvill getanzt haben. Worüber unterhielten Sie sich so angeregt?«

Mariella bekam plötzlich einen trockenen Mund. Dann

war es also wahr, daß alle auf dem Ball sie und Lord Darvill beobachtet hatten. Keine Geste und kein Blick war ihren Luchsaugen entgangen. Wie dumm, daß ich nicht bemerkt habe, wie interessiert man uns beobachtet hat. Ich hätte vorsichtiger sein müssen, viel vorsichtiger, das ist mir jetzt klar.

Sie fing sich wieder und erwiderte in einem leicht gelangweilten Tonfall:

»Oh, unser Gespräch war nicht von Bedeutung, Madam. Wir haben uns hauptsächlich über das Moor unterhalten.«

Lady Melton hob die Augenbrauen.

»Ich gestehe, das ist eine Gegend, in der ich mich ungern aufhalte. Sie ist so wild und unzivilisiert.«

Tante Emilia lächelte Clara an.

»Und Sie, meine Liebe, ich bin sicher, Sie haben viele glückliche Erinnerungen an den Ball, der zu Ihren Ehren gegeben wurde?«

»Clara hatte so viel Erfolg«, sagte Lady Melton überschwenglich. »Es gab kaum jemanden auf dem Ball, der mir nicht Komplimente über ihre Schönheit und ihr Benehmen ausgedrückt hätte. Ich war sehr stolz auf sie.«

Mariella sah Clara erwartungsvoll an, aber das Mädchen sagte immer noch kein Wort. Es stand freundlich lächelnd da, ihre grauen Augen waren wachsam, aber gleichzeitig vermittelte sie den Eindruck, daß sie mit alledem, was um sie herum vorging, nichts zu tun hatte.

»Sogar Lord Darvill fragte, wie lange Clara bei mir zu Besuch sein wird«, fuhr Lady Melton fort.

»Es wundert mich, angesichts Ihrer früheren Bemerkungen über Lord Darvill, daß sein Interesse für Sie von Bedeutung ist«, sagte Tante Emilia.

Lady Melton winkte ab.

»Die Gerüchte um ihn und gewisse Seiten seines Privatlebens bringen uns alle in eine sehr schwierige Lage, wenn man gesellschaftlich mit ihm verkehrt. Aber man hat auch die Pflicht, höflich zu sein, und ich muß gerechterweise sagen, obwohl ich das Leben, das er führt, nicht billigen kann, besitzt er doch einige hervorragende Qualitäten.«

Mariella wandte sich ab und tat so, als prüfe sie einige samtgeränderte Hauben, während sie ihr Lächeln verbarg. Sie zweifelte nicht daran, daß die hervorragenden Qualitäten Lord Darvills sein Titel, sein Reichtum und seine Eigenschaft als Junggeselle waren.

Mariella sah Clara an, aber die Miene des Mädchens drückte keine Spur von Interesse an dem Gespräch aus. Mariella war plötzlich gereizt über Claras Desinteresse und beschloß, die Initiative zu ergreifen, indem sie Clara direkt ansprach und ihr eine Frage stellte, die ihre Tante nicht für sie beantworten konnte.

»Ich bewundere die gestickten Bänder an Ihrer Haube, Clara. Haben Sie die selbst bestickt?«

»Ja«, sagte Clara nur.

Mariella hätte vor Freude am liebsten ihre Haube in die Luft geworfen. Endlich hatte die rätselhafte Clara ein Wort gesagt.

Mariella wartete interessiert auf Claras nächste Worte.

»Clara findet, daß Sticken eine so beruhigende Beschäftigung ist«, sagte Lady Melton. »Aber sie ist natürlich mit allen weiblichen Fertigkeiten vertraut. Ihre Aquarelle werden sehr gelobt, sie spielt gut die Harfe, und ihre Stimme ist die angenehmste, die ich seit vielen Jahren gehört habe.«

Mariella wollte sich nicht so leicht geschlagen geben. Sie wandte sich noch einmal an Clara und sagte lächelnd:

»Da wir beide neu in Lynn sind, wäre es schön, wenn wir zusammen die Stadt erforschen würden.«

Clara lächelte. »Das wäre schön.«

Mariella war ermutigt, aber wieder schaltete sich Lady Melton ein.

»Sicher werdet ihr beide euch Ende dieser Woche beim Schlittschuhlaufen treffen. Dann habt ihr Gelegenheit, euch ausführlicher zu unterhalten. Aber jetzt müssen wir gehen.« Sie schob Clara zur Tür, drehte sich aber noch einmal um: »Fast hätte ich es vergessen, Emilia. Wissen Sie, daß Ihre alte Kinderfrau noch lebt und unten in der Nähe der St. Margarets-Kirche wohnt?«

Lady Henlows Gesicht leuchtete auf.

»Nanny Phipps? Wie freue ich mich darauf, sie wiederzusehen. Vielen Dank, daß Sie es mir gesagt haben.«

Als die Meltons gegangen waren, sagte Lady Henlow zu Mariella, sie möchte Nanny Phipps sofort besuchen.

»Ich glaube, es ist am besten, wenn ich erst einmal allein hingehe. Sie ist alt und gebrechlich, und zu viele Besucher könnten sie ermüden.«

»Natürlich«, sagte Mariella. »Ich tätige inzwischen meine restlichen Einkäufe, und dann gehe ich nach Hause. Ich bin sicher, ich finde den Weg allein.«

Aber Mariellas Zutrauen war ein Irrtum. Sie stellte bald fest, daß es eines war, an einem Wintertag von Lord Darvill durch die Stadt geführt zu werden, und etwas ganz anderes, den Weg in dem Gewirr von Straßen zu finden, deren vertraute Wegmarken zugeschneit waren. Mariella war jedoch unbesorgt. Lynn war eine Kleinstadt, und die Leute waren freundlich.

Wenn ich allein nicht zurückfinde, werde ich einfach einen sympathisch aussehenden Menschen ansprechen und nach dem Weg fragen, dachte sie beruhigt. Sie genoß die frische Luft. Als Einzelkind hatte Mariella die Einsamkeit nie gefürchtet. Sie war mit einem wachen Geist gesegnet und fand auf ihrem Weg vieles, was sie interessierte und ablenkte.

Als sie sich schließlich in der Hafengegend von Lynn wiederfand, beobachtete Mariella aufmerksam einige Männer, die eines der Frachtschiffe ausluden.

Tante Emilia hatte ihr erzählt, daß viele Schiffe aus der Ostsee hier anlegten, beladen mit Produkten aus den nördlichen Ländern.

Wie hart die Männer arbeiteten, sagte sie sich, und sah zu, wie rasch und geschickt sie die Baumstämme und Holzbretter ausluden, die Masten und Rundhölzer für die Schiffe, das Pech, den Teer und das Harz. Es war eine schwere Arbeit. Auf dem Kai lag dick das Eis. Das Schiff selbst mußte vor Anker gegangen sein, ehe das harte Winterwetter eingesetzt hatte, denn jetzt waren alle Wasserwege um Lynn herum zugefroren.

Als sie langsam zwischen den Schneehaufen weiterging,

die den Weg zu beiden Seiten säumten, mußte sie daran denken, daß Lady Melton von einem Eislauffest gesprochen hatte, das am nächsten Wochenende stattfinden sollte. Sie wäre gern dabeigewesen, aber sie wußte auch, daß Lord Stanley es nicht billigen würde. Er würde ihr sagen, daß so etwas gefährlich war, und abgesehen davon würde er mit vollem Recht darauf hinweisen, daß sie, da sie nie Schlittschuhlaufen gelernt hatte, sowieso nicht an diesem Vergnügen teilnehmen konnte.

Mariella gestand sich ein, daß es deprimierend sein würde, als bloße Zuschauerin danebenstehen zu müssen und jede Minute mehr zu frieren.

Sie bog um eine Straßenecke und war gerade im Begriff, eine kleine Treppe hinaufzusteigen, von der sie hoffte, sie würde auf diesem Weg wieder ins Zentrum der Stadt gelangen, als zwei Männer ihr den Weg versperrten. Ein einziger Blick auf sie sagte ihr, daß dies weder Herren noch ehrliche Leute aus Lynn waren. Ihre Kleider waren zerlumpt, ihre Gesichter unrasiert. Was sie jedoch am meisten erschreckte, waren ihre Augen, verschlagene Augen von Männern, die vor nichts zurückschrecken würden.

Mariella holte tief Luft und sagte ruhig:

»Würden Sie mich bitte freundlicherweise vorbeigehen lassen?«

Die Männer rührten sich nicht von der Stelle. Sie blieben schweigend stehen und musterten sie. Schließlich sagte der größere von beiden in einem drohenden Tonfall:

»Eine junge Dame wie Sie sollte hier nicht allein spazierengehen.«

»Ich bin nicht allein«, sagte Mariella ruhig. »Mein Begleiter ist nur ein paar Schritte hinter mir, er wird gleich hier sein.«

Sie lachten. Offensichtlich glaubten sie ihr nicht.

Der kleine gedrungene Mann sagte:

»Hier sind die Straßen gefährlich, Mylady. Es wäre das Beste, wenn wir Sie ein Stück begleiten würden.«

Er streckte eine schmutzige Hand nach ihr aus.

»Für eine Guinee sorgen wir dafür, daß Sie von keinem dieser Schurken belästigt werden.«

»Und es gibt viele Schurken hier«, sagte der größere von beiden und deutete die schmale Gasse hinauf.

Mariella begann zu zittern, als sie Männer in den Türen stehen sah, die sicherlich nicht abgeneigt waren, sie zu berauben.

Sie bekam Angst. Sie hatte keine Ahnung, wo sie war, und weder Tante Emilia noch Lord Stanley wußten, wo sie sich befand.

»Ich bin nicht reich, und ich habe keine Guinee bei mir«, sagte Mariella tapfer.

Die Männer glaubten ihr nicht. Ihre Blicke wanderten kennerisch über ihren hermelinbesetzten Mantel, ihre Lederstiefel und ihre Wildlederhandschuhe. Mariella schluckte vor Angst. Obwohl sie tatsächlich wenig Geld bei sich hatte, trug sie unter ihrem Mantel eine kostbare Halskette mit einem Medaillon, das diese Männer zweifellos als vorzügliche Beute betrachten würden.

Die Vorstellung daran, daß die groben Hände dieser Männer sie anfassen könnten, trieb Mariella zum Handeln.

Als sie sah, daß der Blick eines der Männer auf ihrer Handtasche ruhte, beschloß sie, weiterhin den Eindruck zu erwekken, als wäre sie eine wohlhabende Naive und sagte unschuldig:

»Ich habe wirklich kein Geld bei mir, das ich Ihnen geben könnte. Alles, was ich habe, sind ein paar Diamanten, die ich zum Goldschmied bringen wollte, damit sie eingefaßt werden.«

Jedermann aus ihren Kreisen hätte gewußt, daß niemand so töricht sein würde, mit einem so wertvollen Besitz in die Hafengegend zu gehen. Aber sie schätzte die Männer richtig ein. Ihre Gier war größer als ihr gesunder Menschenverstand. Sie gab ihnen keine Zeit, über ihre Worte nachzudenken, sondern griff in ihre Handtasche und zog eine Handvoll glitzernder Steine heraus. Eine nähere Prüfung würde ihnen natürlich zeigen, daß es billige Glassteine waren, die sie gekauft hatte, um damit den Kaminschirm zu verzieren, den sie gerade bestickt hatte. Sie wollte den Männern keine Gelegenheit geben, die Steine näher zu prüfen. Wie sie erwartet hatte, streckten sie begierig die Hände nach den Steinen aus. Aber Mariella schleuderte sie ihnen rasch ins Gesicht.

Einer der Männer verlor dabei das Gleichgewicht, rutschte aus, fiel gegen die Wand und zog den anderen mit sich.

Mariella verlor keine Zeit. Sie drehte sich rasch um, lief die Stufen hinab und den Weg zurück, der zum Kai führte.

»Ihr nach!« hörte sie einen der Männer schreien.

»Fang die Hexe! Sie darf uns nicht entkommen!«

Mariella raffte ihre Röcke zusammen und lief so schnell sie konnte. Obwohl es so schien, als ob die Angst ihr hatte Flügel wachsen lassen, hatte sie auf dem vereisten Weg keine Chance zu entkommen. Sie schlitterte auf dem eisglatten Weg und wäre gestürzt, hätten starke Arme sie nicht plötzlich aufgefangen.

Atemlos und aschfahl im Gesicht vor Angst blickte Mariella auf und sah in die besorgten blauen Augen Lord Darvills.

»Gott sei Dank, daß Sie hier sind«, keuchte sie. »Zwei Männer waren im Begriff, mich zu überfallen. Ich warf ihnen ein paar Glassteine ins Gesicht und lief davon. Aber sie haben mich verfolgt und...«

Er zog sie an sich, damit sie nicht mehr zitterte.

»Sie brauchen keine Angst mehr zu haben«, sagte er. »Ihre Verfolger haben sich auf dem Absatz umgedreht und sind in die entgegengesetzte Richtung davongelaufen, als sie mich sahen.«

»Gott sei Dank, daß Sie hier sind«, wiederholte Mariella und blickte dann zu den vertäuten Schiffen hinüber. Lächelnd sagte sie: »Aha, ich glaube, ich kenne den wahren Grund. Sich nur als Wegelagerer zu maskieren, ist Ihnen auf die Dauer zu langweilig geworden. Jetzt spielen Sie auch noch den Piraten.«

Er lachte.

»Ich bin erleichtert, daß Sie so rasch Ihre gute Laune wiedergefunden haben, Miß Ward. Aber die Piraterei lockt mich wirklich nicht. Ich bin viel gereist und glücklich, eine Zeitlang in einem der schönsten und zivilisiertesten Länder der Welt zu leben.«

»Nur eine Zeitlang?« fragte Mariella. »Glauben Sie, daß Sie die Reiselust wieder einmal packen würde?«

»Wer weiß«, sagte er. »Es gibt in der Welt so vieles zu sehen, und es ist unklug, wenn man nicht jede Gelegenheit nützt, seinen Horizont zu erweitern. Deshalb komme ich gern hier herunter zum Hafen. Es riecht nach Abenteuer, nach fernen Ländern wie Island, Italien, Spanien und der Neuen Welt.«

Als er sprach, blickte er in die Ferne, und Mariella sagte sehnsüchtig:

»Es muß herrlich sein, ins Ausland zu reisen. Wahrscheinlich sieht man nach der Heimkehr in England alles in einem anderen Licht, nicht unbedingt in einem kritischen Licht, aber vor dem Hintergrund all der neuen und erregenden Eindrücke, die man in anderen Ländern empfangen hat.«

Er nahm sie am Arm und führte sie zu seiner wartenden Kutsche.

»Vermutlich werden Sie auf Ihrer Hochzeitsreise mit Lord Stanley etwas von der Welt sehen?«

Obwohl nichts in seinem Tonfall darauf hindeutete, hatte Mariella immer den Eindruck, daß er spottete, wenn er über ihren Verlobten sprach.

»George liebt fremde Speisen nicht«, sagte sie. »Und er glaubt, reisen würde meiner Gesundheit schaden. Deshalb werden wir nur auf seinen Familiensitz in Derbyshire fahren.«

Lord Darvill fragte mit undurchdringlicher Miene:

»Und Sie, Mariella, was würden Sie am liebsten tun?«

»Natürlich alles das, was George entscheidet«, sagte sie standhaft.

»Natürlich«, lautete seine trockene Antwort.

Lord Darvill half ihr in die Kutsche, und Mariella ergriff die Gelegenheit, ihm dafür zu danken, daß er sie vor den zwei Männern gerettet hatte. Dann sagte sie:

»Sie brauchen sich nicht die Mühe machen, mich nach Hause zu fahren. Wenn Sie mich in der Nähe der Allee absetzen, würde ich gern die kurze Strecke bis zum Weißen Haus zu Fuß gehen.«

Lord Darvill lachte. »Sie wollen mir damit sagen, daß Sie Schwierigkeiten mit Ihrem Verlobten bekommen könnten, wenn er Sie aus meiner Kutsche steigen sieht? Ist es nicht so?«

Mariella nickte. »Warum sagen Sie es dann nicht? Mein Ruf ist in manchen Häusern ruiniert, aber ich will Sie nicht in Schwierigkeiten bringen.«

Lord Darvill klopfte an das Kutschendach als Zeichen für den Kutscher, daß er losfahren sollte.

»Allerdings werden wir vor diesem Dilemma nicht sofort stehen«, fuhr Lord Darvill fort. »Ich fahre Sie nicht gleich nach Hause.«

Mariella setzte sich kerzengerade hin. »Aber Sie müssen! Ich werde erwartet!«

Er sah ihr in die Augen.

»Ich habe Sie schon einmal gewarnt, im Gespräch mit mir zu heucheln. Sie werden frühestens in zwei Stunden zu Hause erwartet, nicht wahr?«

Mariella errötete. »Woher wissen Sie das?«

»Ich traf zufällig Lady Henlow, Sie sagte mir, sie sei im Begriff, Nanny Phipps zu besuchen. Und vorher hatte ich Lord Stanley zusammen mit Lord Egremont bei Stowe's gesehen. Sie spielten zusammen Backgammon, was eindeutig den ganzen Nachmittag in Anspruch nehmen wird.«

»Aber wo fahren Sie mit mir hin?« fragte Mariella erschrokken. Wenn sie mit ihm zusammen gesehen wurde, würde es einen Skandal geben, und George würde sofort mit ihr nach London zurückkehren.

Als könne er ihre Gedanken lesen, sagte er ruhig:

»Ich möchte Ihnen mein Haus zeigen. Die Renovierung ist fast abgeschlossen, und ich würde gern Ihre Meinung darüber hören.«

Mariella konnte ihre Erregung über die Aussicht darauf, sein Haus besichtigen zu dürfen, kaum verbergen. Einer der Gründe, weshalb Tante Emilia so unglücklich gewesen war, die Einladung zum Abendessen im Darvill House auf Lord Stanleys Drängen hin absagen zu müssen, war es gewesen, daß bis jetzt nur sehr wenige Menschen in Lynn die Gelegenheit gehabt hatten, die renovierte Pracht dieses Hauses zu sehen. Es lag einerseits daran, daß Lord Darvill mit Einladungen sehr zurückhaltend war, und andererseits daran, daß gewisse Mitglieder der Gesellschaft von Lynn, selbst wenn sie eine Einladung erhalten hätten, sich genötigt gefühlt hätten, diese abzulehnen, weil man unmöglich die Residenz eines Mannes mit einem Ruf, wie Lord Darvill ihn besaß, betreten könne. Aber nun war Mariella im Begriff, den Leuten von Lynn zuvorzukommen.

Sie war gespannt und neugierig. Warum hatte Lord Darvill sie auserwählt?

Er entzog sie doch nicht etwa den öffentlichen Blicken, um unschickliche Annäherungsversuche zu machen? Er war ein feinsinniger und heißblütiger Mann, der die Fähigkeit besaß, verheiratete Frauen zu verführen. War er nun im Begriff, seinen Charme an ihr auszuprobieren, einem zwar unverheirateten Mädchen, das aber bald verheiratet sein würde? Trotz ihrer Zweifel konnte sie eine gewisse Erregung bei diesem Gedanken nicht unterdrücken.

Dann bemerkte sie, daß er sie mit seinen blauen Augen amüsiert anblickte. Als lese er wieder ihre Gedanken, sagte er:

»Sie brauchen sich nicht zu fürchten. Ich verspreche Ihnen, daß ich keine Absichten auf Sie habe.«

Als sie sich erleichtert zurücklehnte, sagte er leise: »Wenigstens heute noch nicht.«

Hastig wollte Mariella eine Bemerkung über Lord Stanley machen, aber da fuhr die Kutsche schon durch das imposante offene Tor des Darvill-Hauses, und innerhalb weniger Sekunden waren ihre Gedanken an ihren Verlobten verflogen.

Das Darvill House galt mit Recht als eines der eindrucksvollsten Häuser der Grafschaft. Es war im klassizistischen Stil gebaut und lag an einem großen See.

Lord Darvill führte sie im Haus durch die imposante Halle, dann durch eine Reihe anmutiger Salons ins Wohnzimmer, die Bibliothek, den Speisesaal, die Bildergalerie, die alle stilvoll und mit großem Geschmack möbliert waren.

Sie blieben im großen, goldenen Salon vor den Fenstern stehen. Er lag an der Vorderseite des Hauses.

»Dies ist einer meiner Lieblingsräume«, sagte Lord Darvill. »Der Architekt, der das Haus entworfen hat, William Kent, plante ihn so, daß er jeden Sonnenstrahl der untergehenden Sonne einfängt.«

»Er wirkt wie ein Meer aus Gold«, sagte Mariella. »Besonders wenn der See dahinter im Sonnenlicht glitzert.«

Lord Darvill nickte.

»Sie werden bemerkt haben, daß die Auffahrt in einem großen Bogen vom Tor aus um den ganzen See herumführt. Meine Schwester glaubte immer, dies sei deshalb so geplant worden, damit mein Vater immer Gelegenheit hatte, unerwartete Besucher zu beobachten und sich, wenn nötig, in die Abgeschiedenheit seiner Waffenkammer zurückzuziehen.« Er lächelte. »Daran sehen Sie, daß mein Vater kein geselliger Mann war.«

Mariella erstarrte. Er hatte zum erstenmal seinen Vater und dessen Waffenkammer erwähnt. Wenn er seinen Vater erschossen hätte, dachte sie, dann hätte er jetzt nicht die Stirn, im Gespräch leichthin das Wort ›Waffe‹ zu erwähnen. Ein schuldiger Mann würde das Wort vermeiden.

Lord Darvill schien von ihrem Unbehagen nichts zu bemerken.

Begeistert fuhr er fort:

»Sie müssen wiederkommen, Mariella, und sich den See ansehen, wenn er nicht zugefroren ist. An windstillen Tagen spiegelt sich die ganze Hausfront im Wasser.«

»Aber der See ist auch jetzt bezaubernd«, sagte Mariella. »Jede Jahreszeit hat ihre eigene Schönheit, nicht wahr? Ich gestehe, ich begreife die Menschen nicht, die sich immer über unser unberechenbares Wetter beklagen. England ist in den Sommermonaten schön, aber jetzt im Winter, wo Schnee und Eis das Land bedecken, sieht es geradezu märchenhaft aus.«

Er hörte ihr aufmerksam zu.

»Ja, es ist wahr. Jede Jahreszeit hat ihre eigenen Schönheiten. Das Eis hat zwar alle Frachtschiffe auf den Flüssen zum

Stehen gebracht, aber uns verschafft es viel Vergnügen. Freuen Sie sich auf das Eisfest?«

»Nein. Ich hatte nie die Gelegenheit, Schlittschuhlaufen zu lernen. Und...«

Sie war im Begriff gewesen, ihm zu erklären, daß George ihr verbieten würde, an dem Fest teilzunehmen, aber Lord Darvill zog sie plötzlich aus dem Salon in einen kleinen Raum unter der Treppe.

»Sie werden noch heute nachmittag Schlittschuhlaufen lernen«, sagte er lebhaft. »Hier sind die Schlittschuhe meiner Schwester. Sie nahm sie nicht mit, als sie heiratete. Meine Schwester ist ungefähr so groß wie Sie, und ich hoffe, die Schlittschuhe werden Ihnen passen.«

»Aber... aber ich werde in ihnen nicht gehen können«, sagte Mariella und fragte sich einen Augenblick lang, ob er vorhatte, sie zum zugefrorenen See zu tragen.

Er lachte.

»Sie werden staunen, wie einfach es ist, in Schlittschuhen zu gehen. Und es ist auch gut, wenn Sie zuerst in ihnen laufen lernen, ehe Sie das Eis betreten. Die Lichtverhältnisse sind heute gut und das Wetter ideal.«

Es gab Augenblicke, dachte Mariella verwirrt, wo man sich diesem Mann nicht widersetzen konnte. Als sie die Schlittschuhe anzog, stellte sie sich vor, was George sagen würde, wenn er wüßte, wo sie war und in wessen Gesellschaft. Sie stand vorsichtig auf und ging durch den Raum. Zu ihrer Überraschung konnte sie auf diesen dünnen Stahlkanten balancieren. Lord Darvill hatte recht. Das Gehen in Schlittschuhen war für jeden, der auch nur ein wenig Gleichgewichtsgefühl hatte, überraschend einfach. Das Schlittschuhlaufen selbst würde wahrscheinlich wesentlich schwieriger sein.

Wie Lord Darvill gesagt hatte, waren die Bedingungen auf dem Eis ideal. Es war nicht windig, und die Nachmittagssonne ließ die glatte weiße Fläche funkeln.

Am Rande des Eises zögerte Mariella.

»Vielleicht wäre es gut, wenn Sie allein ein oder zwei Runden auf dem Eis laufen würden, Lord Darvill, damit ich sehe, wie man es macht.«

Er nahm lachend ihre Hände.

»Nein, Sie werden sozusagen direkt ins kalte Wasser springen. Kommen Sie! Sie sind bei mir sicher. Aber machen Sie sich nichts daraus, falls Sie das Gleichgewicht verlieren sollten. Wenn man Schlittschuhlaufen lernt, fällt man gewöhnlich ein- oder zweimal hin. Das Wichtigste ist es, daß man sich nicht entmutigen läßt. Ich verspreche Ihnen, Sie werden sich in sehr kurzer Zeit sicher fühlen und feststellen, daß das Schlittschuhlaufen Spaß macht.«

Ermutigt von seinem Glauben an sie und beruhigt durch die Berührung seiner Hände, die sie hielten, betrat Mariella das Eis. Sie wäre sofort ausgerutscht und hingefallen, aber Lord Darvill hielt sie fest. Dann legte er eine Hand um ihre Taille und führte sie langsam ein paar Schritte. Er ließ sie ein paar Augenblicke ausruhen.

»Das war nicht schlecht«, sagte er lächelnd. »Versuchen wir es noch einmal.«

Sie liefen über das Eis, und nach kurzer Zeit entspannte sich Mariella. Anfangs war es ihr unmöglich gewesen, sich auf das Schlittschuhlaufen zu konzentrieren, während sie diesem attraktiven Mann so nahe war. Obwohl sie Handschuhe anhatte, brannten ihre Finger unter seiner Berührung, und sein Arm, der ihre Taille umfaßte, weckte Wünsche in ihr, die sie bisher nicht gekannt hatte.

Aber dann bekam Mariella am Schlittschuhlaufen Freude. Während sie kurze Zeit vorher noch geglaubt hatte, sie würde niemals aufhören zu schwanken, fand sie plötzlich ihr Gleichgewicht und war von einem Hochgefühl erfüllt. Wie herrlich war es, draußen in der frischen, klaren Luft zu sein und über das glitzernde Eis zu laufen.

Ihr Hochgefühl verwandelte sich jedoch rasch in Unsicherheit, als Lord Darvill sagte:

»Jetzt versuchen Sie es allein.«

Er ignorierte ihre Proteste und erklärte, er würde zu der Insel in der Mitte des Sees hinüberfahren. Dort würde er auf sie warten.

Mariella geriet in Panik. Ihr Selbstvertrauen war erschüttert. Sie fürchtete, daß sie auf dem Eis hinfallen und nie wieder aufstehen könnte: Sie konnte ihm nicht in die Augen sehen und murmelte leise:

»Lieber nicht.«

Sanft legte er seine Hand unter ihr Kinn und hob ihr Gesicht an.

»Es ist ganz allein Ihre Entscheidung, es zu tun oder nicht«, sagte er ruhig. »Sie sind eine freie Frau, Mariella, und es gibt nichts auf dieser Welt, was Sie tun müssen, wenn Sie es nicht wollen. Ich will damit sagen, wenn Sie Schlittschuhlaufen lernen, kommt ein Augenblick, in dem Sie es allein versuchen sollten. Ich weiß, daß Sie eine ausgezeichnete Tänzerin sind, und deshalb bin ich zuversichtlich, daß Sie sich auf dem Eis ebenso anmutig bewegen werden. Ich garantiere Ihnen, wenn Sie allein zur Insel hinüberfahren, werden Sie sich nie wieder auf dem Eis unsicher fühlen. Aber wenn Sie der Meinung sind, Sie seien zu müde und hätten für heute genug, dann gehen wir wieder ins Haus und belohnen uns mit einem warmen Getränk. Es liegt an Ihnen.«

Er ließ sie stehen und fuhr elegant hinüber zur Insel.

Mariella stand unschlüssig am Ufer. Sie war es bei George gewöhnt, daß immer er ihr sagte, was sie zu tun habe. George entschied, und George hatte natürlich gewöhnlich recht. Wenn es sich herausstellte, daß er sich in einer Sache geirrt hatte, dachte sie als seine pflichtbewußte Verlobte nicht im Traum daran, ihn auf seinen Irrtum hinzuweisen.

Lord Darvill aber sagte ihr, daß sie eine freie Frau war und ihre eigenen Entscheidungen treffen konnte. Er hatte jetzt die Insel erreicht und klopfte mit dem Schlittschuh ein Loch in das Eis, damit die Vögel Trinkwasser bekamen. Als Mariella ihm zusah, wußte sie, was sie tun mußte. Wenn ich nicht zur Insel hinüberfahre, wird er mich wegen meiner Mutlosigkeit verachten, und ich werde mich selbst verachten. Es ist wichtig, daß ich es versuche.

Sie holte tief Luft, ging vorsichtig auf das Eis und konzentrierte sich auf das Schlittschuhlaufen. Es war nur eine kurze Entfernung, aber für Mariella schienen es Meilen zu sein. Zu ihrer großen Erleichterung stellte sie fest, daß sie fast drüben bei ihm angekommen war. Sie hatte nur noch wenige Schritte zu laufen. Unbewußt fuhr sie schneller. Ihre Schlittschuhe glitten über das Eis. Aber dann, wenige Meter vom Ufer entfernt, wurde ihre Aufmerksamkeit von einem Vogelschwarm abgelenkt, der angeflogen kam, um Wasser zu trinken. Sie verlor das Gleichgewicht und spürte, wie ihre Füße unter ihr wegglitten. Aber wunderbarerweise fing Lord Darvill sie auf und brachte sie sicher ans Ufer.

Atemlos sagte Mariella:

»Dies ist heute schon das zweitemal, daß Sie mich vor einem Sturz bewahren.«

»Ja, das erstemal sind Sie vor den Straßenräubern geflohen. Aber diesmal sind Sie nicht geflohen, nicht wahr?«

Er sah ihr in die Augen.

Mariella holte tief Luft. Sie wollte dieses Gespräch nicht fortführen. Sie wußte genau, was er meinte. Nein, sie war nicht geflohen, indem sie in das Haus ging, statt Schlittschuh zu laufen. Und sie war auch nicht vor Lord Darvill geflohen. Sie wußte, sie sollte nicht hier sein, allein mit ihm. Wenn man sie hier sehen würde, gäbe es in ganz Lynn einen Skandal.

Und doch bereute sie es nicht, mit ihm in das Darvill House gefahren zu sein. Sie hätte darauf bestehen können, daß er sie mit seiner Kutsche sofort nach Hause brachte. Aber statt dessen hatte sie es stillschweigend gebilligt, und sie bereute es nicht.

Sie wechselte das Thema und bemerkte leichthin:

»Obwohl ich noch ein Anfänger auf dem Eis bin, habe ich bemerkt, daß ich immer schneller fuhr. Wie schnell kann man eigentlich laufen?«

»Die Männer in den Fens sind die schnellsten Schlittschuhläufer von Norfolk. Während der Wintermonate sind die Flüsse und Kanäle zugefroren. Die Straßen sind oft unpassierbar. Dann kommt man oft nur noch auf Schlittschuhen an sein Ziel.«

Wie anders war das Leben in Norfolk, dachte Mariella. Sie lächelte bei der Vorstellung daran, daß die furchterregende Lady Stanley in London Schlittschuhe anzog, um ihre Nachmittagsbesuche zu erledigen.

»Wie lange braucht man für eine Meile auf Schlittschuhen?« fragte Mariella.

»Einige der schnellsten Männer in den Fens brauchen weniger als drei Minuten. Aber ein durchschnittlicher Schlittschuhläufer wie ich läuft ungefähr vier Minuten.«

Vier Minuten für eine Meile! Solch eine Geschwindigkeit schien Mariella unvorstellbar zu sein. Sie blickte Lord Darvill von der Seite an und sagte:

»Ich bin sicher, Sie sind zu bescheiden, Mylord. Bei einem Rennen würden Sie zweifellos gewinnen, selbst gegen die besten Schlittschuhläufer.«

Seine Reaktion erstaunte sie. Wenn sie etwas Derartiges gegenüber Lord Stanley erwähnt hätte, dann hätte er sich geschmeichelt gefühlt. Aber Lord Darvill lachte nur amüsiert.

»Mariella, lassen Sie mir gegenüber diese Schmeicheleien. Die Männer in den Fens laufen den ganzen Tag Schlittschuhe. Sie sind ungebildet und arm und wissen wenig von der Welt. Aber im Schlittschuhlaufen sind sie die Besten. Weil sie es sein müssen. Sie würden jeden Wettbewerb gegenüber einem Mann wie mich gewinnen, der selten und nur zum Vergnügen Schlittschuh läuft.«

Er hielt kurz inne. »Bitte seien Sie mir gegenüber immer ehrlich, Mariella. Ich mag Leute nicht, die unaufrichtig sind oder mir leere Schmeicheleien sagen.«

Mariella wurde verlegen. Sie hatte geglaubt, es sei die Pflicht einer Frau, dem Mann gegenüber den Eindruck zu erwecken, als hielte sie ihn für geschickt und klug. Bis jetzt hatte sie immer festgestellt, daß alle Männer für Schmeicheleien empfänglich waren. Bei George war es der sicherste Weg, ihn zu besänftigen, wenn er gereizt war. Es schuf eine angenehme Atmosphäre zwischen ihnen.

Lord Darvill dagegen reagierte auf ihren Versuch, ihm zu schmeicheln, höchst kritisch.

»Sie sagen, ich soll immer offen mit Ihnen sprechen«, sagte sie. Ihre Wangen brannten vom Schlittschuhlaufen und von dem Ärger, den er in ihr geweckt hatte. »Also gut, ich halte es für höchst ungalant von Ihnen, mich zu tadeln, nur weil ich versucht habe, eine angenehme Konversation zu führen.«

Er lächelte.

»Wenn ich unfreundlich war, bitte ich Sie, mir zu verzeihen. Aber allzu oft ist eine zivilisierte Konversation nichts weiter als ein Gerede von Halbwahrheiten. Um offen zu sein, ich habe keine Zeit für derartigen Unsinn. Ich finde, das Leben ist zu kurz, um es mit Heuchelei zu verbringen. Ich gestehe, ich habe wenig mit meinem Vater gemein, aber für eines bin ich ihm dankbar; daß er meine Schwester und mich so erzogen hat, daß wir immer offen und ehrlich miteinander sprechen.«

»Nach meiner Erfahrung«, erwiderte Mariella hitzig, »sind die Menschen, die am begierigsten darauf sind, offen zu sprechen, zugleich auch jene, die am ärgsten gekränkt sind, wenn andere ehrlich zu ihnen sind.«

»Das ist richtig«, sagte Lord Darvill, nahm sie am Arm und führte sie wieder auf das Eis. »Aber ich gebe Ihnen mein Wort, daß ich niemals ärgerlich sein werde, wenn Sie ehrlich zu mir sind. Nur Leute, die mir schmeicheln oder heucheln, bekommen meine scharfe Zunge zu spüren.«

Mariella wußte bei ihm nie, was als nächstes geschah. Sie kamen ohne Zwischenfälle am anderen Ufer an. Beflügelt von ihrer Freude darüber, daß sie Schlittschuhlaufen gelernt hatte, und angefeuert von einem törichten Mut, der durch seine Worte ausgelöst worden war, daß sie immer sagen sollte, was sie dachte, fragte sie:

»Lord Darvill, Sie sagen, ich darf immer offen mit Ihnen sprechen. Wollen Sir mir eine Frage beantworten? Haben Sie Ihren Vater getötet?«

Fünftes Kapitel

Nie würde sie seine Miene vergessen, mit der er sie jetzt ansah. Seine schönen Gesichtszüge schienen sich in Stein zu verwandeln, während die tiefblauen Augen nicht Zorn, sondern einen unvorstellbaren Schmerz ausdrückten.

Mariella wußte, daß sie zu weit gegangen war.

»Ich bitte um Verzeihung«, sagte sie rasch. »Diese Frage hätte ich Ihnen nie stellen dürfen.«

»Nein«, erwiderte er ruhig. »Ich bin mir bewußt, daß viele in Lynn gern diese Frage stellen würden, aber keiner hatte bisher den Mut, es zu tun.«

»Würde sie die Antwort schockieren?«

Er legte zärtlich einen Arm um ihre Schultern und führte sie den Weg hinauf zum Haus.

»Ich weiß natürlich, daß es viel Gerede über die Umstände des Todes meines Vaters gegeben hat. Und ich möchte Ihnen als Antwort auf Ihre Frage nur sagen, daß ich Ihnen nichts antworten kann. Sie müssen entscheiden, ob ich zu einem Mord fähig bin oder nicht.«

Er führte sie ins Haus. Im Goldenen Salon tranken sie Glühwein und sprachen über andere Dinge.

Als sie ihren silbernen Becher geleert hatte, ließ er seine Kutsche kommen und fuhr sie bis zur Allee, die zum Weißen Haus führte.

Während jener langen Tage, als man das Haus nicht hatte verlassen können, hatte Mariella oft zu ihrem Fenster hinausgesehen und gehofft, es würde aufhören zu schneien, damit sie den von Walnußbäumen gesäumten Weg entlangspazieren könne. Es gab viele solcher Wege in Lynn, und es gefiel ihr, wenn sie daran dachte, daß die Wege dort angelegt worden waren, wo früher die alte Stadtmauer verlief.

Aber heute war sie nach dem Erlebnis mit Lord Darvill zu erregt, um an ihrer Umgebung Interesse zu finden. Wie lautete die Wahrheit über Lord Darvill? Was für ein Mann war er? Alle ihre Begegnungen mit ihm waren bisher unerwartet verlaufen. Man konnte sich nicht vorstellen, daß der gleiche Mann, der sie an jenem ersten Abend in den Fens so erschreckt hatte, sich die Mühe machte, das Eis aufzuschlagen, damit die Vögel Wasser trinken konnten, und daß er eine so aufrichtige Liebe zu seinem Heim empfand. Ein Mann, der seinen Vater erschossen hatte, würde nicht länger in dem Haus leben wollen, in dem die Tragödie geschehen war, dachte Mariella. Es gäbe zu viele Erinnerungen, zu viele anklagende Finger, die auf seine Schuld hinwiesen.

Und doch wollte er mir keine Antwort auf meine Frage geben, sagte sie sich und ging rasch den Weg unter den kahlen Bäumen hinauf. Zugegeben, er war nicht verärgert über mich gewesen, weil ich so unverschämt war zu fragen. Aber er wollte mir auch nicht direkt antworten, und das hätte er doch sicherlich getan, wenn er unschuldig wäre?

Als sie sich dem Weißen Haus näherte, tadelte sich Mariella, als ihr bewußt wurde, wieviel Zeit sie Lord Darvill gewidmet hatte – sowohl physisch als auch in Gedanken. So sehr sie es auch versuchte, es fiel ihr schwer, nicht an ihn zu denken. Immer, wenn sie mit ihm zusammen gewesen war, war sie voller neuer Eindrücke, und ihre Fantasie war von dem, was er gesprochen hatte, beflügelt. Es war für Mariella eine neue Erfahrung, da sie den Inhalt des Gesprächs mit ihrem Verlobten meistens voraussagen konnte. Aber Lord Darvill war immer unberechenbar.

Das ist manchmal unbequem, sagte sie sich. Bei George weiß ich, woran ich bin. Es gibt keine Überraschungen, man muß sich nicht ständig auf etwas Neues einstellen. Bei Lord Darvill aber mußte man wachsam sein. Wenn man sich gerade einbildete, man hätte ihn verstanden, wartete er prompt mit neuen Ideen auf.

Mariella hatte Glück. Sie kam sowohl vor Lord Stanley als auch vor Lady Henlow nach Hause. Sie hatte sich schon umgezogen und saß über ihrer Stickerei im Salon, als sie von der Stadt zurückkehrten. Äußerlich merkte man Mariella nichts von dem Erlebnis mit Lord Darvill an. Aber sobald sie aufstand, erinnerten sie ihre schmerzenden Füße angenehm an ihre ungewohnte körperliche Betätigung.

Tante Emilia erzählte begeistert von ihrem Besuch bei Nanny Phipps.

»Sie ist ein außergewöhnlicher Mensch. Sie muß jetzt über achtzig Jahre alt sein, aber ihr Rückgrat berührt niemals die Stuhllehne, und was für mich noch faszinierender ist, sie ist für mich der klügste Mensch, den ich kenne.« Da sie Lord Stanleys Stirnrunzeln sah, fügte sie rasch hinzu: »Das heißt natürlich, die klügste Frau.«

»Ganz recht«, sagte Lord Stanley und streckte seine Beine aus. »Ich würde es wirklich nicht gern hören, daß meine Urteilskraft einer achtzigjährigen Kinderfrau unterlegen sei.«

»Ganz im Gegenteil, George«, sagte Mariella beschwichtigend. »Ich spreche nicht nur für mich, sondern für die ganze Familie, wenn ich sage, daß wir alle deinen Rat in allen Lebenslagen für unschätzbar halten.«

Sie verschloß ihre Ohren, damit sie Lord Darvills spöttisches Gelächter nicht hörte.

Lord Stanley sagte zu Lady Henlow: »Wegen des unfreundlichen Wetters haben wir alle lange Zeit eine anregende Gesellschaft vermißt. Deshalb habe ich mir die Freiheit genommen, für morgen abend einige Leute einzuladen. Ich hoffe, der Vorschlag findet Ihre Zustimmung.«

Tante Emilia klatschte entzückt in die Hände.

»Das ist eine vorzügliche Idee. Wen haben Sie gebeten, uns mit einem Besuch zu beehren?«

»Lady Egremont und ihren Sohn. Ich hatte heute das Vergnügen, ihn im Backgammon zu schlagen. Dann Lord und Lady Melton, begleitet von ihrer Nichte Clara, und Sir James Linton.«

»Diesen Namen kenne ich nicht«, sagte Tante Emilia.

»Ich habe Mr. Linton erst heute nachmittag bei Stowe's kennengelernt«, erwiderte Lord Stanley. »Er war viele Jahre im Ausland und ist in Lynn, weil er sich für alte Kirchen interessiert.«

Tante Emilia nickte.

»Da gibt es hier vieles, was ihn beschäftigen wird. Als Kind besuchte ich den Gottesdienst in der St.-Nicolas-Kapelle, von der die hiesigen Fischer sagen, es sei ihre Kirche. Sie danken in ihr für den Fischfang. Netze sind dort vor einem Boot, das im Chor steht, über gekreuzte Ruder gespannt. Und...«

»Lord Egremont empfahl mir Linton als einen vernünftigen Burschen«, unterbrach Lord Stanley gewichtig. »Deshalb nahm ich mir die Freiheit, auch ihn zum Essen einzuladen. Er wohnt im Vine-Hotel, und ich muß sagen, das Essen dort ist miserabel.«

»Der arme Mann«, sagte Tante Emilia. »Ich werde mit der Köchin sprechen und dafür sorgen, daß wir ihm ein herzhaftes Mahl vorsetzen.«

Der ganze nächste Tag verging mit Vorbereitungen für die Abendgesellschaft. Tante Emilia beaufsichtigte das Spülen des Porzellans und der Gläser, das Putzen des Silbers, während Mariella zarte gelbe und weiße Rosen aus Seide als Tischschmuck herstellte. Obwohl sie sich darüber freute, daß sie am Abend Besuch bekamen, stimmten die Namen der geladenen Gäste sie nicht hoffnungsvoll, daß es ein interessanter Abend werden könnte. Lady Melton gefiel ihr nicht, und Lady Egremont war so hart und schwierig, daß ihr Sohn, Lord Egremont, kaum wagte, ein Wort zu äußern, aus Angst, er könnte ihr Mißfallen erregen.

Clara Melton würde schweigsam sein, und so bliebe es zweifellos Sir James Linton und Tante Emilia überlassen, eine angeregte Unterhaltung über die hiesigen Kirchen zu führen.

Mariella nahm sich vor zu versuchen, Lord Melton neben sich am Tisch zu plazieren. Er war ein angenehmer Mann, der fachmännisch und interessiert über seine Aquarellsammlung erzählen konnte. Auf der anderen Seite neben ihr würde natürlich George sitzen. Es war Sitte, daß verheiratete Paare immer getrennt, Verlobte jedoch nebeneinander saßen.

Als Mariella die letzten Handgriffe an ihre Seidenrosen legte, betrat Mrs. Gordon, die Haushälterin, den Speisesaal und erkundigte sich, ob die Herrschaften mit allem zufrieden seien. Mariella warf einen Blick auf den Rosenholztisch, auf dem Kristall und Silber neben schneeweißen Damastservietten stand.

Lächelnd sagte sie: »Es ist alles ausgezeichnet. Vielen Dank, Mrs. Gordon. Ich stelle mir vor, daß es nicht leicht für Sie war, innerhalb so kurzer Zeit ein festliches Abendessen vorzubereiten, und dies mit Personal, das neu ist und sich noch nicht kennt.«

Mrs. Gordon lächelte. »Ich leugne nicht, daß es in der Küche ein wenig Aufregung gegeben hat. Aber jetzt habe ich alles im Griff. Ich selbst finde es leichter, mit wenig Personal zu arbeiten, weil man dann alle gut kennt und weiß, wo man sie einsetzen kann.«

Mariella strich eines der gelben Blätter ihrer Seidenrosen glatt.

»Dann sind Sie an einen größeren Haushalt gewöhnt, Mrs. Gordon?«

»Ja, ich war viele Jahre lang Haushälterin bei Lord und Lady Woodrow. Aber als Lady Sarah ihr erstes Kind bekam, zogen sie auf ihr Besitztum in Norfolk, um näher bei ihr zu sein. Ich bin in Lynn geboren und aufgewachsen und wollte von hier nicht wegziehen. Deshalb war ich froh, als Lord Darvill mich in sein Personal aufnahm.«

Mariellas Hand erstarrte auf der Seidenrose. Sie wußte, daß sie die Haushälterin nicht dazu bringen durfte, über ihren früheren Haushalt zu sprechen. George wäre empört, wenn er zufällig aus der Bibliothek herüberkäme und es hörte. Aber Mariella wollte so gern mehr über das Mädchen erfahren, das Lord Darvill geliebt und verloren hatte. Sie konnte der Versuchung nicht widerstehen, die gesprächige Mrs. Gordon zum Erzählen zu bringen.

Es war nicht schwer, durch taktvolle Fragen, die für ein unbeteiligtes Ohr wie eine höfliche Konversation klangen, einiges über Sarah Woodrow zu erfahren. Daß Sarah Woodrow groß und dunkelhaarig war, wußte Mariella schon.

»Sie ist eine sehr ruhige Frau«, sagte Mrs. Gordon. »Aber das heißt nicht, daß sie langweilig wäre. Jedermann lobte ihr heiteres Wesen, aber nur wenige bemerkten, daß die junge Dame auch einen sehr starken Willen besaß. Sobald sie sich für eine bestimmte Sache entschieden hatte, ließ sie sich nicht mehr davon abbringen. Sie argumentierte nicht oder stampfte mit dem Fuß auf, wie es viele junge Mädchen getan hätten, sondern tat einfach das, wozu sie sich entschieden hatte.«

»Ihre Eltern müssen sie sehr vermißt haben, als sie Norfolk verließ und mit ihrem Gatten nach Suffolk zog«, sagte Mariella lächelnd.

Mrs. Gordon biß auf den Köder an.

»Ja, sie waren ebenso überrascht wie die ganze übrige Stadt, als Lady Sarah Lord Denby heiratete. Jeder hatte angenommen, sie würde Lord Darvill heiraten. Sie waren zusammen aufgewachsen, und er war oft in ihrem Haus gewesen. Niemand weiß, was zwischen ihnen vorgefallen ist, aber plötzlich heiratete sie Lord Denby. Lord Darvill muß das Herz gebrochen sein.«

Dies hatte Mariella nun von vielen Leuten gehört. Und doch konnte sie nicht glauben, daß ein so souveräner Mann wie Lord Darvill an einem gebrochenen Herzen litt.

Mrs. Gordon blieb in der Küche stehen und sagte:

»Ich kenne alle Gerüchte, aber ich dulde nicht, daß einer der Dienstboten etwas gegen Lord Darvill sagt, Miß Ward. Er war mir gegenüber die ganzen Jahre freundlich gewesen. Ich glaube nicht, daß er zu dem fähig ist, was man ihm unterstellt.«

Mariella hörte, wie die Bibliothekstür aufging und George mit schweren Schritten durch die Halle kam. Hastig beendete sie ihr Gespräch und ging hinauf, um sich zum Abendessen umzuziehen. Sie wählte ein Kleid aus tiefrosa Samt, das am Hals und am Saum mit Perlen bestickt war.

Als sie in den Salon zurückkehrte, war Lord Stanley augenscheinlich bester Laune.

»Wie bezaubernd Sie aussehen, meine Damen«, sagte er jovial. »Die eine in Rosa, die andere in Lavendel. Charmant. Ich freue mich darauf, in zivilisierter Gesellschaft speisen zu können und auf die angenehmen Stunden, die uns bevorstehen.«

Ein Diener trat ein und brachte auf einem silbernen Tablett

einen versiegelten Brief. Tante Emilia brach das Siegel auf und überflog rasch den Inhalt.

»Lord Darvill schreibt, er war heute nachmittag länger als vorgesehen außer Haus und bedauert, daß seine Ankunft heute abend sich etwas verzögern wird. Er läßt sich vielmals entschuldigen – solch ein höflicher Mann – und hofft, daß es nicht stört, wenn er erst während des Essens bei uns eintrifft.«

Tante Emilia sagte dies mit der sanftesten Stimme, als wüßte sie nicht, welche Wirkung ihre Worte auf Lord Stanley haben würden.

»Darvill!« platzte Lord Stanley heraus. »Ich habe diesen Menschen nicht zum Abendessen eingeladen, Lady Henlow.«

»Nein, ich weiß. Ich habe ihn eingeladen«, sagte Lady Henlow freundlich. »Lady Egremont ließ ausrichten, sie habe eine Erkältung, und deshalb könnten sie und ihr Sohn nicht kommen. Darum habe ich Lord Darvill gebeten, uns Gesellschaft zu leisten. Er ist höchst willkommen, damit wir eine gerade Zahl von Gästen an unserer Tafel haben.«

In dem Maße, in dem Lord Stanleys Stimmung sich verschlechterte, wuchs Mariellas Hochstimmung. Wenn Lord Darvill kam, konnte sie sicher sein, daß der Abend nicht langweilig werden würde. Sie hätte gern gewußt, wo er an diesem Nachmittag gewesen war und was ihn aufgehalten hatte. Hatte er wieder einen seiner geheimnisvollen Ausflüge in die Fens gemacht?

Es sah so aus, als wollte Lord Stanley jetzt seinen ganzen Zorn an Lady Henlow auslassen. Aber in diesem Augenblick kündigte der Diener Sir James Linton an.

Der Mann, der den Raum betrat, war groß, mager und Mitte Dreißig. Er war dunkel gekleidet und sprach ruhig und nüchtern. Er hatte nichts Außergewöhnliches an sich, fand Mariella. Wenn man ihn auf einem Ball flüchtig kennengelernt hätte, würde es einem wahrscheinlich am Tag darauf schwerfallen, sich an ihn zu erinnern.

Sein Betragen war tadellos. Er machte Lady Henlow Komplimente über ihre schöne Amethystkette und sagte Mariella, sie sei eine bezaubernde Bereicherung der Gesellschaft von Lynn. Lord Stanley gegenüber äußerte er, daß er nicht daran zweifele, in Miß Ward eine gute Ergänzung zur geachteten Familie Stanley gefunden zu haben. Seine Schmeicheleien hoben Lord Stanleys Laune, und als die Meltons eintrafen und das Essen angekündigt wurde, sah man ihn sogar lächeln.

Als sie sich an den Tisch setzten, berührte Lady Clara, die ein hellblaues Samtkleid trug, zart die weißen Seidenrosen.

»Wie hübsch!« sagte sie. »Haben Sie sie selbst gemacht, Mariella? Sie sind entzückend.«

Mariella war glücklich, daß Clara das Gespräch eröffnet hatte und sagte:

»Es ist ganz leicht, wenn man einmal weiß, wie es gemacht wird. Ich zeige es Ihnen gern, wenn Sie wollen.«

»Clara, Liebste«, unterbrach Lady Melton nachsichtig lächelnd, »wie oft muß ich dir noch sagen, daß falsche Bescheidenheit für eine junge Dame höchst unpassend ist.« Sie wandte sich an die übrige Gesellschaft: »Clara ist natürlich in allen weiblichen Fertigkeiten sehr geschickt. Aber ich schmeichle mir, daß sie ihre künstlerischen Talente von mir geerbt hat. Wir ähneln einander sehr.«

Mariella hielt dies für höchst unwahrscheinlich. Lady Melton hatte einen entsetzlichen Geschmack, was Farben anbetraf, und man sah sie oft mit orange-roten und rosa Federn auf dem Hut durch die Stadt stolzieren. Außerdem wußte jedermann, daß Lord Melton mit seinen Aquarellen in der Familie der künstlerisch Begabteste war.

Lady Henlow sagte freundlich: »Da Sie einander so ähnlich sind, Lady Melton, muß es sehr schön für Sie sein, Clara jetzt bei sich zu haben.«

Lady Melton stimmte dem zu.

Mariella blickte über den Tisch zu Clara hinüber, aber deren Miene verriet wie gewöhnlich nichts von dem, was sie dachte. Mit gesenkten Augen konzentrierte sie sich auf ihre Suppe.

Mariella seufzte lautlos und gab alle Hoffnung auf, sie könne mit Clara Freundschaft schließen. Das Mädchen ist ein willenloses Geschöpf, und es wird unmöglich sein, ein paar nette Stunden mit ihr zu verbringen und über Belanglosigkeiten und die neueste Mode zu sprechen, dachte Mariella. Lady Melton wird darauf bestehen, dabei zu sein und ständig Clara Worte in den Mund legen.

Mariella wandte sich an Lord Melton, der neben ihr saß, und begann mit ihm ein Gespräch über seine Lieblingsmaler.

Lord Melton konnte interessant erzählen, aber er neigte dazu, weitschweifig zu werden, wenn es um sein Lieblingsthema ging. Erleichtert hörte Mariella den Diener Lord Darvill ankündigen.

Mit seinem Erscheinen wurde die Atmosphäre im Speisesaal sofort gespannt. Die Herren strafften ihre Schultern, als bereiteten sie sich auf eine Schlacht vor, und die Damen fuhren mit den Händen an ihr Haar.

Während die ausgezeichnete gebratene Gans gebracht wurde, entschuldigte sich Lord Darvill leise bei Lady Henlow für seine Verspätung und setzte sich Mariella gegenüber.

Lord Stanley wandte seine Aufmerksamkeit nach einem kurzen Gruß Sir James Linton zu.

»Darf ich Sie fragen, Sir James, warum Sie bei Ihrer Erforschung alter Kirchen King's Lynn als Ausgangspunkt genommen haben? Ich hätte gedacht, daß eine größere Stadt, zum Beispiel die Hauptstadt, Ihnen sehr viel Interessanteres geboten hätte?«

Sir James glättete seine Serviette über seinen knochigen Knien.

»London hat natürlich viele faszinierende Kirchen. Aber die meisten sind schon gut dokumentiert. In einer Kleinstadt wie Lynn hingegen gibt es noch viel zu entdecken. Erst heute fand ich in der St.-Margarets-Kirche eine seltene Monduhr über einem der Fenster am Südwestturm, die die Mondphasen und die Gezeiten anzeigt.«

Lord Melton nickte. »Das ist ganz wichtig in einer Stadt wie Lynn, die nicht nur eine Marktstadt, sondern auch eine bedeutende Hafenstadt ist.«

»London hat einen weit bedeutenderen Hafen als King's Lynn«, sagte Lord Stanley gereizt. »Außerdem haben sich in

London viele berühmte Leute im Laufe der Jahrhunderte mit unseren Kirchen beschäftigt. Einer meiner eigenen Ahnen zum Beispiel wird mit einer Plakette in der St.-Margarets-Kirche, Westminster, geehrt. Aber wer von Bedeutung wurde je in King's Lynn geboren und ist hier aufgewachsen?«

»Zum Beispiel Dr. Charles Burney«, sagte Lord Darvill. Er sah Sir James fragend an. »Wenn ich nicht irre, war er Organist in einer unserer Kirchen?«

Sir James nippte an seinem Wein und murmelte: »Ja, in der Tat, in St. James.«

»Es tut mir leid, aber den Namen Burney kenne ich nicht«, sagte Lord Stanley.

»Er war ein berühmter Musiker und der Autor eines großartigen Buches über Musikgeschichte«, sagte Tante Emilia begeistert. »Ein liebenswürdiger Mann. Ich erinnere mich gut an ihn. Aber Lynn ist natürlich genauso stolz auf seine Tochter Fanny. Sie hatte viel Erfolg.«

Lord Stanley legte seine Gabel hin. »Sie wollen damit sicher sagen, daß die Tochter des Organisten einen wohlhabenden Mann gefunden hat?«

Mariella nahm die Hand ihres Verlobten und sagte rasch: »Fanny ist eine berühmte Schriftstellerin, George. Hast du niemals ›Evelina‹ gelesen? Es ist ein wunderschönes Buch.«

»Sei nicht albern, Mariella! Ich denke nicht im Traum daran, etwas zu lesen, das von einer Frau geschrieben wurde. Solche Bücher sind voller Nichtigkeiten und absurder Romantik. Außerdem führen Damen notwendigerweise ein beschütztes, ereignisloses Leben und haben deshalb nichts Wichtiges zu schreiben.«

Vor Mariella tauchte das Bild des zugefrorenen Sees mit einem Paar Schlittschuhläufer auf, die in der hellen, kalten Luft ihre Pirouetten drehen. Nein, George, dachte sie lächelnd, es ist nicht wahr, daß alle Damen ein beschütztes, ereignisloses Leben führen!

Lord Darvill bemerkte ihr Lächeln, und wenn er wußte, woran sie dabei dachte, so zeigte er es nicht. Er sagte zu Lord Stanley:

»Wenn dies Ihre Ansicht ist, würde ich Ihnen empfehlen,

das Buch von Margery Kempe zu lesen. Ich glaube, Sie würden sich wundern, wie einige Damen von Lynn zu leben sich entschieden haben.«

»Margery Kempe?« fragte Lady Melton. »Ich erinnere mich dunkel an ihren Namen, aber ich weiß keine Einzelheit mehr. Erzählen Sie, Lord Darvill.«

Lord Darvill sagte ruhig: »Sir James Linton ist die Autorität. Ich bin sicher, er weiß mehr darüber als ich.«

Aber Sir James verschluckte sich in diesem Augenblick und verließ eilends das Speisezimmer.

Deshalb fuhr Lord Darvill fort: »Margery Kempe lebte im Mittelalter in Lynn, und sie behauptete, Visionen vom Paradies gehabt zu haben. Sie unternahm daraufhin viele Wallfahrten bis nach Rom und Jerusalem und ging sogar so weit, den Erzbischof von Canterbury eines sündigen Lebens zu bezichtigen, bevor sie nach Lynn zurückkehrte, um ein Leben der Reue im Gebet zu verbringen und ihr Buch zu diktieren.«

»Ah ja«, sagte Mariella, »damals hatten die Frauen noch nicht schreiben gelernt.«

»Sie muß eine alberne Frau gewesen sein«, erklärte Lord Stanley. »Wenn jemand einigermaßen bei Verstand ist, würde er England doch nicht verlassen und ins Ausland reisen, wo er seine Gesundheit durch ausländische Speisen und Krankheiten auf das Spiel setzt. Aber wenn ich es mir richtig überlege, war Mrs. Kempe sicher froh, diesem unangenehmen Klima in Norfolk zu entrinnen.«

»Norfolk ist bekannt dafür, daß es einen entweder umbringt oder kuriert«, sagte Lord Darvill. »Denn wenn der Wind von Osten bläst, ist er rasiermesserscharf und unbarmherzig. Wer hier geboren und aufgewachsen ist und wer überlebt, wird oft sehr alt. Aber man muß robust und flexibel sein, um in Norfolk leben zu können. Es ist kein Ort für Schwächlinge.«

Lord Stanley blickte finster über den Tisch.

»Sie wollen damit doch nicht etwa sagen, Darvill, daß meine Abneigung gegen dieses Klima, in dem ich gegenwärtig zu leben gezwungen bin, auf eine Schwäche meiner Konstitution hindeutet?«

»Natürlich nicht, George«, sagte Mariella. »Du bist der robusteste Mann, der mir je begegnet ist.«

Es ist wahr, teilte sie Lord Darvill schweigend mit, als sie seinen amüsierten Blick sah. George ist niemals krank, abgesehen von gelegentlichen Kopfschmerzen, und selbst dann lehnt er es resolut ab, ein Mittel zu nehmen und besteht tapfer darauf, der Natur ihren Lauf zu lassen.

»Sie sagen, Sie sind gezwungenermaßen hier, Lord Stanley?« fragte Sir James Linton, der gerade in das Speisezimmer zurückkam.

Lady Henlow erklärte rasch die Umstände, die Lord Stanley und Mariella zu dem Besuch in Lynn veranlaßt hatten.

Lord Stanley fügte hinzu: »Wir haben Lady Henlow natürlich gern begleitet. Selbst um den Preis, daß wir unsere Hochzeit in London aufschieben mußten.«

»Das war wirklich eine edle Geste«, sagte Lady Melton. »Aber warum können Sie eigentlich nicht hier in Lynn getraut werden, zum Beispiel in der St.-Margarets-Kirche? Meine Sympathie gehört Ihnen beiden, und ich freue mich so auf Ihren Hochzeitstag.«

Lord Stanley machte ein nachdenkliches Gesicht.

»Ich muß gestehen, daran habe ich bis jetzt noch nicht gedacht. Aber ja, warum eigentlich nicht? Warum sollten wir uns nicht unverzüglich in Lynn trauen lassen?«

Mariella, die Lord Darvills spöttischen Blick auf sich ruhen sah, sagte rasch und fast frostig:

»George, das wäre das Schönste, was ich mir denken kann.«

Und das wäre es auch, sagte sie sich. Zugegeben, in letzter Zeit habe ich nicht viel Zeit und nicht viele Gedanken George gewidmet, wie es sich für ein verlobtes Mädchen geziemt hätte. Ich habe mich seltsamen Träumen hingegeben und mich auf Abenteuer mit Lord Darvill eingelassen. Aber ich bin sicher, das alles ist nur wegen der Verschiebung unserer Hochzeit geschehen. Dies und die Reise nach Lynn haben in mir eine lästige Ruhelosigkeit ausgelöst. Es wäre am besten, wenn George und ich so bald wie möglich heiraten würden. Dann würde mein Leben in ruhige Bahnen gelenkt, und es gibt keine Träume mehr.

»Was für eine romantische Idee, in Lynn zu heiraten«, sagte Tante Emilia. »Aber was ist mit Ihrer Mutter, Lord Stanley? Würde sie es nicht übelnehmen, wenn sie erfährt, daß Sie und Mariella in Lynn geheiratet haben, ohne es ihr vorher mitzuteilen und dafür zu sorgen, daß sie bei der Feier anwesend sein kann?«

Lord Stanley seufzte. »In der Tat, Lady Henlow. Ich bin Ihnen sehr dankbar, daß Sie mich an meine Pflichten erinnert haben. Meine Mutter wird natürlich bei der Hochzeit dabei sein wollen. Und da die Straßen immer noch unpassierbar sind, kann es Wochen dauern, bis sie eine Nachricht in London erreicht.« Er wandte sich an Mariella. »Es tut mir leid, daß ich deine Hoffnungen geweckt habe, um sie eine Minute später wieder zu zerstören. Bist du sehr enttäuscht, meine Liebe?«

»Ja, George.«

Erst später, als die Herren zu den Damen in den Salon kamen, erkannte Mariella, daß sie ihr bescheidenes ›ja, George‹, nicht aus einem automatischen Pflichtgefühl heraus gesagt hatte, sondern daß sie dies tatsächlich empfand.

Sir James Linton gratulierte Lady Henlow zu ihrer ausgezeichneten Küche.

»Ich habe heute abend das denkwürdigste Mahl in Lynn genossen, Madam. Wie Sie wissen, wohne ich im Vine-Hotel. Das Essen dort kann man unmöglich mit salonfähigen Worten beschreiben.«

»Warum wohnen Sie im Vine?« fragte Lady Melton. »Lord Egremont würde Sie doch sicher in seinem Haus unterbringen?«

»Ja, Lord Egremont war so freundlich, mir seine Gastfreundschaft anzubieten«, erwiderte Sir James. »Aber meine Forschungen in den hiesigen Kirchen bringen es mit sich, daß ich oft sehr spät in der Nacht oder sehr früh am Morgen nach Hause komme, und ich möchte Lord Egremonts Haushalt nicht stören.«

Lord Melton sah ihn erstaunt an.

»Ich wüßte wirklich zu gern, was es im Dunkeln spät in der Nacht in einer Kirche zu sehen gibt, Sir James.«

Sir James lächelte leicht. »Man kann dann natürlich nur sehr wenig sehen. Aber die Atmosphäre ist überwältigend. Wenn einen ringsum Stille umgibt, kann man sich vorstellen, wie die Geister der Vergangenheit mit dem Mondlicht erscheinen. Dann versteht man das wahre Wesen jeder einzelnen Kirche. Ich kann Ihnen versichern, obwohl ich allein in der Kirche bin, fühle ich mich keineswegs einsam.«

Lord Stanleys Miene sagte deutlich, daß er sich bei Lord Egremont über den Geisteszustand dieses Mannes erkundigen wollte, den er ihm als ›vernünftigen Burschen‹ empfohlen hatte.

Da er sich aber seiner Pflicht bewußt war, einen leichten Gesprächston aufrechtzuerhalten, bemerkte er scherzhaft und versuchte dabei witzig zu sein:

»Mir scheint, Linton, daß Sie in jenen Kirchen einschlafen und lebhafte Träume haben, die von dem schrecklichen Essen und dem billigen Wein herrühren müssen.«

»Leider ist das Niveau im Vine-Hotel beträchtlich gesunken, seitdem so viel Militär aus Frankreich zurückgekommen ist«, sagte Lord Melton.

»Sie werden nicht lange zu Hause sein«, erklärte Lord Stanley. »Der Frieden wird nicht anhalten.«

»Wie schrecklich«, sagte Sir James. »Haben Sie verläßliche Informationen darüber, Lord Stanley?«

»Natürlich stehe ich mit hochgestellten Persönlichkeiten in der Hauptstadt in Verbindung«, sagte Lord Stanley. »Niemand in London glaubt daran, daß Boney seine Versuche aufgeben wird, unsere Streitkräfte zu schlagen. Denken Sie an meine Worte, in kurzer Zeit werden der Herzog von Wellington und seine Männer wieder in Aktion sein.«

»Oh, sagen Sie nicht, man spricht in London schon wieder davon, die Franzosen könnten eine Invasion an unseren Küsten planen«, rief Lady Henlow entsetzt.

Die Herren beruhigten sie rasch, und das Gespräch wandte sich angenehmeren Themen zu. Mariella, die an der Konversation nicht teilgenommen hatte, wünschte, sie würden etwas leiser sprechen, damit sie das Gespräch belauschen konnte, das am anderen Ende des Salons geführt wurde. Sie hatte bemerkt, daß Lord Darvill Lady Clara beiseite nahm. Sie waren ins Gespräch vertieft, und dies zu ihrem Ärger außer Hörweite.

Mariella traute ihren Augen nicht, als sie sah, wie angeregt Clara mit dem Grafen sprach. Clara, die nie von selbst ein Wort gesagt hatte, erzählte jetzt etwas so Fesselndes, daß der Graf hingerissen zuhörte. Seine Miene drückte aufmerksames Interesse aus.

So hat er mich noch nie angesehen, dachte sie. Jedesmal, wenn wir miteinander sprechen, habe ich den Eindruck, daß er mich verspottet. Aber Clara nimmt er augenscheinlich sehr ernst.

Sie konnte ihren Blick nicht von dem Paar abwenden. Sie registrierte alles – die Entfernung, in der sie miteinander sprachen, die Haltung Lord Darvills, als er Clara zuhörte, die Art, wie er seine Hand hob, um etwas Nachdruck zu verleihen... Sie stellte sich vor, wie er die Hand noch höher hob, Claras Wange streichelte und die Nadeln aus ihrem schönen, dunklen Haar löste.

Und dann ging Mariella die Wahrheit auf. Ich bin eifersüchtig, sagte sie sich erstaunt. Ich möchte, daß ich es bin, die Lord Darvills Aufmerksamkeit erregt. Ich möchte, daß ich es bin, die er so interessiert ansieht. Und ich möchte, daß ich es bin, die seine Hände auf meinen Wangen, meinem Hals, meinen Schultern spürt.

Sie wandte sich ab und schenkte sich eine Tasse Tee ein. Du Närrin, schalt sie sich. Wie kannst du es zulassen, daß dieser Mann dich so betört. Warum bildest du dir ein, daß er sich zu dir hingezogen fühlt? Vergiß nicht, was man dir über Sarah Woodrow gesagt hat, seine große Liebe. Sie war ein heiteres Mädchen, ein Mädchen mit einem starken Willen, das wußte, was es wollte. So sieht Lord Darvill dich sicher nicht. Bei seinen Begegnungen mit dir, sei es öffentlich oder privat, hat er dich stets unentschlossen gefunden. Einmal warst du das pflichtbewußte, unterwürfige verlobte Mädchen, und das nächstemal hast du den leichtsinnigen Trotz gezeigt, den er allein in dir wecken kann. Kein Wunder, daß ihn deine Gesellschaft amüsiert. Es ist für ihn ein großes Vergnügen, dich von einem Extrem in das andere fallen zu sehen.

Abgesehen von all diesen Erwägungen bist du schließlich nicht mehr frei. Du bist mit einem Mann verlobt, der dich liebt, der die Stütze deines Lebens ist und der so großzügig war, dir eine sichere Zukunft am Busen seiner hochgeachteten Familie anzubieten. Jedes andere Mädchen an deiner Stelle – verwaist und arm – würde Lord Stanley auf den Knien dafür danken. Statt dessen sind deine Gedanken, deine Träume mit Fantasiegebilden über Lord Darvill angefüllt. Du erlaubst ihm, dich ohne Anstandsperson in sein Haus zu führen. Du hörst verzaubert zu, wenn er über deine Entscheidungsfreiheit spricht. Wie absurd. Was für eine Torheit. Du hast keine Wahl, Mariella. Besäßest du ein ansehnliches Vermögen, dann ja. Dann hättest du die Freiheit, und es wäre dir mehr erlaubt als jetzt. Aber du bist keine Erbin. Du besitzt kein Vermögen. Dein Glück besteht darin, mit George, Lord Stanley, verlobt zu sein, und er ist es, der deine Gedanken beschäftigen sollte und nicht ein verführerischer Mann wie Lord Darvill.

Ich werde mich von Lord Darvill nicht auf Abwege führen lassen, beschloß Mariella. So faszinierend er auch sein mag, ich muß dafür sorgen, daß ich ihm so wenig wie möglich begegne. Ich muß den Versuchungen aus dem Weg gehen.

Daher folgte Mariella ihrem Verlobten in die Bibliothek, sobald die Gäste gegangen waren und sie ihrer Tante Emilia eine gute Nacht gewünscht hatte.

»George«, sagte sie leise, und ihr Gesicht strahlte im Lampenschein, »kann ich dich einen Augenblick sprechen?«

Er blickte auf.

»Aber natürlich, meine Liebe. Hast du irgendwelche Sorgen?«

Sie kniete neben ihm nieder. »Bitte, George, kannst du nicht einen Eilboten an deine Mutter schicken und ihr schreiben, daß wir in Lynn heiraten wollen? Ich würde gern so bald wie möglich heiraten.«

»Aber Mariella, du weißt doch selbst, daß die Straßen um Norfolk herum im Augenblick zugeschneit sind.«

Trotz seiner Bedenken sagte ihr sein Tonfall, daß er von ihrem Wunsch gerührt war.

Ermutigt nahm sie seine Hände und sagte: »Bitte küsse mich, George.«

Seine Hände versteiften sich.

»Aber Mariella, was stellst du dir vor? Du glaubst doch nicht, daß ich dich derart mißbrauche? Diese Dinge heben wir uns auf, bis wir verheiratet sind.«

»Und wann wird das sein?« rief sie erregt. »Wer weiß, wie lange dieser schreckliche Winter noch andauern wird? Wir werden vielleicht noch monatelang hier sein.«

Lord Stanley fand die Aussicht, noch längere Zeit mit Lady Henlow in einem Haus zusammenleben zu müssen, keineswegs verlockend. Er dachte einen Augenblick nach und sagte dann:

»Also gut, Mariella, ich werde morgen versuchen, einen Boten zu finden, der alle Hindernisse überwindet und meiner Mutter in London die Nachricht überbringt. Sei sicher, meine Liebe, wir werden heiraten, und zwar bald.«

Sechstes Kapitel

Getreu ihrem Entschluß, künftig so wenig wie möglich in der Gesellschaft von Lord Darvill zu sein, erwähnte Mariella ihrem Verlobten gegenüber nichts von dem bevorstehenden Eisfest. Sie wußte, daß Lord Darvill dort sein würde. Deshalb war sie entschlossen, fernzubleiben.

Es war kein leichter Entschluß, da sie begeistert an den Vergnügungen auf dem Fluß teilgenommen hätte. Aber es war ihre Pflicht, an der Seite ihres Verlobten zu sein, und er würde eine Schlittschuhparty für eine frivole Zeitvergeudung halten, dessen war sie sicher.

Als am Morgen des Eisfestes ein Diener einen Brief von Lady Clara Melton brachte, verwandelte sich Mariellas Erstaunen, von diesem merkwürdig zurückhaltenden Mädchen eine Botschaft zu erhalten, rasch in Erregung, als sie die etwas kindliche Handschrift las:

›*Meine liebe Mariella,*
ich schreibe in Eile und bitte Sie um Verzeihung. Lord Melton leidet heute an einem leichten Fieber, das die Anwesenheit seiner Gattin notwendig macht. Sie möchte aber unbedingt, daß ich mich auf dem Eisfest vergnüge, aber leider hindern sie ihre Pflichten als Ehefrau daran, mich zu begleiten. Darf ich Sie deshalb darum bitten, daß ich mich Ihnen anschließen kann? Wie Sie wissen, bin ich sehr schüchtern, und ich wäre gern in Ihrer Gesellschaft – zumal ich nicht Schlittschuhlaufen kann.‹

Mariella las den Brief ihrer Tante und ihrem Verlobten vor.

»Du meine Güte, was sollen wir tun?« fragte Tante Emilia. »Ich bin seit meiner Kindheit nicht mehr Schlittschuh gelaufen. Ich gestehe, ich hatte nicht vor, zum Eisfest zu gehen, weil ich mich für solche Possen für zu alt halte.«

Lord Stanley überflog den Brief und runzelte die Stirn.

»Das ist verdammt lästig. Ich wollte den Tag ruhig bei Stowe's verbringen. Aber du kannst Lady Clara diese Bitte unmöglich abschlagen.«

»Das ist richtig«, sagte Tante Emilia. »Es würde wie eine beabsichtigte Unhöflichkeit aussehen, zumal du vorher zweimal angedeutet hast, daß es dich freuen würde, wenn du dich mit ihr treffen könntest. Wir müssen einen Boten nach Melton Hall schicken mit der Nachricht, daß wir über Lord Meltons Unpäßlichkeit sehr bekümmert sind, aber entzückt, Clara auf das Eisfest mitzunehmen.«

Mariella setzte sich mit gemischten Gefühlen an den Schreibtisch.

Lady Henlow sagte zu dem verstimmten Lord Stanley:

»Ihr friedlicher Tag bei Stowe's braucht nicht gestört zu werden. Mariella und ich sind auf dem Eisfest völlig sicher und in guter Gesellschaft, das versichere ich Ihnen.«

»Selbstverständlich begleite ich Sie«, sagte Lord Stanley frostig. »Es wäre außerordentlich selbstsüchtig von mir, bei Stowe's im Warmen und Trockenen zu sitzen, während meine Verlobte wegen einer nachbarlichen Pflicht sich Eis und Schnee aussetzen muß.«

»Wie edel von Ihnen«, sagte Tante Emilia lächelnd. »Sie sind ein wahres Vorbild für uns alle.«

Mariella streute Sand auf den Brief an Clara. Nun, dachte sie, ich habe es versucht. Ich habe wirklich versucht, Lord Darvill aus dem Weg zu gehen. Aber jetzt hat mir das Schicksal in Gestalt von Clara Melton einen launischen Streich gespielt. Immerhin werde ich heute kaum Gelegenheit zu einem Gespräch mit Lord Darvill haben, denn er wird das gute Wetter zum Schlittschuhlaufen nützen, während ich in der Anwesenheit meines Verlobten die Fiktion aufrechterhalten werde, daß ich vom Schlittschuhlaufen keine Ahnung habe.

Eine Stunde später kam Lady Clara, und nachdem sie Lady Henlow versichert hatte, daß Lord Meltons Zustand nicht beunruhigend war, brachen sie zu viert zum Fluß auf.

Mariella hatte noch nie ein Eisfest miterlebt, und deshalb war sie nicht darauf vorbereitet, was für ein buntes Spektakel sie erwartete.

Auf dem Eis waren unzählige Schlittschuhläufer, und Kinder spielten mit Wurfringen. Ganz Lynn schien da zu sein. Aber Schlittschuhlaufen war offenbar eine Beschäftigung, die Hunger und Durst machte, wenn man nach der Menge der Speisen urteilen wollte, die am Flußufer angeboten wurden. Es gab Glühwein, warme Brötchen, in heißen Pfannen geröstete Kastanien, und für jene, die einen herzhafteren Appetit hatten, wurde ein Ochse am Spieß über einem Feuer gebraten.

Trotz der vielen Menschen entdeckte Mariella Lord Darvill sofort. Er war auf der anderen Seite des Flusses und ermutigte lachend eine Schar Kinder, die dort mit Wurfringen spielten.

Hastig sah Mariella weg und hielt nach ihrem Verlobten Ausschau, aber er war das Flußufer hinaufgegangen und mit Sir James Linton in ein Gespräch vertieft.

Man konnte die beherrschende Gestalt Lord Darvills nicht ignorieren. Auch Clara Melton sah über die farbenprächtige Menschenmenge hinweg und bemerkte:

»Ach, da ist ja Lord Darvill weiter unten auf dem Eis. Ob er wohl bemerkt hat, daß wir hier sind?«

»Wahrscheinlich nicht«, sagte Mariella betont gleichgültig. »Ich kann mir nicht vorstellen, daß unsere Anwesenheit für ihn von irgendwelcher Bedeutung ist.«

»Als wir im Weißen Haus bei Ihnen zum Abendessen eingeladen waren, hat er mir versprochen, mir das Schlittschuhlaufen beizubringen.«

»Dafür braucht man das richtige Schuhwerk, und leider besitzen wir, weder Sie noch ich, dergleichen«, sagte Mariella ein wenig schroff. Sie war froh, daß Clara unwissentlich ihre Neugier gestillt hatte, worüber sie und Lord Darvill nach dem Essen im Weißen Haus so ernsthaft gesprochen hatten. Aber gleichzeitig konnte Mariella ein Gefühl der Verstimmung über Lord Darvill nicht unterdrücken. Sie fragte sich, wie vielen jungen Mädchen aus Norfolk er das Schlittschuhlaufen wohl schon beigebracht hatte. Wie viele Mädchen hatte er unter dem Vorwand, ihnen das Schlittschuhlaufen beizubringen, ins Darvill House gelockt oder weil er angeblich ihre Meinung über die Renovierung seines Hauses hören wollte?

Mariella war ärgerlich über sich selbst, weil sie sich so leicht von ihm hatte täuschen lassen, weil sie geglaubt hatte, daß jene gestohlenen Stunden, die sie mit ihm verbracht hatte, in irgendeiner Weise für sie beide zauberhaft und etwas Besonderes gewesen waren. Aber für ihn war es eindeutig nichts dergleichen gewesen, dachte sie wütend. Er spielte nur mit ihr – und ich zweifle nicht daran, daß ich nicht das erste Mädchen bin, das sich so hat übertölpeln lassen.

Wenn das wahr ist, dann habe ich offenbar etwas entdeckt, was die übrige Gesellschaft von Lynn nicht weiß. Sie irren sich, wenn sie glauben, Lord Darvill habe niemals ein unverheiratetes Mädchen auch nur angesehen. Könnte es sein, daß es eine seltsame Verschwörung unter den jungen Damen von Lynn gibt, daß sie alle das Interesse Lord Darvills an ihnen bemerken, ihn aber so hinreißend finden und über diese Angelegenheit schweigen? Zweifellos kann Lord Darvill einen glauben lassen, man sei etwas Besonderes für ihn. Es war nicht undenkbar, daß er mit seinem Charme ein Dutzend Mädchen betörte, die nun alle glaubten, einen Platz in seinem Herzen zu haben. Mariella beglückwünschte sich, daß sie ihn so rasch durchschaut hatte. Sie war froh, daß sie sich entschlossen hatte, so wenig wie möglich seine Gesellschaft zu suchen, und sie war auch froh darüber, daß sie ihren Verlobten zu einer baldigen Hochzeit in Lynn überredet hatte.

Als sie bemerkte, daß Lord Darvill mit seinen Schlittschuhen auf sie zufuhr, wurden ihre Augen so kühl wie das Eis, und sie teilte ihm wortlos mit: ›Beschränken Sie Ihre Aufmerksamkeit und Ihren Charme auf die anderen Mädchen von Lynn, Mylord. Mich können Sie nicht zum Narren machen.‹

Sie konnte jedoch nicht abstreiten, daß Lord Darvill großartig aussah. Er trug makellose hellgraue Hosen und einen elegant geschnittenen weinroten Rock. Mit geschmeidigen Bewegungen fuhr er über das Eis, und sein athletischer Körper zeigte Behendigkeit, als er anderen Schlittschuhläufern immer wieder auswich, die weniger geschickt waren als er.

»Guten Morgen, meine Damen«, sagte er lächelnd und verbeugte sich höflich, als er vor ihnen stehenblieb. »Ist das nicht ein herrlicher Tag für ein Eisfest?«

Es war unmöglich, ihm nicht zuzustimmen. Obwohl die Temperatur nur wenig über dem Gefrierpunkt lag, schien die Sonne an einem wolkenlosen Himmel und ließ sogar das trübste Auge strahlen.

»Kommen Sie«, sagte Lord Darvill, »Sie müssen alle Schlittschuhlaufen lernen. Sie werden sehen, es geht ganz einfach.«

Er sah Mariella an, aber diese richtete ihren Blick zum Horizont und sagte kühl:

»Leider besitzen wir keine Schlittschuhe, Lord Darvill.«

»Keine Ausflüchte!« sagte Lord Darvill fröhlich. »Ich habe einen der hiesigen Schuhmacher beauftragt, Schlittschuhe in allen Größen hierherzubringen.«

»Wie aufmerksam von Ihnen«, rief Lady Henlow. »Ich würde so gern noch einmal mein Glück auf dem Eis versuchen. Aber es ist so lange her, seit ich das letztemal Schlittschuh gelaufen bin. Ob ich es wohl in all den Jahren verlernt habe?«

»Bestimmt nicht«, sagte Lord Darvill und führte die Damen zu einer großen Kiste, die mit Schlittschuhen gefüllt war. »Sie werden sich wahrscheinlich ein paar Minuten lang wackelig und unsicher vorkommen, aber danach werden Sie schnell das Gleichgewicht finden.«

Als Lady Henlow und Clara ihre Schlittschuhe auswählten und anzogen, trat Mariella beiseite.

»Finden Sie keine Schlittschuhe, die Ihnen passen, Miß Ward?«

»Ich möchte heute nicht Schlittschuh laufen«, sagte Mariella. »Ich gehe zu meinem Verlobten und applaudiere Ihnen allen vom Ufer aus.«

»Unsinn, meine Liebe«, protestierte Tante Emilia, »du wirst entsetzlich frieren, wenn du noch länger herumstehst. Schlittschuhlaufen wärmt einen auf und ist sehr belebend. Wie ich sehe, ist Lord Stanley mit Sir James in ein Gespräch vertieft. Und du weißt ja, wie gereizt Männer werden, wenn wir Damen mit unserem nichtigen Gerede ihre ernste Konversation stören.«

Zögernd wählte Mariella ein Paar Schlittschuhe aus und wußte, daß sie sich wie ein Neuling auf dem Eis verhalten mußte. Sie hakten sich unter. Lord Darvill führte Clara und Lady Henlow, und Mariella hängte sich bei ihrer Tante ein. Sie war froh über dieses Arrangement, denn sie fürchtete die Reaktion, wenn sie noch einmal seine Hand auf der ihren spürte.

Unter viel Gelächter fuhr das Quartett über den zugefrorenen Fluß. Als sie wieder zurückkamen, erklärte Lady Henlow atemlos, sie fühle sich nun sicher genug, um allein zu fahren. Sie schlug vor, zu einem der entfernter liegenden Röstöfen zu fahren und sich mit heißen Kastanien zu stärken.

Im Vorüberlaufen winkten sie Lord Stanley und Sir James fröhlich zu. Lord Stanley, dessen Füße allmählich so kalt wurden wie das Eis auf dem Fluß, war froh, Sir James' Gesellschaft zu haben. Natürlich fand er es unverständlich, daß Sir James nachts in Kirchen saß und die Atmosphäre in sich aufnahm.

Aber heute wollte Sir James nicht über seine Aktivitäten sprechen. Statt dessen führten die beiden Männer eine außerordentlich anregende Diskussion über die Möglichkeit, daß man den Kampf in Frankreich wieder aufnehmen könnte. Sir James gab zu, daß er wenig von militärischer Strategie verstand, und er interessierte sich sehr für Lord Stanleys Schilderungen der Situation.

Nach einiger Zeit entschuldigte sich Sir James und erklärte, er sei nicht zum Schlittschuhlaufen an den Fluß gekommen, sondern nur auf dem Weg zu einer wenig bekannten Kirche am Stadtrand von Lynn gewesen.

Lord Stanley, der sich die Füße warmtrat, runzelte die Stirn, als er seine Verlobte Arm in Arm mit Lord Darvill Schlittschuhlaufen sah. Dieser unverschämte Kerl schien Mariella und Lady Clara das Schlittschuhlaufen beizubringen. Man mußte zugeben, daß er es gut machte, denn Mariella war erstaunlich sicher auf dem Eis.

Er winkte ihr zu und deutete an, daß sie zu ihm kommen

sollte, und sofort löste sie sich von Lord Darvill und kam auf ihn zugefahren.

Lord Stanley lächelte, als er ihre strahlenden Augen sah und ihre goldenen Locken, die unter der mit Hermelin besetzten Kapuze ihres Capes hervorsahen.

Er gestand sich ein, daß er sich nach ihrer Ankunft in Lynn manchmal ein wenig über Mariellas Verhalten geärgert hatte. Es gab Zeiten, in denen das sanfte, gefügige Wesen, das er in London gekannt hatte, fast verschwunden war. Es hatte Temperamentsausbrüche gegeben, bei denen es so schien, als wäre sie im Begriff, ihm zu widersprechen oder seine Worte anzuzweifeln. Aber in letzter Zeit war sie wieder ihr bescheidenes Selbst geworden, und er konnte daraus nur schließen, daß ihre frühere Stimmung von ihrem Kummer über ihre verschobene Hochzeit hergerührt hatte. Obwohl sie selbst den Aufschub verlangt hatte, damit sie ihre Tante nach Lynn begleiten konnte, verstand er gut, daß eine junge Dame in ihrer Lage, verwaist und ohne finanziellen Rückhalt, ihre Zukunft so rasch wie möglich gesichert haben wollte. Er wußte, daß sie ihm dankbar war, weil er ihr die Sicherheit der Ehe angeboten hatte, und er seinerseits war nicht unglücklich über die Aussicht, eines der schönsten Mädchen zu heiraten, die je die Londoner Gesellschaft geziert hatten.

Mariella war gutgelaunt, als sie zu ihm kam.

»George, ich bin von der Mitte des Flusses aus ganz allein hierhergelaufen! Bist du nicht stolz auf mich?«

Nachsichtig sagte Lord Stanley: »Ich freue mich, daß du so glücklich bist, meine Liebe. Aber ich muß sagen, ich kann nicht begreifen, weshalb überhaupt jemand den Wunsch hat, Schlittschuh zu laufen. Ich kann nichts Nützliches darin sehen. Und bei solch einem unberechenbaren Wetter finde ich ein knisterndes Kaminfeuer, einen tiefen Armsessel und eine Ausgabe der *Times* viel verlockender.«

Mariella nahm seinen Arm.

»Armer George, frierst du sehr? Komm, gehen wir ein Stück am Ufer entlang, dorthin, wo sie einen Ochsen braten. Das Feuer wird dich im Nu aufwärmen.«

»Gut, aber dann wäre ich dir dankbar, wenn du die Schlittschuhe ausziehen würdest«, sagte Lord Stanley steif. »Dein Gang ist darin absurd.«

»Ja, George. Ich habe meine Schuhe neben der Kiste mit den Schlittschuhen stehenlassen und werde sie dort umziehen«, erwiderte Mariella. Ihr fügsamer Tonfall verriet nichts davon, daß sie den wahren Grund seiner Abneigung gegen Schlittschuhe kannte – sie machten sie etwas größer als ihn.

Sie war erleichtert gewesen, als George sie zu sich gewinkt hatte. Nachdem Tante Emilia sie verlassen hatte, um allein Schlittschuh zu laufen, hatte sich Lord Darvill bei ihr eingehakt, und alle ihre Befürchtungen über das, was sie dabei empfinden würde, hatten sich bestätigt. Immer, wenn er sie berührte, spürte sie von diesem Mann eine solche Kraft und Energie ausgehen, daß diese sich auf sie selbst übertrug.

Sie wußte, daß dieses Gefühl sie leicht überwältigen und zu unbedachten Worten oder Blicken verleiten konnte, und daß es sie noch weiter in den gefährlichen Bann von Lord Darvill zog.

Ich danke dem Himmel für George, dachte Mariella. Mein standhafter, verläßlicher und berechenbarer Verlobter! Bei George ist alles so klar. Wenn ich dagegen mit Lord Darvill zusammen bin, bin ich ständig unruhig, weil ich nie sicher sein kann, was er als nächstes tun oder sagen wird.

Als sie um einige umgedrehte, schneebedeckte Fischerboote herumgingen, sagte Lord Stanley:

»Ich hoffe, ich kann dir bald Näheres über unsere Hochzeit berichten. Ich habe an meine Mutter in London geschrieben, wie du es so dringend und lieb gewünscht hast. Und ich denke, daß ...«

Er brach ab, als ein entsetzter Schrei über das Eis kam. Sofort entstand eine allgemeine Verwirrung und Aufregung. Das Gelächter starb ab, und man hörte jemanden schreien: »Es ist ein Kind! Ein Junge ist in das Eis eingebrochen!«

Mariella wußte sofort, was passiert war. Beim Schlittschuhlaufen hatte Lord Darvill erwähnt, daß er die Kinder gewarnt hatte, weiter unten auf dem Fluß zu spielen, weil dort das Eis dünn war und leicht einbrechen konnte. Da Jungen aber Jungen sind, dachte Mariella, hatte einer von ihnen der Versuchung nicht widerstehen können und war zu weit hinausgefahren.

Ein rothaariger Junge strampelte hilflos im Wasser.

»Rettet ihn! Rettet ihn!« schrie ein Mädchen. »Es ist mein Bruder. Er kann nicht schwimmen!«

Sofort lief ein Schwarm von Schlittschuhläufern zu ihm hin. Lord Darvill war unter ihnen und bedeutete den anderen zurückzubleiben.

»Wenn wir alle versuchen, ihn aus dem Wasser zu holen, riskieren wir nur, daß noch mehr Leute in das Eis einbrechen.«

»Rettet ihn!« kreischte das Mädchen. »Er ertrinkt!«

Lord Darvills ruhige, aber beherrschte Stimme übertönte das Stimmengewirr. Er legte die Hände an den Mund und rief zu Mariella und Lord Stanley hinüber:

»Ich brauche ein Ruder von den Fischerbooten! Rasch!«

Lord Stanley bückte sich und zog ein Ruder aus einem der Boote. Er wollte damit am Ufer entlanglaufen, bis er auf der Höhe von Lord Darvill war. Aber Mariella, angespornt von den entsetzten Schreien des Jungen im Wasser, nahm ihrem Verlobten das Ruder aus der Hand und hielt es quer vor sich.

»Es geht schneller, wenn ich mit den Schlittschuhen hinlaufe, George.«

Sie ignorierte seinen Einwand, daß sie erst an diesem Tag das Schlittschuhlaufen gelernt habe und unmöglich mit dem Ruder so weit fahren könne. Sie lief so rasch sie konnte auf Lord Darvill zu und wie es ihre Unerfahrenheit und das Gewicht des Ruders erlaubte. Ein paar Männer liefen neben ihr her und wollten Mariella das Ruder abnehmen, aber sie unterließen es, da sie erkannten, daß Mariella dadurch aus dem Gleichgewicht kommen und stürzen konnte. Es fiel Mariella schwer, das Gleichgewicht zu halten.

Dann sah sie, daß Lord Darvill seinen weinroten Rock ausgezogen hatte und in Hemd und Hose dastand. Die letzten paar Schritte taumelte sie und wäre gefallen, aber er kam glücklicherweise auf sie zugefahren, ergriff das Ruder und fing sie dabei gleichzeitig auf.

»Gut gemacht«, sagte er in dem kurzen Moment, in dem er sie auffing. Sie sah, daß seine blauen Augen voller Bewunderung waren, aber es war keine Zeit für weitere Worte.

Lady Henlow und Clara Melton begleiteten die erschöpfte Mariella zum Ufer zurück. Lord Darvill kniete nieder und schob das Ruder über das dünne Eis auf den rothaarigen Jungen im Wasser zu.

Die Menge schwieg und sah mit angehaltenem Atem zu, wie Lord Darvill, der jetzt der Länge nach auf dem Eis lag, das Ruder Zoll um Zoll vorwärtsschob, bis es schließlich vor dem Kind war.

»Höre auf zu strampeln, und halte dich am Ruder fest«, wies ihn Lord Darvill ruhig an.

Der Junge spuckte Wasser aus und tat, was ihm gesagt wurde.

Lord Darvill rief ihm zu: »Ich rutsche jetzt rückwärts und ziehe dich gleichzeitig aus dem Wasser. Wenn du draußen bist, versuche nicht aufzustehen. Dein Gewicht würde nur noch mehr Eis abbrechen, und du würdest wieder ins Wasser fallen. Rutsche einfach auf dem Bauch auf mich zu.«

Der gefährlichste Augenblick kam, als der Junge in dem Bemühen, möglichst rasch aus dem eisigen Wasser herauszukommen, sich zu schnell über das Eis bewegte, und ein unheilverkündendes Krachen zu hören war.

»Langsam, Junge, langsam«, sagte Lord Darvill ruhig.

Der Junge, der jetzt nicht mehr in Todesangst war, sah ein, daß mit Hast nichts zu gewinnen war. Als er schließlich das harte, feste Eis erreichte und bei Lord Darvill war, nahm dieser den Jungen in die Arme und lief mit ihm zum Ufer.

»Das arme Kind ist tropfnaß«, murmelte Tante Emilia.

Die hilfreiche Lady Sewel wartete am Ufer mit warmen Decken und Glühwein. Auch Lord Darvill mußte schrecklich frieren, dachte Mariella. Sie wußte, daß sie den Augenblick nie vergessen würde, als er den erschöpften Jungen aufhob. Seine Miene drückte dabei Erleichterung aus, daß der Junge in Sicherheit war, und gleichzeitig Zärtlichkeit gegenüber dem blassen Kind, das nach seinem Erlebnis immer noch wie im Schock war.

Sicherlich kann kein Mann, der zu einem solchen Mitgefühl gegenüber seinen Mitmenschen fähig ist, einen Mord begangen haben, dachte Mariella. Jetzt wußte sie ohne jeden Zweifel, daß dieser Mann seinen Vater nicht getötet haben konnte. Wie immer die merkwürdigen Umstände jener tragischen Nacht waren, es war nicht Lord Darvills Finger gewesen, der die Pistole abgedrückt hatte. Mariella war über diese Erkenntnis derartig erleichtert, daß sie gern am Ufer entlanggelaufen wäre und Lord Darvill gesagt hätte, was sie dachte.

Aber die Schicklichkeit machte diese Geste unmöglich. Und außerdem kam Lord Stanley mißgelaunt auf sie zu.

»Also wirklich, Mariella, wie unbedacht und leichtsinnig von dir, mit dem Ruder über das Eis zu laufen. Solch ein unwürdiges, undamenhaftes Betragen! Es wäre besser gewesen, wenn ich damit am Ufer entlanggerannt wäre.«

»Aber man kommt mit Schlittschuhen rascher ans Ziel, als zu Fuß, Lord Stanley«, sagte Lady Henlow. »Ein Herr wie Sie ist das Laufen nicht gewöhnt.«

»Ja«, sagte Mariella geistesabwesend und dachte immer noch an Lord Darvill. »Du hättest länger gebraucht als ich, George, und der Junge war in Lebensgefahr.«

»Diese ganze Episode beweist nur meine Meinung, daß diese Eisfeste mehr Unheil stiften, als sie es wert sind«, schnaubte Lord Stanley. »Wenn Sie bereit sind, meine Damen, dann würde ich Sie nun gern nach Hause begleiten.«

Mariella war enttäuscht, weil sie gehen mußte, ehe das Fest vorüber war. Aber George war nicht in der Stimmung, daß man ihm seinen Entschluß mit Charme oder Schmeichelei ausreden konnte. Verärgert ging er rasch voraus zu der wartenden Kutsche.

Lord Stanley nieste noch die halbe Woche. Er war ein schwieriger Patient, und da er normalerweise mit einer robusten Gesundheit gesegnet war, ärgerte er sich nun über die Erkältung, die ihn mitnahm. Aber anstatt ins Bett zu gehen, versuchte er, sein normales Leben zu führen.

Als sich dies schließlich als unmöglich erwies, wurde er launisch und gereizt und ließ an einem Tag Mariella viermal mit der Fleischbrühe die Treppe hinauf- und hinunterlaufen. Jedesmal beschwerte er sich, die Brühe sei zu heiß oder zu kalt oder nicht nach seinem Geschmack gewürzt.

Gegen Ende der Woche sagte Tante Emilia erschöpft zu Mariella:

»Ich habe Nanny Phipps versprochen, sie mit einem neuen Rezept für Honigmet zu besuchen. Aber ich fürchte, ich wäre heute eine langweilige Gesellschafterin. Wärst du so freundlich, Mariella, und würdest du an meiner Stelle zu ihr hingehen?«

»Natürlich«, sagte Mariella lächelnd. »Aber was sagen wir George, wenn er nach mir ruft, solange ich weg bin? Du weißt, wie es ihn ärgert, wenn ich nicht zu Hause bin und ihn umsorge.«

»Ich bin sicher, er wird es verstehen, daß es deine Pflicht ist, eine gebrechliche, alte Dame zu besuchen«, erwiderte Tante Emilia. »Außerdem ist es nur ein paar Schritt von hier entfernt, und die frische Luft wird dir guttun, Kind. Es ist Tage her, seit du zuletzt aus dem Haus gegangen bist.«

Im Grunde war Mariella froh, daß sie dem Haus eine Weile entrinnen konnte, und sie ging fröhlich und rasch durch die verschneiten Straßen.

Tante Emilia sah ihr nach und brachte dann Lord Stanley ein köstliches heißes Getränk, dem sie einen Schuß Cognac beigegeben hatte.

Sie lächelte im stillen, als er es trank, und innerhalb von zehn Minuten war Mariellas Verlobter fest eingeschlafen.

Mariella war mitgenommen von der Pflege Lord Stanleys, dachte Lady Henlow. Eine Stunde in einer anderen Umgebung wird ihr guttun, und ich bin sicher, daß sie das Beisammensein mit Nanny Phipps überraschend anregend finden wird.

Mariella traf jedoch in Nanny Phipps nicht die gebrechliche alte Dame an, von der Tante Emilia gesprochen hatte. Sie war zwar eine ältere Dame mit silbernem Haar, das sie zu einem Knoten zusammengesteckt hatte. Aber gebrechlich war sie nicht. Nanny Phipps war flink, tüchtig und energisch.

Sie hieß Mariella in einem behaglichen Salon willkommen,

und als sie vor dem knisternden Kaminfeuer saßen, fragte sie Mariella, wie es ihr in Lynn gefiele.

»Gut«, erwiderte Mariella, »obwohl es mir leid tut, daß mich das Wetter bis jetzt daran gehindert hat, die Stadt und ihre Umgebung zu erforschen.«

»Dann finden Sie uns nach London also nicht langweilig?« fragte die alte Dame und streichelte die honigfarbene Katze auf ihren Knien.

»Überhaupt nicht«, sagte Mariella. »Ich liebe die Hauptstadt, weil ich dort geboren und aufgewachsen bin, aber Lynn hat seinen eigenen Charme. Es ist eine ruhige Stadt, und es hat etwas merkwürdig Geheimnisvolles an sich, als bewahrten die Steine der alten Gebäude Geheimnisse auf, die nur Eingeweihte kennen.«

Sie schob sich eine Haarlocke aus der Stirn und fragte zögernd:

»Klingt das zu fantastisch?«

Nanny Phipps sah sie nachdenklich an.

»Eigentlich nicht, meine Liebe. Sie sind erst seit kurzem hier, und doch sprechen Sie wie jemand, der das Wesen von Lynn erfaßt hat. Wie Sie sagen, es ist eine Stadt, die im Laufe der Jahrhunderte viel Merkwürdiges erlebt hat. Aber Sie werden feststellen, daß die Leute in Lynn außergewöhnliche Fähigkeiten entwickelt haben, wenn außergewöhnliche Dinge geschehen. Es kommt einfach daher, daß sie wissen, wann es für sie an der Zeit ist wegzusehen und sich nicht um Dinge zu kümmern, die sie nichts angehen.«

»Was meinen Sie damit?« fragte Mariella erstaunt.

Die alte Dame kraulte ihre Katze am Hals und fragte:

»Haben Sie schon die Red-Mount-Kapelle besucht?«

Mariella schüttelte den Kopf, und Nanna Phipps fuhr fort:

»Es ist eine kleine, sehr schöne alte Steinkapelle, und es geht die Legende um, daß von dort ein unterirdischer Gang bis zur Kapelle von Castle Rising einige Meilen entfernt führt.«

Mariella nickte. »Castle Rising gehört dem Herzog von Norfolk, nicht wahr?«

»So ist es. Aber es ist der unterirdische Gang und nicht die

Burg, die uns in dieser Legende beschäftigt. Viele Jahre lang glaubten die Leute, daß ein Fluch auf dem Tunnel liege, und jeder, der es wagt, ihn zu betreten, würde nie wieder auftauchen. Ein Geiger erklärte, er wolle durch den Tunnel bis zum Castle Rising gehen. Von seinem Hund begleitet, brach er auf und spielte dabei Geige, so daß man oben verfolgen konnte, wo er gerade war. Ungefähr eine Meile lang ging alles gut. Man hörte, wie er eine lustige Melodie spielte, aber dann...«

Mariella hielt den Atem an, als Nanny Phipps in ihrer Erzählung innehielt und die Katze in den Korb neben dem Kamin legte.

»...dann brach die Melodie plötzlich ab. Man hat den Mann nie wieder gesehen. Nur der kleine Hund ist zurückgekommen.«

»Aber hat denn niemand gewagt, nach dem Geiger zu suchen?« fragte Mariella.

»Ein paar tapfere Männer nahmen Laternen und gingen ein Stück weit in den Tunnel hinein, aber sie wurden von einer merkwürdigen Atmosphäre überwältigt, die sie zur Umkehr zwang.«

»Vielleicht war ein tiefer Brunnen im Tunnel, in den der Geiger hineinfiel«, meinte Mariella.

»Warum ist dann der Hund zurückgekommen?« fragte Nanny Phipps. »Der Hund war es gewöhnt, seinem Herrn voranzulaufen und wäre entweder selbst in den Brunnen gefallen, oder er hätte gebellt, um den Geiger zu warnen. Aber was auch immer dem Geiger widerfahren ist, es muß ganz plötzlich und unerwartet geschehen sein, sonst hätte der Hund bemerkt, daß eine Gefahr droht.«

»Und seit damals hat niemand den Tunnel betreten?« fragte Mariella fasziniert.

Nanny Phipps schüttelte den Kopf.

»Nein, der Tunnel hat ein Opfer gefordert, und die Leute von Lynn haben die Warnung hingenommen und wissen, daß sie nicht noch einmal in den Tunnel gehen dürfen. Das Rätsel, warum die Kapellen von Red Mount und Castle Rising durch einen Tunnel miteinander verbunden sind, muß ungelöst bleiben.«

Diese romantische Vorstellung gefiel Mariella. Warum mußte schließlich alles in der Welt erklärt und offengelegt werden? dachte sie. Wie langweilig wäre das Leben, wenn man die Gründe für alles wüßte.

Nanny Phipps legte Mariellas nachdenkliche Miene fälschlich als Furcht aus. Sie legte beruhigend eine Hand auf den Arm des Mädchens.

»Du brauchst dich nicht zu fürchten. Es gibt viele solcher Tunnels in Lynn, und um die meisten von ihnen rankt sich eine Legende. Wahrscheinlich sind die Geschichten frei erfunden, aber was wäre das Leben ohne Geheimnisse und Spannung?«

»Genau das gleiche habe ich eben gedacht«, entgegnete Mariella und stand auf.

»Besuchen Sie mich bald einmal wieder«, sagte Nanny Phipps, als Mariella ihren Mantel anzog. »Ich bin immer zu Hause und habe unser kleines Gespräch sehr genossen. Es ist schön, wenn man jemanden von der jüngeren Generation kennenlernt, der sich für die Stadt interessiert, in der man geboren und aufgewachsen ist.«

Mariella fühlte sich angeregt, als sie Nanny Phipps sauberes Flintsteinhaus verließ. Offensichtlich besaß die alte Dame die seltene Fähigkeit, einen in gute Laune zu versetzen.

Da die Legende von der Red-Mount-Kapelle sie nach wie vor beschäftigte, war es nicht verwunderlich, daß Mariella, anstatt nach Hause zu gehen, die schöne Kastanienallee, die zum Red Mount führte, hinaufging. Schuldbewußt dachte sie an George, der krank zu Hause im Bett lag. Aber er war nicht allein. Tante Emilia war bei ihm, und außerdem wollte sie nur kurz in der Red-Mount-Kapelle verweilen.

Nanny Phipps hatte erwähnt, daß die Kapelle klein war. Deshalb würde sie nur wenig Zeit brauchen, um sie zu besichtigen.

Es fiel ihr nicht schwer, die Kapelle zu finden. Bald tauchte vor ihr ein kleines, rotes, achteckiges Backsteingebäude auf, das auf einem Hügel stand.

Mariella betrachtete die Umgebung und fragte sich, in welche Richtung der geheimnisvolle unterirdische Gang wohl führen mochte. Aber der heitere Anblick der Szene gab keine Hinweise. Angetan von der Ruhe des Ortes öffnete Mariella die Kapellentür.

Sofort wurde der Friede gestört, denn eine Männerstimme sagte barsch:

»Habe ich Sie nicht deutlich genug gewarnt? Oder wollen Sie mich zwingen, dafür zu sorgen, daß Sie mir aus dem Weg gehen?«

Siebentes Kapitel

Mariella erstarrte. Mitten in der Kapelle stand Lord Darvill. Sie holte tief Luft, um eine Entschuldigung zu stammeln und dann die Flucht zu ergreifen, aber plötzlich kam ihr ein anderer Gedanke, wie es ihr so oft in der Gegenwart dieses Mannes widerfuhr.

Statt davonzulaufen, blieb sie stehen und fragte kühn: »Was fällt Ihnen ein, so mit mir zu sprechen?«

Er kam durch den Mittelgang auf sie zu, und seine Gegenwart war so übermächtig, daß sie fürchtete, sie würde ohnmächtig werden. Und doch wich sie keinen Zoll zurück.

Als das Licht aus einem der Fenster auf sein schönes Gesicht fiel, sah sie, daß seine Miene sich verändert hatte.

Er ergriff ihre zitternden Hände und sagte zärtlich:

»Verzeihen Sie mir, Mariella. Ich hörte, wie die Tür aufging und hielt Sie für jemand anderen, für jemanden, der vor ein paar Minuten hier war, und mit dem ich harte Worte gewechselt habe.«

Clara Melton, dachte Mariella. Hatten er und Clara ein Stelldichein in der Kapelle gehabt und dann miteinander gestritten? Sie empfand eine unerklärliche Erleichterung bei der Vorstellung, daß er und Clara sich überworfen hätten.

Aber dann kam ihr ein anderer Gedanke. Wenn Clara fähig war, einen solchen Zorn in ihm zu wecken, dann mußten seine Gefühle für sie leidenschaftlich sein, sonst wäre er nicht so zornig, sondern eher gleichgültig gewesen.

»Sie sind sehr blaß«, bemerkte Lord Darvill leise. »Es tut mir leid, daß ich Sie erschreckt habe. Wollten Sie die Kapelle besichtigen?«

Mariella nickte und berichtete ihm von der Legende, die Nanny Phipps ihr erzählt hatte.

Er lachte. »Ja, richtig, ich erinnere mich daran, daß ich von dieser Geschichte gefesselt war, als ich sie zum erstenmal hörte. Aber Nanny Phipps hat sicher erwähnt, daß es viele unterirdische Gänge in Lynn gibt, und es ist nur natürlich, daß die Menschen ihnen gern Geheimnisse zuschreiben.«

»Dann halten Sie es nicht für seltsam, daß noch niemand das Bedürfnis hatte, den Tunnel zu erforschen, in dem der Geiger gestorben ist?« fragte Mariella.

Er zuckte die Achseln. »Ich glaube nicht, daß es besonders verlockend ist, einen dunklen, naßkalten, unterirdischen Gang zu erforschen, der inzwischen wahrscheinlich von Erde und Geröll blockiert ist. Das letztemal, als der unterirdische Gang benutzt wurde, war während des Bürgerkriegs, als King's Lynn auf Seiten des Königs gegen Oliver Cromwell kämpfte.«

»Ich hatte mir gedacht, daß Lynn royalistisch war«, sagte Mariella. »Hat die Stadt während der Belagerung viel Schaden gelitten?«

»Die St.-Margarets-Kirche hat es am schwersten getroffen«, erwiderte der Graf. »Während der Beschießung flog eine achtzehnpfündige Kanonenkugel durch das Fenster über der Westtür, zerschlug einen Pfeiler und versetzte die Gemeinde in Schrecken. Aber die Red-Mount-Kapelle blieb Gott sei Dank intakt.«

»Sie ist wirklich sehr klein, aber besonders schön«, sagte Mariella und sah sich in der kreuzförmigen Kapelle um.

»Ursprünglich wurde sie als Wallfahrtskapelle gebaut«, erklärte Lord Darvill. »Aber seit damals wurde sie nicht mehr für Gottesdienste benutzt. Es ist ein Glück, daß Cromwell keine seiner Kanonen auf sie richtete. Denn während dieses Krieges diente sie als Vorratsraum für Schießpulver.«

»Was für eine interessante Geschichte diese kleine Kapelle hat«, sagte Mariella und fügte mit einem neckischen Augenzwinkern hinzu: »Und nach dem, was Sie eben über Ihre vorangegangene Begegnung gesagt haben, muß die Atmosphäre hier drinnen ebenso explosiv gewesen sein, wie wenn eine von Cromwells Kanonenkugeln das Schießpulver getroffen hätte.«

Lachend nahm er ihren Arm und führte sie zur Tür. »Bitte entschuldigen Sie noch einmal das Mißverständnis bei Ihrem

Kommen, Mariella. Aber Sie sehen hübsch aus, wenn Sie zornig sind. Ich muß sagen, ich zittere für Ihren Verlobten, wenn sie ihn in einem so wütenden, eisigen Tonfall anreden.«

»Oh, aber mit George würde ich niemals so sprechen«, sagte Mariella, als sie in das helle Tageslicht hinaustraten. »Wir streiten uns nie.«

Er hob eine Augenbraue. »Mein Gott, wie langweilig!«

»Überhaupt nicht«, erwiderte Mariella hitzig und ärgerte sich über seinen spöttischen Tonfall. »Es liegt einfach daran, daß George weiß, was er will, und ich habe festgestellt, daß er immer recht hat.«

»Niemand hat immer in allem und zu jeder Zeit recht«, erwiderte Lord Darvill, als sie auf die Kastanienallee zugingen. »Ihr Verlobter ist ein fehlbares menschliches Wesen und kein Gott. Und sicherlich sind Sie doch meiner Meinung, daß man in einer Ehe ein Recht auf eine eigene Meinung hat?«

»Ich ... ich habe immer geglaubt, daß es die Pflicht der Frau ist, ihrem Mann zu gehorchen«, sagte Mariella.

»Unsinn«, sagte Lord Darvill energisch. »Zwei Menschen sollten in einer Ehe gleichberechtigt sein. Beide sollten die Freiheit haben, zu sagen, was ihnen gefällt und was nicht. Kein kluger Mann würde eine Frau heiraten wollen, die lediglich seine eigenen Meinungen wiederholt.«

Mariella sah ihn von der Seite an und sagte leichthin: »Im Gegenteil. Viele Männer halten die Unterwürfigkeit einer Frau für ihren anziehendsten Zug.«

»Ich nicht«, lautete seine energische Antwort. »Die Frauen, die ich am meisten schätze, sind diejenigen mit Geist, die wissen, was sie wollen, und die sich nicht scheuen, die Konvention zu durchbrechen, um ihr Ziel zu erreichen.«

Was für wunderbare tapfere, aufregende Frauen mußte er kennengelernt haben, dachte Mariella. Da sie sich im Vergleich dazu sehr unselbständig vorkam, sagte sie abwehrend:

»Aber nicht alle Frauen sind gleich, Lord Darvill. Ich zum Beispiel empfinde es als eine große Erleichterung, daß George mich beschützt und für mich sorgt. Und mir wiederum macht es Freude, ihm Freude zu bereiten, indem ich Streit und Mißstimmung vermeide...«

Sie unterbrach sich, als Lord Darvill sie plötzlich an den Schultern packte und zu sich herumdrehte.

»Sie kleine Närrin, Mariella! Sehen Sie denn nicht, daß es ein Unterschied ist, ob man beschützt wird oder ob man erstickt? Lord Stanley ist in vieler Hinsicht ein feiner Mann. Er ist ehrlich und pflichtbewußt, und er ist loyal zu denen, die ihm nahestehen...«

»Ja, das ist genau das, was ich sagen wollte!« unterbrach ihn Mariella. Sie war wütend darüber, daß er sie festhielt. Sie versuchte, sich aus seinem Griff zu befreien, aber es gelang ihr nicht.

»Sie sind nicht dazu geboren, die demütige, unterwürfige Frau eines Mannes zu sein, Mariella«, fuhr er fort. »Von dem Augenblick an, als Sie Ihre Ohrringe ins Schilf warfen und mich aufforderten, sie zu suchen, wußte ich, daß Sie eine feurige, heißblütige und leidenschaftliche Frau sind. Ihr Verlobter weiß es nicht, weil er bei all seinen guten Eigenschaften keine Fantasie und Vorstellungskraft hat. Sie besitzen beides und zwar reichlich. Aber wenn Sie heiraten, wird alles das Schöne und Aufregende an Ihnen ersticken, weil Sie unter der Herrschaft Ihres Mannes stehen werden.« Seine blauen Augen verdunkelten sich, als er leise sagte: »Es gibt nur einen Ort, wo ein Mann eine Frau beherrschen sollte, und das ist im Bett.«

Mariella spürte, daß ihr Erröten über diese Worte den Schnee auf den Kastanienzweigen zum Schmelzen bringen könnte. Um ihre Verwirrung zu verbergen, sah sie auf seine Hände, die immer noch fest ihre Schultern umfaßten.

»Wenn das so ist, Lord Darvill, warum halten Sie mich dann gegen meinen Willen fest?«

Seine Finger lockerten sich, aber er ließ sie immer noch nicht los und sagte leise: »Sie wissen, warum. Wir beide wissen, warum.«

Sie blickte zur Seite. Warum halten Sie mich gegen meinen Willen fest? hatte sie gesagt. Aber in Wahrheit geschah es nicht gegen ihren Willen. Jedesmal, wenn er sie berührte, kam sie sich sofort lebendiger vor, von Wünschen erfüllt, die George niemals in ihr geweckt hatte – nicht einmal, als er sie geküßt hatte.

Bei dem Gedanken an ihren Verlobten zuckte sie zusammen. Sie sagte steif: »Ich möchte Sie daran erinnern, daß ich verlobt bin, Lord Darvill. Sie sollten über solche Dinge nicht mit mir sprechen.«

Zärtlich nahm er ihren Arm, und sie gingen weiter den verschneiten Weg entlang.

»Gerade weil Sie verlobt sind, kann ich mit Ihnen so sprechen. Erstens, weil ich glaube, daß Sie den falschen Mann heiraten wollen, und zweitens, weil ich nicht erwarte, daß Sie wie ein Schulmädchen reagieren, wenn ich mit Ihnen über die intimeren Seiten des Ehelebens spreche.«

Da sie wußte, daß sie immer noch wie ein junges Mädchen errötet war, versuchte Mariella, ihre Würde zu bewahren und erklärte hochmütig:

»Da ich über diese Dinge nicht mit meinem Verlobten spreche, sehe ich keinen Grund, weshalb ich es mit Ihnen tun sollte.«

Lord Darvill sah sie erstaunt an. »Sie sprechen nicht... Aber Mariella, die Verlobungszeit ist die Zeit, in der zwei Menschen offen miteinander sprechen sollten. Oder wollen Sie damit sagen, daß Sie Lord Stanley nicht lieben? Daß Sie eine Vernunftehe eingehen wollen?«

»Natürlich liebe ich George!« sagte Mariella ein wenig zu laut. »Selbstverständlich. Ich kann mir mein Leben ohne ihn nicht vorstellen.«

Dies ist wahr, dachte sie. George war immer in ihrem Leben gewesen, zuerst als Freund der Familie und dann als ihr eigentlicher Beschützer.

»Mmm«, brummte Lord Darvill nachdenklich und strich sich über das Kinn. »Wenn er Sie küßt, ist Ihrer beider Liebe zueinander doch sicher so groß, daß Sie das Bedürfnis haben, sich einander anzuvertrauen und von ihrer Zuneigung zueinander zu sprechen.«

»George... George küßt mich nicht«, sagte Mariella leise. »Er tat es an dem Tag, an dem wir uns verlobt haben, aber seit damals sagt er, mit solchen Zeichen der Zuneigung sollten wir warten, bis wir verheiratet sind. Wenn zwei Menschen einander so verbunden sind wie George und ich, braucht man keine Küsse, das versichere ich Ihnen.«

Sie blickte zu Boden und fragte sich, weshalb sie mit Lord Darvill über so intime Dinge sprach. Und doch hatte er etwas an sich, etwas, das sie schon bei ihrer ersten Begegnung mit ihm gespürt hatte und das ihr das Gefühl gab, sie kenne ihn schon seit langer Zeit. Er flößte ihr Vertrauen ein und weckte es auch in ihr. Aber jetzt mußte sie sein spöttisches Gelächter erdulden.

»Man braucht keine Küsse! Was ist das für ein Unsinn!«

»Ich habe ein Recht auf meine Meinung, und Sie eines auf die Ihre!« fauchte Mariella. »Obwohl es natürlich unwahrscheinlich ist, daß Ihre Meinung mit der meinen übereinstimmt. Sie sind nicht wählerisch mit Ihren Umarmungen, wie ich gehört habe, besonders wenn es um verheiratete Damen geht. Sie...«

»Einen Moment...«

Aber nachdem Mariellas Zorn nun geweckt war, wollte sie sich von ihm nichts sagen lassen. »Sie stehen hier, kritisieren meinen Verlobten und behaupten, ich heirate den falschen Mann. Warum geben Sie nicht zu, daß Sie auf mein künftiges Glück nur eifersüchtig sind? Weil die einzige Frau, die Sie geliebt haben, Sie wegen eines anderen verlassen hat.«

Sie zitterte von Kopf bis Fuß – entsetzt über das, was sie gesagt hatte und trotzig, weil er sie zu einer solchen Äußerung provoziert hatte und angespannt, als sie auf seine ärgerliche Reaktion wartete.

Als sie aufblickte, sah sie, daß er weggegangen war und Schnee von einem dicken Baumstumpf wischte. Er zog seinen Rock aus, breitete ihn darüber und winkte sie zu sich.

»Kommen Sie, und setzen Sie sich. Ich möchte Ihnen von Sarah Woodrow erzählen.«

»Ich will es nicht hören«, log Mariella, denn ein Teil von ihr fieberte danach, die wahre Geschichte über Sarah und Richard Darvill zu hören. Und doch scheute ein anderer Teil Mariellas – der Teil, den sie mit seinen unverstandenen Wünschen und Sehnsüchten geheimnisvoll fand – davor zurück, über seine große Liebe zu einer anderen Frau etwas zu erfahren.

»Es ist wichtig, daß ich es Ihnen erzähle«, sagte er ruhig und fügte lächelnd hinzu: »Sie sollten sich geschmeichelt fühlen, denn außer Sarah und mir gibt es keinen anderen Menschen in der Grafschaft, der weiß, was zwischen uns vorgefallen ist.«

Nun bekam Mariellas Neugier die Oberhand. Sie wußte, daß sie nicht hier mit einem Mann sitzen sollte, dem um jeden Preis aus dem Weg zu gehen sie sich vorgenommen hatte. Eigentlich sollte sie nach Hause eilen und ihren kranken Verlobten pflegen. Aber sie sagte sich, daß sie ruhiger wäre, wenn sie die Wahrheit über Lord Darvills Liebe zu Sarah Woodrow kennen würde. Ihre Zuneigung zu dem Grafen würde eines natürlichen Todes sterben, und sie konnte zu George mit einem reinen und ruhigen Herzen zurückkehren.

Lord Darvill wischte etwas Schnee von seinen polierten Stiefeln und sagte: »Ich fürchte, Sie werden über meine Geschichte sehr enttäuscht sein, Mariella. Ich vermute, die guten Leute von Lynn haben im Laufe der Jahre eine Geschichte erfunden, die an Leidenschaft und Tragik ›Romeo und Julia‹ gleichkommt.«

Mariella lachte.

»Sie sagen, Sie und Sarah seien Jugendgeliebte gewesen und hätten ideal zueinander gepaßt. Jedermann hatte erwartet, daß Sie sich heiraten. Aber plötzlich verließ Sarah Sie wegen Lord Denby. Sie lieben Sarah immer noch.«

Ein Lächeln trat in seine blauen Augen.

»Das ist teilweise wahr. Wir waren als Kinder tatsächlich oft zusammen, und ich habe Sarah im Garten ihres Vaters einige Male unter den Apfelblüten geküßt. Aber es gab nie eine echte Leidenschaft zwischen uns. Ich mochte Sarah, weil wir miteinander aufgewachsen waren. Es gab ein starkes Band des Vertrauens zwischen uns. Aber sie war ein ruhiges Mädchen, das keinen Abenteuergeist besaß. Sie sagte mir oft, daß sie vom Leben nichts anderes wünschte als einen liebenswürdigen Gatten, der sie ein bequemes Landleben führen ließ. Als ich ihr Denby vorstellte, war ihr fast sofort klar, daß er genau der Mann war, den sie sich immer gewünscht hatte, und deshalb heiratete sie ihn.«

Mariella dachte daran, wie Mrs. Gordon, die Haushälterin im Weißen Haus, erwähnt hatte, daß Sarah ein Mädchen war, das selbst entschied, was es wollte, und sich dann still daranmachte, es zu erreichen.

»Sie sagen, Sie haben Sarah ihrem künftigen Gatten vorgestellt?« fragte Mariella.

Lord Darvill nickte. »Ich habe den Grafen auf meiner Grand Tour kennengelernt. Er ist ein großartiger Bursche, und ich bin froh, daß er und Sarah so glücklich miteinander sind.«

Wie Lord Darvill erwartet hatte, war Mariella enttäuscht.

»Aber wenn Sie wirklich glücklich darüber sind, daß die beiden geheiratet haben, weshalb glaubt dann ganz Lynn, Ihr Herz wäre wegen Sarah gebrochen?«

Er lachte. »Ich gestehe, diese Geschichte haben Sarah und ich selbst ausgeheckt, ehe ihre Verlobung bekanntgegeben wurde. Sie sagte mir nämlich, daß man in den Salons von Lynn davon überzeugt sei, sie und ich würden heiraten. Aber sie warnte mich, daß sobald sie mit dem Grafen verlobt war, alle unverheirateten Mädchen in der Grafschaft hinter mir her sein würden.«

»Doch sicher nicht alle«, erwiderte Mariella schroff. »Um Ihre eigenen Worte zu benützen: Sie sind ein fehlbares, menschliches Wesen und kein Gott.«

»Ich benutzte Sarahs Worte, nicht die meinen«, sagte der Graf lächelnd. »Der springende Punkt war der, daß Sarah und ich nicht daran dachten zu heiraten. Und die Vorstellung, von einfältig lächelnden Mädchen und ihren ungestümen Müttern belagert zu werden, erschreckte mich. Deshalb dachten Sarah und ich uns einen Plan aus, um sie auf Distanz zu halten.«

»Und was gibt es für ein besseres Abschreckungsmittel als das Bild des enttäuschten Liebhabers, der der Welt ein tapferes Gesicht zeigt, aber innerlich von Schmerz verzehrt ist, weil er weiß, daß er nie eine andere lieben wird«, sagte Mariella.

»Ich dachte mir, daß Sie mich verspotten werden«, bemerkte er trocken. »Sarah hat sich über meinen Liebeskummer sehr amüsiert. Ich besuche sie und Denby immer, wenn ich in Suffolk bin, und es amüsiert sie, daß man sie in Lynn mit einer so tragisch-romantischen Geschichte in Verbindung bringt.«

Das konnte sich Mariella gut vorstellen. Sie begann, sich für Sarah zu erwärmen. Es zwar zweifellos ein geschickter Plan. Sarah hatte recht: Wenn ganz Lynn erwartete, daß sie und Lord Darvill heiraten würden, dann hielten die anderen Mädchen sich fern. Aber nachdem Sarah einen anderen geheiratet hatte, hätte der begehrenswerteste Junggeselle in Norfolk keinen Augenblick mehr Ruhe gehabt. Das wäre recht und schön gewesen, wenn Lord Darvill vorgehabt hätte zu heiraten. Aber da er das nicht wollte, wäre die Situation für ihn unerträglich gewesen.

Mariella wollte Lord Darvill nicht schmeicheln, indem sie ihm seine unbezweifelbare Attraktivität bestätigte. Mit einem schiefen Lächeln bemerkte sie:

»Aber ich bin sicher, Sarah kann sich mit dem Bewußtsein trösten, daß es Ihnen über die Jahre nicht völlig an weiblicher Gesellschaft gefehlt hat. Oder wollen Sie behaupten, daß Ihre Liebschaften mit gewissen verheirateten Damen nur ein weiteres Komplott waren, um potentielle Lady Darvills abzuschrecken?«

»Es wäre töricht, das zu behaupten, denn Sie würden mir doch nicht glauben.« Er zuckte die Achseln. »Aber denken Sie daran, daß es viele Menschen gibt, die nicht aus Liebe, sondern aus reiner Vernunft heiraten, und die sich dann darüber verständigen, diskret ihre eigenen Wege zu gehen. Diese Damen – und ich versichere Ihnen, es waren nicht so viele, wie die Gerüchte in Lynn Sie glauben lassen – waren glücklich, ein paar Stunden in meiner Gesellschaft zu sein, und ich war froh, die ihre zu haben. Unsere Liaisons beeinflußten in keiner Weise ihre Ehen. Aber das alles gehört jetzt sowieso der Vergangenheit an.«

Mariella beugte sich vor, um ihre Schnürsenkel fester zu binden.

»Warum das?« fragte sie leise.

»Weil ich die Frau gefunden habe, die ich heiraten möchte.«

Clara! Mariella zog heftig an den Schnürsenkeln und machte dadurch einen unentwirrbaren Knoten. Er mußte Clara Melton meinen. Sie erinnerte sich daran, wie fasziniert er auf dem Ball bei Meltons von Clara gewesen war, als er sie zum erstenmal gesehen hatte und zweifellos eine Ähnlichkeit mit seiner Jugendliebe feststellte.

Clara war zwar ein ruhiges, stilles Mädchen, und auf den ersten Blick fehlte ihr der Abenteuergeist, den Lord Darvill auch bei Sarah so vermißt hatte. Aber er hat die außergewöhnliche Fähigkeit, in den Menschen verborgene Fähigkeiten zu wecken. Bis ich nach Lynn kam, hielt ich mich selbst für ein sehr ruhiges Mädchen. Aber wenn ich mit ihm zusammen bin, fühle ich mich überhaupt nicht mehr bescheiden. Es kommt mir plötzlich so vor, als ob der Wind durch mein Haar weht – so frei und voller Begeisterung und voller Lebensfreude bin ich durch ihn.

Wenn Lord Darvill diese Wirkung auf mich hat, dann könnte er sie auch auf Clara haben. Vielleicht hat er bei ihr verborgene Tiefen entdeckt, die bisher noch niemand bemerkt hatte.

»Sie sind sehr still«, bemerkte Lord Darvill. »Wollen Sie nicht den Namen der Frau wissen, die ich liebe?«

Mariella stand auf und sagte distanziert: »Nein, aber ich wünsche Ihnen viel Glück. Inzwischen ist mir nur bewußt geworden, daß sich mein Verlobter fragen wird, weshalb ich so lange wegbleibe.«

Er lachte. »Kommen Sie, Sie wüßten gern den Namen der Frau, die ich heiraten möchte. Geben Sie es zu.«

»Nein! Ich versichere Ihnen, daß mich das nicht interessiert.«

»O doch, das tut es!«

»Nein, das tut es nicht!«

»Können Sie mir in die Augen sehen, wenn Sie das sagen?«

»Ohne weiteres«, sagte Mariella und sah zu ihm auf. Aber als sie ihm in die Augen sah und ihre Blicke sich festhielten, wußte sie, daß sie diesem Mann gegenüber niemals unaufrichtig sein konnte. Natürlich wollte sie es wissen. Und er hatte wie gewöhnlich wie in einem offenen Buch in ihren Gedanken gelesen.

Wie konnte er sie in einen solchen Aufruhr von Wünschen und Sehnsüchten stürzen? Sie zürnte ihm, weil er ihr Leben in Unordnung brachte. Er hatte kein Recht dazu.

»Soll ich Ihnen ihre Initialen nennen?«

»Nein!« sagte sie, und dann bückte sie sich, angestachelt von seinem spöttischen Tonfall, nahm eine Handvoll Schnee und bewarf ihn damit.

Der Schneeball löste sich sofort auf, als er seine breite Schulter traf. Aber Mariella wartete nicht, um noch mehr zu sehen. Sie warf nur einen Blick auf sein Gesicht und floh die Kastanienallee hinab. Sie wußte, daß sie ihm nicht entrinnen konnte. Der Weg war verschneit und glatt, und Lord Darvill war größer, kräftiger und sportlicher als sie. Trotzdem lief sie weiter, bis sie seine Hände an ihrer Taille spürte. Er drehte sie zu sich herum.

»Sie haben doch nicht ernstlich geglaubt, daß ich Sie davonlaufen lasse?« fragte er in einem Tonfall, der Mariella keinen Zweifel daran ließ, was er als nächstes vorhatte.

Sie war machtlos, als seine Lippen die ihren in einem Kuß fanden, der sie in eine Berauschung davontrug, die sie nie für möglich gehalten hatte.

Einen Augenblick war sie von seiner Leidenschaft wie betäubt. Aber dann gab sie sich ihm hin, gefangen von seiner männlichen Stärke und ihrem Verlangen nach ihm. Sie wollte für immer in seiner Umarmung bleiben, in die Ewigkeit getragen werden auf dem Strom der Leidenschaft, die sie beide erfüllte.

Als er sie schließlich losließ, lehnte sie ihren Kopf an seine Schulter. In ihr kämpften Leidenschaft, Freude und Schuldgefühl miteinander. Er hielt sie fest. Sie wußte, daß es Wahnsinn war, wenn sie ihm erlaubte, sie so festzuhalten. Aber sie rührte sich nicht.

Dann fragte er: »Sag mir, Mariella, hat dich dein Verlobter so an eurem Verlobungstag geküßt?«

Sie antwortete nicht. Als ihr Schweigen anhielt, hob er ihr Gesicht an.

»Was du an deinem Verlobungstag von Lord Stanley bekommen hast, war ein formeller Kuß. Er hat sein Besitztum besiegelt. Weiter nichts! Ich kann mich täuschen, aber ich glaube, es lagen Welten zwischen deinem Verlobungskuß und dem, den wir eben ausgetauscht haben. Ist das so?«

Sie nickte. Er hatte recht. Bei George hatte sie keine wilden Wünsche empfunden, die Lord Darvill in ihr geweckt hatte, als sie in seiner Umarmung lag.

Sie erinnerte sich deutlich daran, wie sie einen Windzug vom offenen Fenster im Nacken gespürt hatte, als George sie geküßt hatte.

Bei Lord Darvill hatte sie an diesem kalten Januartag die Glut ihrer beider Leidenschaft empfunden. Sie wußte, selbst wenn Lord Darvill sie in einem eisigen Sturm umarmen würde, dann würde sie nichts davon spüren und alles vergessen außer diesem Mann und dem Feuer seiner Küsse.

»Du weißt, was das bedeutet, nicht wahr?« fragte er. Er strich ihr mit seinen Händen über das goldene Haar.

»Nein, ich weiß gar nichts mehr«, sagte Mariella und spürte nur seine Hände und seine Gegenwart und ihr Verlangen nach ihm.

Er lachte. »Es ist das, was ich dir schon seit einer halben Stunde zu sagen versuche und was du so eigensinnig nicht hören wolltest. Ich liebe dich, Mariella, und ich möchte, daß du mich heiratest.«

Mariella kam es vor, als würde sie von der Erde gehoben und schwebe in einer geheimnisvollen Welt inmitten der funkelnden Sterne. Lord Darvill wollte sie heiraten. Er liebte sie. Konnte es wirklich wahr sein? Oder trieb er nur einen grausamen Scherz mit ihr? Aber ein Blick in seine Augen sagte ihr, daß es ihm ernst war. Er hatte nur für sie Augen, und sie sahen sie mit einer Zärtlichkeit und einem Verlangen an, daß Mariella nur hilflos murmeln konnte:

»Aber ich bin doch mit Lord Stanley verlobt. Wenn Tante

Emilia nicht nach Lynn gezogen wäre, hätten wir schon geheiratet.«

»Gelobt sei Tante Emilia«, sagte Lord Darvill lächelnd. Dann fuhr er ernst fort: »In deinem Herzen weißt du, daß du nicht zu Lord Stanley paßt. Wie ich schon sagte, er hat viele gute Eigenschaften und wird sicher einem anderen Mädchen ein guter Ehemann sein. Aber du bist nicht dieses Mädchen. Und du bist nicht das Mädchen, das er in dir sieht.«

»Nur du bringst die ungestüme Seite meines Wesens zum Vorschein«, sagte Mariella. »Du forderst mich so sehr heraus. Es ist, als ob du ein Feuer in mir anfachst, so daß ich meine, ich sei gar nicht das Mädchen, mit dem Lord Stanley verlobt ist.«

»Und welche der beiden Mariellas ist die glücklichere?« fragte der Graf, »die zurückhaltende, unterwürfige Verlobte, oder das freie Mädchen, das du bei mir bist?«

Mariella zeichnete mit dem Schuh ein Muster in den Schnee. Sie wußte, daß sie für den Rest ihres Lebens – mit wem auch immer sie dieses Leben verbringen würde – immer Schnee mit Leidenschaft gleichsetzen würde. Denn wäre sie nicht verleitet worden, den Schneeball auf ihn zu werfen, dann hätte er sie niemals in dieser erregenden Weise geküßt.

»Siehst du nicht ein, daß du unter falschen Voraussetzungen eine Ehe eingehst, wenn du Lord Stanley heiratest? Du magst dir jetzt vielleicht einbilden, es würde leicht sein, dein jetziges zurückhaltendes Wesen beizubehalten, wenn du verheiratet bist. Aber es wird nicht einfach sein. Denn nach und nach wird dein wahrer Charakter zum Vorschein kommen, und es wird dir immer schwerer fallen, das wunderbare Feuer und den Trotz, der in dir ist, zu unterdrücken. Und dies wiederum wird Lord Stanley sehr beunruhigen. Er wird entsetzt sein, wenn er feststellt, daß sich das Mädchen, das er geheiratet hat, in etwas ganz anderes verwandelt.«

Mariella war es unmöglich, gegen seine Logik zu argumentieren. Sie wußte, wenn er noch länger so mit ihr sprach, würde er sie von allem überzeugen können.

Als läse er ihre Gedanken, nahm er sie am Arm und führte sie das letzte Stück des Weges entlang.

»Komm, ich habe für einen Tag schon genug gesagt, und ich sehe, daß du verwirrt bist«, sagte er ruhig. »Du brauchst Zeit, um über all das nachzudenken und zu einem Entschluß zu kommen.«

»Ich habe den Eindruck, daß du meine Entschlüsse schon für mich gefaßt hast«, sagte Mariella.

Er lächelte. »Nein, ich habe dir nur ein paar Argumente vorgelegt. Ich habe dir gesagt, daß ich dich liebe, und daß es mein größter Wunsch ist, dich zu heiraten. Aber die Entscheidung mußt du selbst treffen. Du mußt bestimmen, ob du deine Verlobung brichst und meine Frau werden willst.«

Mariella seufzte. »Wenn dies ein Roman wäre, würdest du mich einfach entführen und heiraten.«

Er lachte. »Und glaube ja nicht, daß ich nicht in Versuchung bin, dies zu tun. Aber trotz der Liebe, die ich für dich empfinde, bin ich ein zivilisierter Mann, Mariella. Ich will dich nicht überrumpeln und dazu verführen, mich zu heiraten. Du mußt mich heiraten wollen – mit deinem ganzen Herzen und deiner ganzen Seele. Denn die Ehe dauert eine Ewigkeit, wenn man Zweifel hegt oder bereut. Aber unsere Ehe soll auf gegenseitiger Liebe und Vertrauen beruhen, es darf keine Schatten zwischen uns geben.«

Vertrauen. Sie wußte, was er meinte: Die Gerüchte um den Tod seines Vaters und seine Weigerung zu sagen, ob in jener schicksalhaften Nacht sein Finger am Abzug der Pistole war oder nicht. Sie beschloß, noch einmal der Sache auf den Grund zu gehen.

»Da Vertrauen zwischen uns so wichtig ist, willst du dich mir nicht anvertrauen und mir erzählen, was in jener Nacht geschah, als dein Vater starb?«

Er hob müde eine Hand an die Stirn. »Nicht, als ob ich dir nicht vertrauen würde«, sagte er ernst. »Aber ich muß schweigen, weil ich nicht die Freiheit habe, über diese Nacht zu sprechen. Ich bin mir bewußt, daß dies für dich eine unbefriedigende Antwort ist, aber es ist die einzige, die ich dir geben kann, Mariella.«

Sie hatten das Ende des Weges erreicht. Er blieb unter einem großen Lindenbaum stehen und nahm ihre Hände.

»Geh jetzt, und denke über das nach, was ich gesagt habe. Mir ist klar, daß ich mit meinem Schweigen über den Tod meines Vaters viel Vertrauen von dir verlange, aber es gibt Zeiten, in denen man einfach einem Menschen vertrauen muß. Denke immer daran, daß ich dich liebe, und daß der wunderbar freie Geist, der in dir gefangen ist, sich entfalten kann, wenn du mich heiratest. Unsere Ehe wird kameradschaftlich sein, voller Freude und Liebe. Wenn du das willst, komm zu mir und sag es mir. Ich werde dann die notwendigen Schritte unternehmen, um deine Verlobung mit Lord Stanley zu lösen.«

Er küßte sie leicht auf die Stirn, sah ihr in die Augen. Dann drehte er sich um und ging weg.

Mariella stand, im Innersten aufgewühlt, da und sah ihm nach, bis er um die Ecke bog. Ein Lächeln berührte ihr liebliches Gesicht. Er hatte sich erklärt. Er hatte seine Gefühle und Wünsche geäußert, und jetzt ging er resolut weg und ließ sie allein, damit sie die schwerwiegendste Entscheidung ihres Lebens traf.

Aber sie hatte kaum Zeit, über diese dramatischen Ereignisse nachzudenken. So sehr sie sich auch wünschte, alles in Ruhe zu überdenken, was Lord Darvill gesagt hatte, so wußte sie doch, daß sie nach Hause gehen mußte, wo ihr Verlobter sie erwartete.

Als sie den Salon betrat, hörte sie zu ihrer Erleichterung von Tante Emilia, daß Lord Stanley eben erst aus einem langen und tiefen Schlaf aufgewacht war und keine Ahnung hatte, daß Mariella überhaupt weggewesen war.

»Was sagst du zu Nanny Phipps?« fragte Tante Emilia lächelnd.

Mariella sah sie einen Augenblick ausdruckslos an.

»Nanny Phipps? Ach richtig.« Ihre Begegnung mit der charmanten, alten Dame mußte vor Jahren stattgefunden haben, denn seither war so vieles geschehen! Es ist so, als hätte ich dieses Haus als eine bestimmte Person verlassen und wäre jetzt, nur ein paar Stunden später, als ein anderer Mensch zurückgekehrt, dachte Mariella.

Dieses Gefühl verstärkte sich noch während des Abends.

Lord Stanley erklärte, er fühle sich stark genug, um mit ihr und Tante Emilia im Eßzimmer ein leichtes Abendessen einzunehmen. Danach schlug er Mariella im Backgammon und äußerte den Wunsch, Lady Henlow möge ihnen allen etwas vorlesen.

Mariella, die in einem gepolsterten Sessel ihrem Verlobten am Kamin gegenübersaß, wunderte sich, daß weder er noch Tante Emilia irgendeine Veränderung an ihr wahrnahmen. Könnt ihr nicht sehen, daß jetzt alles anders ist? Ich habe mich verändert! Heute nachmittag nahm mich der großartigste, faszinierendste Mann in die Arme und küßte mich. Er liebt mich, George, und er möchte mich heiraten. Was hast du dazu zu sagen, George, Lord Stanley?

Sie konnte sich gut vorstellen, was George sagen würde. Unerhört... absurd... Gemeinheit... Gerüchte... Mörder... Es kann doch nicht dein Ernst sein, daß du solch einen Mann liebst, Mariella?

Und dies war in der Tat die Frage, die Mariella nicht beantworten konnte. Liebte sie Lord Darvill? Wie konnte sie wissen, was wirkliche Liebe war? Wenn man mich vor einem Monat gefragt hätte, ob ich Lord Stanley liebe, hätte ich ohne Zögern ja gesagt, dachte Mariella. Aber vielleicht habe ich Dankbarkeit mit Liebe verwechselt? Und rechnet George so fest damit, daß ich ihn heiraten werde. Ich selbst habe es bis jetzt bequem gefunden, George alle wichtigen Entscheidungen zu überlassen.

Aber Lord Darvill ist anders. Er sagt, daß ich frei bin und mich entscheiden muß. Ich allein. Aber wie soll ich einen Entschluß treffen? Ist ihm nicht klar, wie sehr mich seine Liebeserklärung überrascht hat? Keinen Augenblick hatte ich mir vorgestellt, daß ein so attraktiver Mann wie er, mit einer so beherrschenden Persönlichkeit, mich, Mariella Ward, heiraten möchte. Ich kann es noch nicht glauben, daß es wahr ist. Aber er ist kein Mann, der eines sagt und etwas anderes meint. So unglaublich es auch klingen mag, Lord Darvill liebt mich. Er ist seiner Sache sicher.

Wenn ich nur auch so sicher wäre wie er und nicht von Zweifeln verzehrt würde.

Heirate ich George, dann ist mein Leben sicher und vorhersehbar. Ich werde immer wissen, was ich zu erwarten habe, während eine Ehe mit Lord Darvill voller neuer Erfahrungen und Überraschungen sein wird.

Sie dachte an das, was er gesagt hatte. Unsere Ehe wird kameradschaftlich sein, voller Freude und Liebe.

Mariella sah zu George hinüber, der gelassen in das Feuer blickte, während er sich auf Lady Henlows Worte konzentrierte, die aus dem ›Leben der Heiligen‹ vorlas.

George war kein leidenschaftlicher Mann, dachte Mariella. Bei ihm würde sie nicht wie in Lord Darvills Umarmung diesen schwindelerregenden Rausch erleben. Bei der Erinnerung an seinen Kuß errötete sie und sehnte sich mit ihrer ganzen Seele nach ihm. Sie wollte seine starken Arme spüren, seinen warmen Mund auf dem ihren und den Strom des Verlangens, der sie alles und jeden in der Welt außer ihm selbst vergessen ließ.

Diese Sehnsucht, ist es das, was man Liebe nennt? fragte sich Mariella. Oder ist es die Zuneigung, die ich für George empfinde? Ist das eine dauerhaftere Art der Liebe? Mariella wünschte, es gäbe jemanden, dem sie sich anvertrauen könnte, der ihr zu einem Entschluß verhelfen würde. Aber zu wem konnte sie gehen und gestehen, daß sie als verlobtes Mädchen Lord Darvill erlaubt hatte, sie zu küssen und ihr einen Heiratsantrag zu machen? Selbst Tante Emilia wäre darüber schockiert, und wenn je George selbst etwas davon erfahren sollte, würde man noch jahrelang in Lynn über den Skandal sprechen, der darauf folgen würde.

George, der ihr gegenüber auf der anderen Seite des Kamins saß, hob den Kopf und lächelte sie an. Sein Lächeln versetzte Mariella einen Stich. Wie kann ich ihm je sagen, daß ich ihn nicht heiraten will, wenn er mich so sehr braucht? Er ist an mich gewöhnt und daran, mich an seiner Seite zu haben. Wenn ich unsere Verlobung löse, würde es ihn in seiner Familie und in der Londoner Gesellschaft kompromittieren. Wie könnte ich das einem Mann antun, der so gut und freundlich zu mir war?

Aber als sie sich dies eingestand, drängte ein anderer Gedanke Mariella, ihren Sessel zu verlassen, aus dem Haus zu fliehen und direkt in die Arme Lord Darvills zu laufen, ohne Rücksicht auf den Skandal. Sicher in dem Bewußtsein, daß Lord Darvill sie liebte, wußte Mariella, daß sie der Welt entgegentreten und gewinnen konnte.

Was soll ich tun? fragte sich Mariella, als sie sich in dieser Nacht ruhelos im Bett hin und her warf. Wie soll ich mich entscheiden?

Als der Morgen dämmerte, waren ihre Gedanken immer noch in Aufruhr. Aber dann wurde ihr die Frage, wen sie heiraten sollte, ganz unerwartet aus der Hand genommen, und dies auf die dramatischste Weise.

Achtes Kapitel

Am nächsten Tag sagte Lord Stanley, er brauche zu seiner endgültigen Genesung etwas frische Luft. Daher nahmen er und Mariella die Kutsche und fuhren zum Fluß, wo sie ungefähr eine halbe Stunde spazierengehen wollten.

Es lag immer noch viel Schnee auf den Wegen, und das Eis auf dem Fluß glitzerte. Mariella war von diesem Anblick bezaubert. Sie liebte die verschiedenen Laute und Stimmungen, die dieses Wetter begleiteten – das knarrende Geräusch der Wagenräder, das Knirschen der Schuhe im Schnee und das mit Rauhreif bedeckte Schilf am Fluß. Ihre Augen strahlten, als sie zu Lord Stanley sagte:

»Ist es nicht faszinierend, wie sehr der Schnee die Landschaft verwandelt? Er verwischt so viele vertraute Dinge, und die Schneeverwehungen geben der Landschaft ein ganz neues Gesicht.«

Lord Stanley war von ihrer Bemerkung nicht beeindruckt. Er unternahm diesen Spaziergang um seiner Gesundheit willen, ebenso wie er einzig und allein deshalb nach Norfolk kam, weil es Mariellas Pflicht war, an der Seite ihrer Tante zu sein. Aber je eher dieser Spaziergang und die ganze Norfolkgeschichte vorüber waren, um so besser.

Er blickte verdrossen zum Himmel hinauf.

»Immer noch klar und sonnig, zum Teufel.«

»Aber George, es ist doch ein wunderschöner Tag!« sagte Mariella und nahm seinen Arm, während sie über eine zugefrorene Pfütze gingen. »Die Sonne ist zwar nicht sehr warm, aber es ist schön, daß sie scheint, und wir sind warm angezogen.«

»Gegen die Sonne an sich habe ich nichts, meine Liebe. Aber ich würde Regenwolken begrüßen, als Vorboten eines Temperaturanstiegs und des einsetzenden Tauwetters. Denn sobald der Schnee und das Eis schmelzen, werden die

Straßen wieder passierbar, und dann fahren wir sofort nach London.«

Mariella zog sich ihre Kapuze tiefer ins Gesicht, um ihre betroffene Miene zu verbergen. Sie wollte nicht nach London zurückfahren. Sie wollte nicht, daß es taute. Denn seit der Schnee gefallen war und die Landschaft sich verändert hatte, hatte auch Mariella sich verändert. Der Schnee hatte sie von der Außenwelt abgeschnitten – nicht nur von anderen Orten, sondern auch von allem bisherigen Denken und Handeln. In dieser weißen Landschaft fühlte sich Mariella wie neugeboren und frei, als lebe sie in einer Welt, die ganz ihr selbst gehörte, unberührt von allen Realitäten der Außenwelt.

Aber sie fürchtete, daß dieses herrliche Hochgefühl mit dem Schnee schmelzen würde, sobald das Tauwetter einsetzte. Wenn die Straßen wieder passierbar wären, würde die reale Welt sie wieder in ihre erstickende Umarmung nehmen.

Sie sah ihren Verlobten an und fürchtete, er könnte einen Blick auf ihr Gesicht geworfen und ihre Gedanken gelesen haben.

Aber Lord Stanley blickte in die Ferne zu der Biegung des zugefrorenen Flusses.

»Was kommt denn da angefahren, du meine Güte?« fragte er erstaunt.

Es war in der Tat ein höchst ungewöhnlicher Anblick. Über das Eis kam ein kompliziert konstruiertes hölzernes Floß mit aufrechten Stangen, die einen Baldachin trugen. Die Vorrichtung wurde an langen Seilen von zwei Pferden zu beiden Seiten des Flußufers gezogen.

Mariella lachte. »Wie einfallsreich! Aber ich frage mich, wen oder was das Floß befördert.«

»Es ist ein sehr ungewöhnliches Transportmittel...«

»Schau, gerade hinter uns ist ein kleiner Landesteg«, sagte Mariella aufgeregt. »Wir wollen warten und sehen, wer unter dem Baldachin hervorkommt.«

»Mariella, das schickt sich nicht, wenn man andere Leute beobachtet«, sagte Lord Stanley energisch.

»Oh, aber wir brauchen ja nicht stehenzubleiben. Was hindert uns daran, zufällig gerade im richtigen Moment vorbeizugehen? Bitte, George!«

Diesmal war Lord Stanleys Neugier größer als sein Gefühl für gutes Benehmen. Langsam schlenderte das Paar zurück zum Landesteg und trat beiseite, als der Reiter auf ihrer Uferseite an ihnen vorbeikam und das Eisfloß an den Landesteg zog. Der Mann stieg ab, und nachdem er das Pferd angebunden hatte, ging er zum Floß und streckte vorsichtig eine Hand in die Baldachinöffnung.

Mariella sah mit wachsender Spannung zu. Der Mann hatte sich dem Baldachin genähert, als wäre ein gefährliches, wildes Tier darin, dachte sie. Aber was oder wer konnte es sein?

Ihre Frage wurde rasch beantwortet. Der Mann wurde resolut beiseite geschoben, und von dem Floß stieg kein wildes Tier, sondern jemand, den Mariella entsetzt als ebenso gefährlich erkannte.

»Ah, da bist du ja, George«, sagte Lady Stanley herrisch zu ihrem erstaunten Sohn. »Du hast sicher meine Nachricht erhalten?«

Einen Augenblick stand Lord Stanley wie versteinert da. Er konnte kaum glauben, daß seine Mutter hier war, hier in Norfolk, und daß sie auf eine so ungewöhnliche Weise angereist war.

Dann faßte er sich. Er verbeugte sich, küßte ihre Hand und stammelte: »Ich... ich habe keine Nachricht bekommen, Madam. Es ist ein reiner Zufall, daß Mariella und ich heute früh am Fluß spazierengingen. Ich freue mich natürlich sehr, Sie zu sehen, aber ich hatte gedacht, Sie könnten nicht kommen, weil die Straßen von London hierher unpassierbar sind.«

Lady Stanley glättete ihren pelzbesetzten Mantel und bemerkte: »Du solltest wissen, George, daß London und der Süden gewöhnlich ein angenehmeres Klima haben als die östlichen Grafschaften. Die Straßen waren gut, bis wir diese schreckliche Moorlandschaft erreichten. Da gab mein Kutscher auf und sagte, der Schnee liege so hoch, daß wir nicht weiterfahren können, und ich müsse in diesem entsetzlichen Gasthaus Unterkunft suchen.«

Der *Schwarze Schwan,* dachte Mariella lächelnd und erinnerte sich an ihren ersten Abend in den Fens und daran, wie der maskierte Lord Darvill sie gezwungen hatte, umzukehren und die Nacht in eben diesem Gasthaus zu verbringen. Sie machte einen Knicks und begrüßte Lady Stanley.

Diese schenkte ihr eines ihrer seltenen Lächeln.

»Ah, Mariella, meine Liebe, wie hübsch du aussiehst. Wie geht es Lady Henlow, deiner Tante?«

»Danke gut, Lady Stanley«, murmelte Mariella.

Lady Stanley drehte sich um und gab ihrer Zofe Anweisungen, das Handgepäck vom Floß zu holen.

»Mein übriges Gepäck kommt mit meiner Kutsche, sobald sich das Wetter gebessert hat«, sagte sie zu ihrem Sohn.

Er nahm ihren Arm und führte sie zu seiner Kutsche.

»Mutter, ich gestehe, ich bin sehr erstaunt über Ihr ungewöhnliches Transportmittel. Wie sind Sie dazu gekommen?«

Lady Stanley nahm mit einem erleichterten Seufzer in der Kutsche Platz.

»Ich versichere dir, es war nicht gerade die bequemste Reise. Wie du weißt, schmerzt mich sogar in London fast ständig der Rücken, obwohl ich darüber nie klage.«

Mariella wandte sich ab und beschäftigte sich damit, die Schnur am Kutschenfenster neu aufzuwickeln. Nie klage, dachte Mariella. Seitdem ich Lady Stanley kenne, ist keine Stunde vergangen, ohne daß sie über diesen oder jenen Schmerz geklagt hätte. Und dies, obwohl ihr Arzt zu George gesagt hatte, seine Mutter sei so gesund wie ein Fisch im Wasser und würde zweifellos neunzig Jahre alt werden.

»Aber das Eisfloß?« drängte Lord Stanley. »Wie sind Sie auf diese Idee gekommen?«

Lady Stanley machte eine wegwerfende Bewegung. »Das war nicht meine Idee. Wenn man in London lebt, ist man mit diesen neuen Arten des Transports über Land nicht vertraut. Nein, es war einer der Männer von der Miliz, dem ich das Eisfloß verdanke.«

»Miliz!« riefen Mariella und ihr Verlobter gleichzeitig.

Lady Stanley runzelte die Stirn. »Mariella, du solltest nicht in dieser Weise deine Stimme erheben. Es ist höchst unschicklich für eine junge Dame, und es verursacht mir Kopfschmerzen.«

Mariella schwieg, aber Lord Stanley stieß sie in die Seite und erinnerte sie dadurch daran, daß sie bescheiden murmeln mußte: »Es tut mir leid, Lady Stanley. Ich hoffe, Ihr Kopf schmerzt Sie nicht allzusehr?«

»Ich bin an Schmerzen gewöhnt«, sagte Lady Stanley in einem Märtyrerton. Dann fuhr sie fort: »In den Fens wimmelt es von Milizsoldaten. Sie fuhren mit Schlittschuhen über die zugefrorenen Kanäle. Ich hielt es zuerst für einen amüsanten Anblick, bis einer von ihnen so unverschämt war, meine Kutsche anzuhalten und mich fragte, wer ich sei und zu welchem Zweck ich reise.«

»Man hat Ihnen Fragen gestellt?« sagte Lord Stanley erstaunt.

»Natürlich. Aber ich habe kurzen Prozeß mit ihnen gemacht und den diensthabenden Offizier zu sprechen verlangt.« Lady Stanley zuckte zusammen, als die Kutsche über den harten Schnee holperte. »Er war sehr höflich und entschuldigte sich für die Belästigung. Anscheinend vermutet man, daß sich einige französische Spione im Fenland versteckt halten. Eine Reiter-Patrouille suchte gerade nach diesen Schurken.«

»Französische Spione?« fragte Lord Stanley alarmiert. »Aber was gibt es für die denn im Fenland von Norfolk zu holen?«

»Ich glaube, sehr wenig, abgesehen von einer schrecklichen Erkältung unter diesen widerwärtigen Umständen. Aber ich habe die Franzosen schon immer für eine sehr unintelligente Rasse gehalten«, erwiderte Lady Stanley wegwerfend. »Ich sagte dem Offizier, ich hätte nicht vor, in einem gewöhnlichen Gasthaus zu übernachten, und ich müsse unbedingt sofort nach King's Lynn gebracht werden. Merkwürdigerweise schien er zuerst zu zögern, aber nachdem ich es ihm noch einmal etwas deutlicher gesagt hatte, wurde er sehr zuvorkommend und ließ seine Männer das Eisfloß bauen. Ich habe mir seinen Namen notiert und ihm gesagt, daß du bei einflußreichen Leuten im Palast und im Parlament Gehör findest und dafür sorgen wirst, daß er für seine Mühe entschädigt wird.«

»Gewiß, Mutter. Ich werde mich sofort darum kümmern, wenn ich wieder in London bin.«

Lady Stanley wandte nun ihre Aufmerksamkeit Mariella zu. »Du siehst gesund aus, meine Liebe.« Sie seufzte. »Wie ich dich darum beneide! Ich hoffe, du mußt nie das Unglück erleben, ständig zu leiden. Aber wenn ich dich ansehe, finde ich den günstigen Bericht, den ich über dich von Lady Melton erhalten habe, bestätigt.«

»Stehen Sie mit Lady Melton in Verbindung?« fragte Lord Stanley überrascht.

»Aber ja. Kurz nachdem ich deinen Brief erhalten hatte und von deinem dringenden Wunsch erfuhr, in King's Lynn zu heiraten, traf ein weiterer Brief ein. Er war von Lady Melton. Sehr freundliche Zeilen, in denen sie ihr Bedauern über das grausame Schicksal ausdrückte, das euch beide am Heiraten gehindert hat. Sie schrieb sehr herzlich und voller Zuneigung über Mariella, und sie bewundere sie dafür, wie sie aus Pflichtgefühl ihrer Tante gegenüber nach Norfolk gereist ist. Da wurde mir klar, wieviel Glück es für euch beide bedeuten würde, wenn ihr ohne Aufschub in King's Lynn heiraten könntet. Ich konnte natürlich den Gedanken daran nicht ertragen, daß ich bei der Hochzeit meines ältesten Sohnes nicht dabei sein soll. Deshalb stand ich von meinem Krankenbett auf und kam hierher. Du wirst dich freuen zu hören, daß du die Hochzeitsvorbereitungen praktisch sofort treffen kannst, George.«

Mariella brauchte darauf nichts zu erwidern. George sagte wie gewöhnlich alles, was zu sagen war. Es wurde vereinbart, daß die Hochzeit in einer Woche, am Freitag, in der St.-Margarets-Kirche in Lynn stattfinden würde.

Mariella blickte zum Kutschenfenster hinaus. Der Schnee bedeckte immer noch den Boden, aber für sie hatte das Tauwetter begonnen.

»Ich brauche natürlich ein Schlafzimmer und einen Salon«, erklärte Lady Stanley ihrem Sohn, als sie im bequemsten Sessel neben dem Kamin im Salon des Weißen Hauses saß. »Und weil ich so unter meinen Rückenschmerzen leide, muß die Matratze besonders weich sein, damit sie meinem Rückgrat nicht schadet.«

Lord Stanley sagte beklommen: »Ich bedaure zutiefst, Mutter, aber solche Räume stehen Ihnen in diesem Haus nicht zur Verfügung. Ich würde Ihnen gern mein Schlafzimmer abtreten und zu Lord Egremont ziehen. Aber das Zimmer ist nicht sehr groß.«

Lady Stanley sah ihn tadelnd an: »Aber das ist sehr ärgerlich, George. Du willst damit doch nicht etwa sagen, daß ich diese entsetzliche Reise unternommen und meine Gesundheit unberechenbaren Risiken ausgesetzt habe, um nun zu erfahren, daß es in diesem Haus keinen Platz gibt, wo ich meinen müden Kopf hinlegen kann?«

Mariella wartete auf eine Antwort von ihrem Verlobten. Aber diesmal schienen ihm die Worte zu fehlen. Das Schweigen dauerte an und drohte explosiv zu werden. Zögernd sagte Mariella:

»Da Lady Melton so freundlich war, Ihnen zu schreiben, bin ich sicher, daß sie sich freuen und sich geehrt fühlen wird, wenn Sie ihr gegenüber andeuten, daß Sie während Ihres Aufenthalts in Lynn gern bei ihr wohnen würden. In Melton Hall ist reichlich Platz, und ich zweifle nicht daran, daß Lord und Lady Melton es als einen Vorzug ansehen würden, Sie zu Gast zu haben.«

Lord Stanley nickte. »Mariella, das ist eine ausgezeichnete Idee.« Er wandte sich an seine Mutter. »Melton Hall liegt nur ein kurzes Stück von hier entfernt, deshalb können wir uns täglich sehen. Wenn Sie dem Plan zustimmen, gehe ich selbst zu Lady Melton und spreche mit ihr.«

»Gut«, sagte Lady Stanley gnädig, »und ich möchte dich bitten zu erwähnen, daß ich die Farbe Grün nicht ausstehen kann und deshalb sehr dankbar wäre, wenn Lady Melton dies berücksichtigt, wenn sie mein Zimmer richten läßt.«

»Ja, Mutter.«

»In meinem Salon muß außerdem eine genügende Anzahl von Schemeln vorhanden sein.«

»Ja, Mutter.«

Nachdem ihr Sohn nach Melton Hall aufgebrochen war, fragte Lady Stanley Mariella: »Ist deine Tante nicht zu Hause?«

»Ich denke, sie wird bald kommen«, erwiderte Mariella, obwohl sie keine Ahnung hatte, wo ihre Tante war. Mrs. Gordon, die Haushälterin, hatte ihr gesagt, Lady Henlow habe vor einer Stunde eilig das Haus verlassen, aber sie hatte nicht erwähnt, wohin sie gegangen war und wann sie wiederkommen würde.

Lady Stanley fröstelte und zog sich ihren gestickten Schal enger um die Schultern.

»Auch wenn man deinen Wunsch versteht, deine Tante nach Norfolk zu begleiten, kann ich trotzdem gut nachfühlen, daß dein Aufenthalt hier eine schwere Belastung für dich ist. Du hast London sicher sehr vermißt.«

Das war so weit von der Wahrheit entfernt, daß Mariella unfähig war, die Antwort zu geben, die Lady Stanley von ihr erwartete. Zum Glück wurde ihre Aufmerksamkeit abgelenkt, da man durch das Salonfenster Lady Henlow nach Hause eilen sah.

Plötzlich war Mariella besorgt, als sie die Miene ihrer Tante sah. Lady Henlow glaubte sich unbeobachtet und sah müde und mitgenommen aus.

Voller Sorge eilte Mariella hinaus, um sie zu begrüßen. Es war für meine Tante eine schwere Zeit, dachte Mariella – zuerst der Umzug nach Lynn, dann dieses Winterwetter und schließlich George, der sich mit seiner Erkältung in das Bett legte und viel Pflege verlangte.

In der Halle informierte sie rasch ihre Tante über Lady Stanleys Ankunft und fragte dann:

»Warum hast du mir nicht gesagt, daß du Besuche zu machen hast? George und ich hätten dir gern die Kutsche überlassen.«

Lady Henlow nahm Mariellas Arm und sagte beruhigend: »Bitte mache dir um mich keine Gedanken. Mir ist nur die rosarote Stickseide ausgegangen. Ich versichere dir, ich habe den Spaziergang in der frischen Luft zu den Geschäften genossen. Nun, komm, ich muß Lady Stanley begrüßen.«

Lady Stanley war gegenüber Lady Henlow sehr gnädig und sagte ihr, sie würde zwar gern während ihres Besuches in Lynn in dem bezaubernden Weißen Haus wohnen, aber sie habe schon Fühler ausgestreckt, um sich bei Lady Melton einzulogieren. Bei der Erwähnung von Lady Meltons Namen fiel Mariella wieder ein, daß Lady Stanley erwähnt hatte, einen Brief von dieser Dame erhalten zu haben. Darin hatte sie Lady Stanley beschworen, daß die Hochzeit zwischen Lord Stanley und Miß Mariella Ward möglichst bald stattfinden sollte.

Weshalb um alles in der Welt schrieb Lady Melton so etwas an Lady Stanley? fragte sich Mariella. Es war eindeutig kein belangloser Brief gewesen, denn ebenso wie Lord Stanley mußte Lady Melton beträchtliche Schwierigkeiten gehabt haben, ihn mit einem Extraboten über die vereisten Straßen nach London zu schicken.

Was für einen Zweck verfolgt Lady Melton, wenn sie mich verheiratet sehen will? überlegte Mariella, als der Diener die Erfrischungen für den Gast brachte. Sicher denkt sie doch nicht immer noch daran, daß Lord Darvill Clara heiraten sollte? Hat Lady Melton davon gehört, daß der Graf sich für mich interessiert und will sie seine Absichten durchkreuzen, indem sie mich so rasch wie möglich vor den Altar bringen möchte?

Mariella wußte, daß Lady Melton nicht ahnen konnte, was zwischen ihr und Lord Darvill auf dem einsamen Weg bei der Red-Mount-Kapelle vorgefallen war. Sie konnte nicht wissen, daß der Graf ihr seine Liebe erklärt und ihr einen Heiratsantrag gemacht hatte. Mariella errötete, als sie an die Leidenschaft des Grafen und an ihr eigenes leidenschaftliches Verlangen nach ihm dachte. Aber sie schob diese Bilder rasch beiseite und sagte sich, daß diese Gedanken nicht von ihr Besitz ergreifen durften, zumal nicht in der Gegenwart der Mutter ihres Verlobten.

Mariella fiel ein, daß Lady Melton oder eine ihrer Bekannten sie vielleicht an jenem bezaubernden Tag, als er ihr das

Schlittschuhlaufen beigebracht hatte, in der Kutsche des Grafen beobachtet haben könnte. Dies konnte in Lady Melton den Verdacht geweckt haben, daß es zwischen Miß Ward und dem Grafen eine gefährliche Verbindung gab. Aber weshalb sollte es Lady Melton so sehr beschäftigen, wenn der Graf sich zu mir hingezogen fühlt? fragte sich Mariella. Moralisch ist es natürlich unhaltbar, wenn ein verlobtes Mädchen ohne Begleitung mit einem anderen Mann zusammen gesehen wird – besonders mit einem Mann von einem solchen Ruf! Aber Lady Melton hatte bewiesen, daß sie nicht darüber erhaben war, etwas mit der größten moralischen Entrüstung zu verwerfen und dann nach anderen Prinzipien zu handeln.

Dies hatte sich an Lady Meltons Verhalten gegenüber dem Grafen nur zu deutlich gezeigt. In ihrem ersten Gespräch über ihn mit Lady Henlow und Mariella hatte sie sich vor Entrüstung und Abscheu über das angebliche Verhalten des Grafen schockiert gezeigt. Trotzdem hatte das diese Dame nicht davon abgehalten, den Grafen auf ihren Ball einzuladen, einen Ball, der zufällig zu Ehren der jungen, hübschen und ledigen Clara Melton gegeben wurde.

Mariella war davon überzeugt, daß Lady Melton trotz all ihres öffentlich zur Schau gestellten Abscheus vor dem Grafen nichts lieber wünschte, als wenn ihre Nichte den begehrenswerten Junggesellen heiraten würde. Aber warum? fragte sich Mariella. Der Graf war natürlich attraktiv, gutaussehend und reich. Wenn man die Gerüchte außer acht ließ, die ihn umgaben, war er für jedes Mädchen der ideale Mann. Aber etwas in Mariella warnte sie. Wenn sie mit ihrer Vermutung über Lady Meltons Absichten für ihre Nichte recht hatte, dann gab es noch einen anderen, tieferen Grund. Was für ein Grund das war, konnte sie sich nicht denken. Es war allein ihr Instinkt, der Mariella sagte, daß Clara Melton als Werkzeug in einem gemeinen und vielleicht gefährlichen Spiel diente, das Lady Melton ausgeheckt hatte.

Und wie stand es mit Clara selbst? Was hatte sie für Gefühle gegenüber dem Grafen? Darüber war sich Mariella nicht sicher. Clara war ein ruhiges, zurückhaltendes Mädchen – sie wurde von Lady Melton deswegen oft gerühmt.

Man konnte schwer erraten, was für Gedanken, wenn überhaupt welche, in diesem stillen dunkelhaarigen Mädchen vorgingen.

Clara war eindeutig dem Grafen zugeneigt. Bei dem Essen im Weißen Haus hatte sie sich lange mit ihm unterhalten, und es schien sie zu freuen, daß er sie aufgefordert hatte, auf das Eisfest zu kommen. Also konnte man annehmen, schloß Mariella, daß Clara eine unwissende, aber nicht abgeneigte Komplizin in Lady Meltons Verschwörung war.

Mariella bemerkte, daß sie ins Feuer starrte, während sie nachdachte. Die glühenden Kohlen und Flammen spiegelten sich auf dem polierten Messingfeuerbock.

Sie sah sich im Salon um – die tief rosaroten Vorhänge, die schönen Aquarelle, die eleganten und doch bequemen Möbel und ihre Tante, die mit Lady Stanley sprach. Mariella gab sich einen Ruck. Weshalb quäle ich mich mit finsteren Gedanken an Verschwörungen? Hat diese seltsame Schneelandschaft draußen mich um allen Verstand gebracht? Lady Melton ist ein geachtetes Mitglied der Gesellschaft von Lynn. Ich gestehe, daß ich ihr nicht viel Sympathie entgegenbringen kann, aber das ist noch kein Grund, sich so unfreundlichen Gedanken über diese Dame hinzugeben. Und was Clara angeht, so würde sie natürlich wünschen, daß ihre Nichte eine gute Partie machte. Es ist sehr unwahrscheinlich, daß sie einen Mann mit Lord Darvills angeschlagenem Ruf für einen geeigneten Gatten ihrer Nichte hält. Was den Brief an Lady Stanley anbetrifft, so konnte er durch nichts weiter ausgelöst worden sein als durch den Wunsch, das Gesellschaftsleben in Lynn durch eine große Hochzeit zu bereichern. Während der Wintermonate, wenn das Reisen beschwerlich ist, werden die Menschen in einer kleinen Stadt wie Lynn einander ein wenig überdrüssig. Eine Hochzeit und der ganze damit verbundene Trubel würden zweifellos die Geister wiederbeleben.

Es stellte sich heraus, daß Mariella nicht die einzige im Salon war, die an eine Hochzeit dachte. Während der letzten halben Stunde hatte Lady Stanley Tante Emilia ausführlich und erschöpfend über ihre gefährliche Reise von

London hierher erzählt. Sie ließ kein Detail aus, keine Geringfügigkeit wurde vergessen. Jeder mürrische Wirt, jedes Rucken der Kutsche, jeder schmerzende Knochen wurde erwähnt.

Nachdem Lady Henlow während dieses Berichts nur wenig sagen mußte, außer »Oh, das tut mir aber leid...« – »wie lästig...« – »wie ich Ihnen das mitfühlen kann, Lady Stanley...«, bemerkte sie schließlich: »Ich nehme an, daß Sie auf dem Weg zu Ihrem Familiensitz in Derbyshire einen Abstecher bei uns in Lynn gemacht haben, Lady Stanley? Aber ich hoffe, Sie verlassen uns nicht zu bald?«

»Verlassen?« krächzte Lady Stanley. »Keineswegs. Kein vernünftiger Mensch reist um diese Jahreszeit freiwillig nach Norden. Nein, nein, meine liebe Lady Henlow, ich kam, um am nächsten Freitag bei der Hochzeit meines Sohnes und Ihrer Nichte in der St. Margarets-Kirche dabeizusein.«

Lady Henlow fiel die Stickerei zu Boden.

»Haben wir dich erschreckt?« fragte Mariella und beeilte sich, die rosaroten und goldenen Fäden aufzuheben.

»Nun... ja..., ich bin ein wenig überrascht«, gab Tante Emilia zu. »Es hatte sich gerade in meinem dummen alten Kopf festgesetzt, daß du in London heiraten wirst, Mariella. Aber wenn ich es mir jetzt überlege, wäre eine Hochzeit in Lynn zauberhaft. Und St. Margarets ist wirklich eine sehr schöne Kirche. Ich wurde dort selbst getraut und...«

»Es wird viel zu tun geben, und die Zeit ist knapp«, unterbrach Lady Stanley. »Wegen meiner labilen Gesundheit werde ich die meisten Vorbereitungen für die Feier Ihnen überlassen, Lady Henlow. Aber ich werde Ihnen gern mit meinem Rat zur Seite stehen. Es wird natürlich keine so große Hochzeit sein wie in London, aber trotzdem glaube ich, daß die Hochzeit von George, Lord Stanley, das größte Ereignis sein wird, daß diese kleine Stadt seit Jahrzehnten erlebt hat.«

»Alle in Lynn sind von meiner schönen Nichte begeistert«, erwiderte Tante Emilia, »und ohne Frage wird sie die bezauberndste Braut sein, die Norfolk oder London je gesehen haben.«

Lady Stanleys durchdringende blaue Augen sahen Mariella an, so daß sie sich wie ein Schulmädchen vorkam, das schuldbewußt den Tintenfleck an seinem Finger verbarg.

»Die künftige Braut meines Sohnes ist ein reizendes Mädchen«, gab Lady Stanley zu. »Ich hoffe, daß dieser hübsche Kopf sich seines Glücks bewußt ist, in eine so wohlhabende und geachtete Famlie wie die unsere einheiraten zu dürfen. Ich bin sicher, Mariella wird ihr Möglichstes tun und sich an ihrem Hochzeitstag so benehmen, daß es ihrer neuen Familie keine Schande macht.«

»Das Hochzeitskleid!« rief Tante Emilia aufgeregt und warf ihre Stickerei zur Seite. »Wir haben nur noch eine Woche Zeit, Mariella! Es ist fast unmöglich, daß wir in so kurzer Zeit ein Kleid geschneidert bekommen. Der Stoff muß ausgewählt werden, die Schneiderin... und dann die ganzen Anproben und die Stickerei...«

»Lady Henlow, ich wäre Ihnen sehr dankbar, wenn Sie es unterlassen würden, Ihre Stimme in dieser erschreckenden Weise zu erheben«, sagte Lady Stanley tadelnd und legte die Hand an ihre Stirn. »Ich versichere Ihnen, es gibt keinen Grund, sich wegen des Hochzeitskleides zu erregen. Mariella hatte schon Maß nehmen lassen für ein Hochzeitskleid, ehe sie London verließ. Ich habe das Kleid mitgebracht. Es ist nur noch eine letzte Anprobe notwendig.«

Tante Emilia setzte sich wieder in ihren Sessel.

»Da bin ich aber erleichtert. Wie klug von Ihnen, Lady Stanley. Und die Hochzeit soll am nächsten Freitag stattfinden? Da hoffe ich nur, daß die Kirche an diesem Tag frei ist. Wenn sie wegen einer Taufe oder einer anderen Hochzeit schon besetzt sein sollte...«

»Besetzt?« fragte Lady Stanley erstaunt. »Was meinen Sie damit, Lady Henlow? Die Hochzeit meines Sohnes wird das größte Ereignis in der Geschichte dieser Kirche sein. Es kommt natürlich nicht in Frage, daß wir uns durch frühere Abmachungen Ungelegenheiten bereiten lassen.«

»Nein, nein, natürlich nicht«, sagte Tante Emilia verwirrt. Sie wandte sich an ihre Nichte: »Und wie steht es mit deiner übrigen Brautausstattung, meine Liebe? Ich glaube, du hast erwähnt, daß Lord Stanley auf eurer Hochzeitsreise nach Norden fahren will. Du wirst warme Kleider brauchen. Der Frühling setzt in den nördlichen Grafschaften spät ein.«

Ehe Mariella antworten konnte, sagte Lady Stanley schroff:

»Es kommt natürlich nicht in Frage, daß das Paar bei diesem schrecklichen Wetter nach Noden aufbricht. Das ist ganz undenkbar.«

»Mit Respekt, Madam«, sagte Mariella nervös, »ich glaube, George hat diese Absicht. Wie Sie sich sicherlich erinnern, wollten wir ursprünglich Anfang Januar in London heiraten, und es war ausgemacht, daß wir auf unserer Hochzeitsreise nach Norden fahren würden.«

»Nichts dergleichen war ausgemacht«, erklärte Lady Stanley unwirsch. »Ich entsinne mich, daß mein Sohn dies erwähnt hat, aber ich habe es ihm ausgeredet. Nein, nein, nach eurer Hochzeit kehren wir alle drei sofort nach London zurück und machen uns daran, euren Haushalt zu gründen. Mein Sohn hat ein besonders schönes Haus, wie du weißt, aber es ist die Residenz eines Junggesellen und wird erfahrene weibliche Hände brauchen, um es als Wohnsitz für euch einzurichten. Ich weiß genau, was nötig ist, und du kannst versichert sein, Mariella, daß ich dir in dieser Angelegenheit jede mögliche Hilfe zuteil werden lasse – soweit dies meine schwache Konstitution erlaubt natürlich.«

»Vielen Dank, Lady Stanley«, flüsterte Mariella mit niedergeschlagenen Augen.

Lady Stanley musterte die Möbel im Salon.

»Ich nehme an, Sie haben sich in Lynn schon gut eingelebt, Lady Henlow, und brauchen nun nicht mehr die Gesellschaft Ihrer Nichte?«

»Wenn du mich nicht entbehren kannst, Tante, bleibe ich gern hier«, sagte Mariella leise.

»Ich bin sicher, Lady Henlow weiß es zu würdigen, daß du deine Pflicht ihr gegenüber erfüllt hast«, sagte Lady Stanley zu Mariella.

»O ja, wirklich«, sagte Lady Henlow lächelnd. »Ich bin Mariella und Lord Stanley für ihre große Freundlichkeit sehr dankbar. Ich bin froh, sagen zu können, daß ich mich in Lynn wieder ganz zu Hause fühle. Was mir Gedanken macht, ist nur dieses Haus. Ich habe mich daran gewöhnt, aber leider wird es niemals mir gehören, weil ich es von Lord Darvill nur mieten kann.«

»Darvill?« rief Lady Stanley stirnrunzelnd. »Ist das nicht der Mann, der seinen Vater erschossen hat, so daß seine arme Mutter vor Kummer ins Ausland floh?«

»Das sind nur Gerüchte, daß sich die Tragödie so abgespielt hat, wie Sie sie schildern«, sagte Mariella schärfer als sie es beabsichtigt hatte. »Es gibt keine Zeugen, und es ist nie etwas bewiesen worden.«

Lady Stanley war es nicht gewöhnt, den Äußerungen der Bräute ihrer Söhne zuzuhören, deshalb fuhr sie fort, als ob Mariella gar nicht gesprochen hätte.

»Eine schmachvolle Affäre. Jetzt fällt mir alles wieder ein. Wie schrecklich für Sie, Lady Henlow, in solch einem Haus leben zu müssen. Ich spreche sofort mit meinem Sohn. Wir werden für Sie eine andere Unterkunft suchen.«

»Das ist sehr freundlich«, murmelte Lady Henlow. »Aber ich möchte Ihnen wirklich keine Umstände machen, zumal wir alle wegen der Vorbereitungen für die Hochzeit viel zu tun haben werden.«

»So ist es. Die Hochzeit meines Sohnes geht vor«, stimmte Lady Stanley zu. »Aber ich kann Ihnen gut nachfühlen, wie lästig es ist, in einem so kleinen Haus leben zu müssen. Sobald das Wetter besser ist, werden Sie sich zweifellos ein größeres suchen?«

»Ja, ich werde ein anderes Haus suchen müssen«, sagte Lady Henlow bekümmert. »Aber um die Wahrheit zu sagen, ich finde die Größe des Hauses für mich gerade richtig. Ich brauche keine riesigen, zugigen Salons und lange, dunkle Korridore. Ich liebe das Weiße Haus, weil es so licht und hell ist. Es hat eine besondere Atmosphäre, die schwer zu beschreiben ist, die mir aber immer das Gefühl gibt, daß ich hier willkommen und zu Hause bin, sobald ich es betrete.«

Lady Stanley sah Tante Emilia an, als redete sie in einer fremden Sprache. Sie rutschte unruhig in ihrem Sessel hin und her und fragte schließlich: »Warum bleibt George so lange in Melton Hall? Er ist unverzeihlich lange weg.«

»Vermutlich wird er dafür sorgen, daß Lady Melton alles zu Ihrer Zufriedenheit richtet«, meinte Mariella.

Sie mußte sich eingestehen, daß die Aussicht auf die Rückkehr ihres Verlobten und das fortgesetzte Gespräch über die Vorbereitungen für die Hochzeit ihr auf die Nerven gingen. Das sollte nicht so sein, dachte sie. Der Tag, an dem man heiratet, ist der wichtigste Tag im Leben eines Mädchens. Ich sollte mich darauf freuen und in Hochstimmung sein. Und ich sollte dankbar sein, daß Lady Stanley den weiten Weg von London hierher gereist ist, und dafür, daß so viele Menschen sich meinetwegen so große Umstände machen.

Statt dessen sitze ich niedergeschlagen im Salon meiner Tante, und es ist mir fast schlecht vor Kummer. Ich bin wie betäubt von der Vorstellung, am nächsten Freitag George zu heiraten und dann mit seiner Mutter zusammen nach London zurückzufahren, die mich mit Anweisungen über die richtige Führung meines Haushalts überschütten wird.

Es braucht nicht so zu sein, dachte Mariella. Es gibt eine Alternative. Ich habe die Wahl. Ich brauche nur aus dem Haus zu schlüpfen und zu Lord Darvill zu fliehen. Dadurch würde sich mein ganzes Leben verändern. Lord Darvill liebt mich. Er hat gesagt, daß er mich heiraten möchte.

Selbst jetzt konnte Mariella kaum glauben, daß dies wahr war, daß ein Mann wie er, der ein solches Feuer der Leidenschaft in ihr entzünden konnte, sie zu seiner Frau machen wollte. Aber liebe ich ihn? fragte sich Mariella. Er erweckt in mir ein so seliges Verlangen, daß ich atemlos werde. Aber ist das Liebe, oder bin ich nur von ihm fasziniert und geschmeichelt darüber, daß er zärtlich zu mir ist? Spiele ich mit dem Feuer, indem ich weiterhin diesen Gedanken nachhänge?

Sie schloß die Augen und wollte, daß ihr Geist sich klärte und sie die richtige Entscheidung traf.

Soll ich zu ihm eilen, betete sie, oder soll ich den sicheren

Weg gehen und George heiraten? Es ist die wichtigste Entscheidung, die ich in meinem ganzen Leben zu treffen habe. Aber ich muß sie allein treffen, denn niemand kann mir dabei helfen.

Wenn ich nur Lord Darvill noch einmal sehen und mit ihm sprechen könnte. Er ist erfahren und verständnisvoll. Er würde erkennen, daß es eine zu schwere Last auf meinen Schultern ist, wenn man von mir erwartet, solch einen Entschluß so rasch und allein treffen zu müssen. Wenn er mich wirklich liebt, muß er es mir noch einmal sagen und mich über jeden Zweifel hinaus davon überzeugen, daß mein Glück bei ihm liegt.

Mariella stand auf und dachte sich eine Ausrede aus, die ihr Gelegenheit geben würde, das Haus zu verlassen. Aber in diesem Augenblick ging die Salontür auf und George kam in das Zimmer.

»Du warst sehr lange weg«, beschwerte sich Lady Stanley. »Jeder einzelne Knochen in meinem geschundenen Körper schmerzt mich. Ich finde es wenig rücksichtsvoll, daß du so lange gebraucht hast, um für meine Unterkunft zu sorgen.«

»Es tut mir leid, wenn ich Ihnen Unannehmlichkeiten bereitet habe«, sagte Lord Stanley ernst. »Aber ich mußte länger als gedacht in Melton Hall bleiben, weil gerade eine wichtige Angelegenheit ans Licht gekommen ist.«

Tante Emilia wurde blaß.

»Was ist geschehen?« fragte sie.

Lord Stanley sagte: »Es betrifft drei französische Spione, die heute von der Miliz draußen in den Fens festgenommen wurden. Es heißt, daß sie nicht allein arbeiten, sondern von einer einflußreichen und mächtigen Person in King's Lynn wichtige Nachrichten erhalten haben.«

»Ein Verräter in unserer Mitte?« rief Lady Stanley entsetzt. »Er übermittelt Informationen an den Feind? Wer ist dieser Mensch, George? Gibt es irgendwelche Hinweise?«

»Eine bestimmte Person ist mehrfach und besonders nach Einbruch der Dunkelheit draußen in den Fens gesehen worden«, sagte Lord Stanley. »Und diese Person ist kein anderer als Lord Darvill. Er wird jetzt von den Behörden gesucht, um in dieser Angelegenheit verhört zu werden.«

»Dieser Schurke, Darvill!« rief Lady Stanley. »Warum holt die Miliz ihn nicht aus seinem Haus und verhaftet ihn?«

»Er ist nicht zu Hause«, erwiderte Lord Stanley kurz. »Lord Darvill ist spurlos verschwunden und nicht aufzufinden.«

Neuntes Kapitel

Ein Dutzend Fragen, Anklagen und Widerreden kamen Mariella auf die Lippen, aber unter diesen Menschen konnte sie nichts davon äußern. Wer hatte Lord Darvill draußen auf den Fens gesehen? Und warum sollte seine Anwesenheit in dieser seltsamen, sumpfigen Wildnis bedeuten, daß er finstere Machenschaften mit drei französischen Spionen im Sinn hatte? Warum stellten die Leute immer so eifrig Vermutungen über Lord Darvill an? fragte sich Mariella. Sie behaupteten, daß er seinen Vater erschossen habe, obwohl es keinen Beweis dafür gab. Und jetzt nehmen sie an, daß er mit dem Feind zusammenarbeitet.

Mariella wußte, daß dies unmöglich war. Sie hatte ihren Gesprächen mit dem Grafen entnommen, daß er ein Patriot war, ein Mann, der weit gereist war und viel gesehen hatte, der aber nach England zurückgekommen war, weil er dieses Land mehr als alle anderen liebte.

Lady Stanley wandte sich an ihre Gastgeberin und sagte: »Habe ich Ihnen nicht vor einer Minute geraten, bei der nächsten Gelegenheit aus diesem Haus auszuziehen, Lady Henlow? Zu denken, daß Sie im Haus eines Landesverräters leben! Mein Blut erstarrt bei dem Gedanken daran.«

Tante Emilia war bleich. »Wer hat Lord Darvill so häufig draußen in den Fens gesehen?« fragte sie.

»Sir James Linton«, antwortete Lord Stanley und betätigte die Glocke, damit der Diener ihm etwas Cognac brachte.

»Und was tat dieser Linton draußen in den Fens?« fragte Lady Stanley. »Nach allem, was ich von den Fens gesehen habe, ist das ein äußerst ungastlicher Ort. Ist Lintons Zeugnis verläßlich?«

»Ich glaube schon«, sagte Lord Stanley. »Wir haben zusammen zu Mittag gegessen, und er schien mir ein integrer, zuverlässiger Mann zu sein, keiner, der falsche und bösartige

Gerüchte verbreitet. Er interessiert sich für alte Kirchen, und das führte ihn zu unmöglichen Tages- und Nachtzeiten in das Moor hinaus.«

Mariella wurde mißtrauisch. Wenn Sir James Linton ebenfalls draußen in den Fens gewesen war, warum brachte ihn dann niemand mit den drei französischen Spionen in Verbindung? Weshalb deutete der anklagende Zeigefinger der Öffentlichkeit immer auf Lord Darvill?

Lady Henlow schien das gleiche zu denken.

»Kann Sir James genau das Datum und die Zeit angeben, wann er den Grafen in den Fens gesehen hat?«

»Nein, leider nicht«, sagte Lord Stanley stirnrunzelnd. »Nachdem Linton die Lords Melton und Egremont über seinen Verdacht unterrichtet hat, ist er aus Lynn abgereist. Leider hat es der Wirt im Vine-Hotel versäumt, die künftige Adresse Lintons zu notieren.«

Tante Emilia hob die Augenbrauen. »Wie seltsam, daß der Mann so ins Blaue hinein verschwunden ist, und dies gerade in einem kritischen Augenblick. Ich an Stelle der Behörden würde Sir James weitere Fragen über die Angelegenheit stellen wollen.«

Lord Stanley nippte an seinem Cognac und sagte gereizt: »Ich versichere Ihnen, es ist ganz ausgeschlossen, daß Sir James irgendeine Schuld trifft. Ich rühme mich, andere Menschen gut beurteilen zu können, und obwohl ich nie begreifen konnte, weshalb Linton seine Zeit damit verbringt, im Dunkeln in alten Kirchen zu sitzen, halte ich ihn für einen untadeligen Burschen.«

Mariella dachte an den gestrigen Tag, als sie in die Red Mount-Kapelle eingetreten war und Lord Darvill schrie:

»Habe ich Sie nicht genügend gewarnt? Oder wollen Sie mich dazu zwingen, dafür zu sorgen, daß Sie aus meinem Gesichtsfeld bleiben?« Dann, als er sie erkannte, hatte er sich entschuldigt und gesagt, er habe sie zuerst für jemand anderen gehalten, für jemanden, der vor ein paar Minuten hier gewesen war und mit dem er, wie er sagte ›recht scharfe Worte gewechselt hatte‹.

Gestern war Mariella zu dem Schluß gekommen, daß Lord

Darvill über einen Streit mit Clara Melton gesprochen habe. Aber jetzt war sie davon überzeugt, daß der Widersacher des Grafen kein anderer als Sir James Linton gewesen war. Was war zwischen den beiden Männern vorgefallen? Augenscheinlich etwas Schwerwiegendes, wenn man nach der erregten Reaktion Lord Darvills urteilte. Wenn ich nur zehn Minuten früher zur Red Mount-Kapelle gekommen wäre, dachte Mariella, dann hätte ich mitangehört, was sie gesprochen haben. Dann könnte ich jetzt beweisen, daß Sir James und nicht Lord Darvill der Landesverräter ist.

»Ich traue Darvill die Feigheit zu davonzulaufen, wenn man ihn verhören will«, erklärte Lord Stanley.

»Es scheint seine Schuld zu bestätigen«, stimmte Lady Stanley zu und winkte mit einer Hand ihren Sohn zu sich, damit er ihr beim Aufstehen half. »Ich nehme an, bei Lady Melton ist alles zufriedenstellend geregelt worden, George?«

»Ja, sie fühlt sich geehrt, Sie in Melton Hall empfangen zu dürfen.«

»Dann begleite mich bitte zur Kutsche. Wenn ich mich nicht bald hinlegen kann, fürchte ich, daß meine Knochen nie wieder aufhören zu schmerzen.«

Sobald George und Lady Stanley das Haus verlassen hatten, wandte sich Mariella an ihre Tante, um in einer weniger unerfreulichen Atmosphäre das neueste dramatische Ereignis, das Lord Darvill betraf, zu besprechen.

Lady Henlow saß immer noch mit weißem Gesicht niedergeschlagen in ihrem Sessel.

Besorgt fragte Mariella:

»Was ist los, Tante? Bist du krank? Hast du Schmerzen?«

Lady Henlow nahm lächelnd Mariellas Hand. »Nein, nein, Kind. Ich leide nur an etwas, das man unfreundlicherweise Überdruß an Lady Stanley nennen könnte. Wenn du mich entschuldigst, werde ich beim Abendessen nicht dabei sein. Ich bitte Mrs. Gordon, mir das Essen später auf einem Tablett hinaufzubringen.«

»Würdest du gern noch eine Weile mit mir zusammensitzen?« fragte Mariella. »Kann ich dir etwas Kölnisch Wasser oder eine kalte Kompresse für deinen Kopf holen?«

»Du bist sehr lieb, aber ich brauche nur ein wenig Ruhe, dann bin ich morgen wieder in bester Verfassung. Das verspreche ich dir.«

Als die Tür sich hinter ihrer Tante schloß, saß Mariella am flackernden Kaminfeuer und durchdachte die Ereignisse der letzten zwei Tage. Es war so vieles geschehen – ihr Gespräch mit Lord Darvill, sein Heiratsantrag auf dem verschneiten Weg nahe der Red Mount-Kapelle, die unerwartete Ankunft von Lady Stanley, die überraschenden Pläne für Mariellas Hochzeit am nächsten Freitag – und jetzt wurde Lord Darvill im Zusammenhang mit den drei gefangenen Spionen zum Verhör gesucht. Da konnte niemand mehr behaupten, daß das Leben in dieser englischen Kleinstadt langweilig sei.

Ebensowenig konnte man die Tage nach der Ankunft Lady Stanleys in Lynn langweilig nennen. Das Weiße Haus und insbesondere Mariella wurden in den Trubel der Hochzeitsvorbereitungen gestürzt. Das schöne, weißsamtene Hochzeitskleid wurde ausgepackt und letzte Änderungen wurden vorgenommen. Lynns beste Schneiderin und eine Stickerin wurden in das Weiße Haus bestellt, wo sie erregte Gespräche mit der herrischen Lady Stanley führten, die täglich vorbeikam und sich vergewisserte, daß alles nach ihren Anweisungen verlief.

Sie stellte auch die Gästeliste zusammen, und Lady Henlows diplomatisches Geschick wurde auf eine harte Probe gestellt, als diese entdeckte, daß ein wichtiges Mitglied der Gesellschaft von Lynn – Lady Sewel – wegen einer zwanzig Jahre alten Fehde mit Lady Stanley auf der Liste fehlte. Schließlich siegte Lady Henlow in dieser Angelegenheit, aber Lady Stanley nahm Rache, indem sie darauf bestand, daß Lady Sewel in der Kirche einen Platz hinter einer Säule zugewiesen wurde.

Mariella sah in diesen Tagen nur wenig von ihrem Verlobten. Wenn Lord Stanley morgens seine Mutter abgeholt und von Melton Hall zum Weißen Haus gebracht hatte, dann suchte er bei Lord Egremont in dessen Club Zuflucht. Da er die gleichzeitige Anwesenheit mehrerer Frauen ohnehin nicht gut ertragen konnte, fand er das ›überflüssige weibliche Geschwätz‹, wie er die Gespräche über die Hochzeitsvorbereitungen nannte, ganz unerträglich.

Obwohl Lord Egremont dies verstehen konnte, amüsierte er sich doch sehr über Lord Stanleys Haltung.

Als sie zusammen bei einem Backgammon-Spiel in der maskulinen Umgebung von Stowe's saßen, bemerkte Lord Egremont:

»Manchmal kommt es mir so vor, als ob Sie zu jenen Burschen gehörten, die ihr ganzes Leben lang Junggeselle bleiben sollten, Stanley. Ich persönlich bin gern in der Gesellschaft von Damen.«

»Ich kann es ertragen, wenn sie sich auf den Salon beschränken«, sagte Lord Stanley und lehnte sich in dem Armsessel zurück. »Aber wenn sie sich im ganzen Haus breitmachen und über Trivialitäten wie Kleider schwatzen und ob man dieses Jahr die Taille hoch oder niedrig trägt, dann verliere ich die Geduld. Mit Frauen hat man nie seinen Frieden.«

»Ich hoffe Ihnen zuliebe, daß Ihre zukünftige Gattin Ihnen nicht eine Familie mit lauter Töchtern schenkt«, sagte Lord Egremont lachend, »denn dann hätten Sie gewiß keinen Frieden mehr.«

Lord Stanley erinnerte sich dunkel daran, daß er die gleichen Worte von Lady Henlow gehört hatte. Es ärgerte ihn, daß Lord Egremont dieselben unmöglichen Gedanken vorbrachte, die die einfältige Tante seiner Verlobten geäußert hatte. Natürlich würde Mariella ihm nur gesunde Söhne schenken. Abgesehen von allem anderen mußte man bei Töchtern dafür sorgen, daß sie eine gute Partie machten... und dann hielt man es im Hause wegen der Hochzeitsvorbereitungen nicht mehr aus. Es ist schlimm genug, was man bei seiner eigenen Hochzeit ausstehen muß, dachte Lord Stanley, ohne es immer wieder für seine eigenen Töchter ertragen zu müssen.

Lord Egremont sagte: »Sie haben ein verdammtes Glück, daß Sie die schöne Miß Ward heiraten. Sie werden bei Ihrer Hochzeit der am meisten beneidete Mann der Grafschaft sein, da können Sie sicher sein.«

»Mariella ist genau das, was ich mir als Frau gewünscht habe«, stimmte Lord Stanley zu. »Ich kenne ihre Familie seit vielen Jahren, und ich gestehe, ich finde ihre Abhängigkeit von mir rührend. Es ist natürlich auch eine große Verantwortung. Man ist sich der Pflichten bewußt, sie vor allen rauhen Realitäten des Lebens zu beschützen.«

Lord Egremont sah ihn skeptisch an. »Mmm, das sind schöne Gefühle, Stanley, aber wie wollen Sie Ihre Frau zu gegebener Zeit vor einer der größten Realitäten beschützen, der sie als Frau gegenüberstehen muß?«

»Was meinen Sie damit?«

»Das Wochenbett«, sagte Lord Egremont beiläufig. »Sie können Ihre Kinder nicht für sie zur Welt bringen.«

Lord Stanley kippte seinen Cognac in einem Zug hinunter und ließ den Diener sofort einen zweiten holen.

»Verdammt, Egremont, ich entrinne diesem infernalischen Haus, um dieses ganze Weibergeschwätz nicht mitanhören zu müssen, und jetzt stelle ich hier in meinem eigenen Club fest, daß Sie wie eine alte Hebamme reden.«

»Ich mußte nur eben an ein Gespräch denken, das ich kürzlich geführt habe«, erwiderte Lord Egremont und schob gelassen seine Backgammonfiguren in eine sichere Siegesposition, während Lord Stanley sich aufregte.

»Wir unterhielten uns darüber, ob es ratsam ist, die Frauen zu sehr zu beschützen und abzuschirmen. Derjenige, mit dem ich darüber sprach, bemerkte, das sei nicht richtig, denn wenn früher die Männer in den Krieg zogen, war es das weibliche Geschlecht, das unsere Schlösser gegen fremde Eindringlinge schützte.«

»Ich bewohne kein Schloß«, sagte Lord Stanley herrisch. »Ich habe ein Haus in London, und das einzige, was eindringen kann, ist Regenwasser, wenn ein Ziegelstein vom Dach fällt.«

Aber Lord Egremont, der nach ziemlich viel Portwein und nach seinem Sieg im Backgammonspiel milde gestimmt war, ließ sich nicht abhalten und fuhr fort:

»Nein, der springende Punkt ist der, daß es unklug ist, Frauen in einem solchen Ausmaß zu beschützen, daß sie, wenn sie mit der Schwangerschaft oder einem Schicksalsschlag, wie dem Tod eines geliebten Menschen, konfrontiert werden, zerbrechen, weil sie nicht geübt darin sind, etwas...«

Ärgerlich wischte Lord Stanley die Backgammonfiguren vom Tisch.

»Wer hat Ihnen einen solchen Unsinn eingeredet, Egremont?«

»Ah«, sagte Lord Egremont verdrießlich, »ich muß gestehen, daß es sich aus einer Diskussion mit Lord Darvill ergab.«

»Darvill!« explodierte Lord Stanley. »Wie können Sie nur hiersitzen und die Ansichten dieses Mannes wiederholen, der nicht nur ein Mörder, sondern auch in Kürze wegen Landesverrats verurteilt werden wird.«

»Falls man ihn erwischt«, gab Lord Egremont zu bedenken. »Soviel ich weiß, hat man immer noch keine Spur von ihm.«

»Die Behörden sind überzeugt, daß er irgendwo in Lynn ist. Da die Straßen der Grafschaft verschneit sind, kann er nicht weit gekommen sein.«

»Mmmm. Und Sir James Linton ist ebenfalls spurlos verschwunden. Merkwürdig, daß die beiden sich zur gleichen Zeit davonmachen konnten in solch einer kleinen Stadt wie Lynn. Man sollte denken, irgend jemand hätte von beiden etwas gesehen oder gehört.«

Lord Egremont zuckte die Achseln. »Vielleicht stecken Darvill und Sir James unter einer Decke.«

Lord Stanley ärgerte sich über Lord Egremont. Er war es gewohnt, daß andere ihm zustimmten und seine eigenen Ansichten bestätigten. Er mochte Menschen nicht, die ihm unbedingt widersprechen mußten.

Lord Stanley war in Wahrheit das Verschwinden von Sir James Linton und Darvills Kontakte mit den drei französischen Spionen sehr unbehaglich. Er fürchtete, daß sobald die Nachrichtenverbindung mit London wiederhergestellt war, die Sache sich zu einem landesweiten Skandal ausweiten könnte. Im Parlament würden unangenehme Fragen gestellt und Antworten erwartet werden. Lord Stanley als Mitglied des Oberhauses würde aufgefordert werden, über die geheimnisvollen Ereignisse in Lynn zu berichten. Und wenn es sich herausstellen sollte, daß Sir James Linton nicht der nette Bursche war, für den sie alle ihn gehalten hatten, sondern tatsächlich mit den französischen Spionen zusammengearbeitet haben sollte, dann wäre Lord Stanley persönlich in einer sehr unangenehmen Lage. Sir James hatte mit ihm sowohl im Weißen Haus, als auch im Club gegessen. Und während des Eisfestes hatte Sir James ihn am Flußufer in ein damals sehr anregend erscheinendes Gespräch über die Möglichkeit einer französischen Invasion verstrickt und über die Schritte, die England gegen einen solchen Angriff unternehmen konnte.

Lord Stanley fröstelte, als er daran dachte, wie unvorsichtig er gewesen war, als er mit Sir James über militärische Dinge gesprochen hatte. Da er mit vielen wichtigen Leuten in London verkehrte, kannte er natürlich auch militärische Geheimnisse. Jetzt zerbrach er sich den Kopf und versuchte sich daran zu erinnern, was er Sir James gesagt hatte. Gewiß keine harten Fakten, dafür war Lord Stanley zu vorsichtig. Aber hatte Sir James zwischen den Zeilen lesen können und mehr über Englands Verteidigung gegen Frankreich erfahren, als Lord Stanley bewußt war?

Ein Sündenbock mußte gefunden werden, entschied Lord Stanley. Und was für einen besseren Mann für diese Rolle gab es als Lord Darvill? Wegen der Gerüchte um den Tod seines Vaters umgab Darvill bereits eine Atmosphäre des Mißtrauens. Von Lord Stanleys Standpunkt aus würde ganz Lynn bezeugen können, daß von dem Moment an, als er diesen Mann zum erstenmal im Weißen Haus gesehen hatte, er das Gefühl gehabt hatte, daß der Mann ein unangenehmer Mensch war. Dazu kam noch die Tatsache, überlegte Lord Stanley, daß man Darvill draußen in den Fens gesehen hatte, und dies zu einer Zeit, in der sich kein anständiger Mensch dort aufhielt. Und was am verdächtigsten von allem anderen war – Darvills plötzliches Verschwinden. Dies vor allem anderen wies auf die Schuld des Mannes hin, was die drei französischen Spione anbetraf. Ja, überlegte Lord Stanley, Darvill mußte als der Schuldige hingestellt werden. Es bestand kein Zweifel daran, und er mußte gefunden werden, und zwar bald.

Unruhig wandte er sich an Lord Egremont.

»Was wird unternommen, um Darvill zu finden? Hat man in Lynn eine Durchsuchung aller Häuser angeordnet?«

»Das wäre die einleuchtendste Lösung«, sagte Lord Egremont und hob seine Füße an, damit ein Diener die zu Boden gefallenden Backgammonfiguren aufheben konnte. »Aber im Augenblick ist das mit den Spionen eine sehr delikate Angelegenheit. Lord Melton glaubt, und ich stimme ihm darin zu, daß die Affäre im Moment nicht über Lynn hinausdringen sollte. Wenn wir wegen Darvill die Häuser durchsuchen, wird jeder gewöhnliche Mensch in Norfolk davon erfahren. Obwohl die Verbindung zu anderen Grafschaften wegen des Wetters im Augenblick schwierig ist, wird es doch bis nach London durchsickern. Das würde in der Hauptstadt große Aufregung auslösen. Und ich zweifle nicht daran, daß der Prinzregent selbst seine Berater schicken und eine gründliche Untersuchung anstellen lassen würde.«

Lord Stanley wurde es ungemütlich. Angesichts seiner Befürchtungen wegen Sir James Linton war eine Intervention aus London das letzte, was er wollte, und dies zu all dem Trubel um die Hochzeitsvorbereitungen. Es würde das Leben unerträglich machen.

Er schloß die Augen und konzentrierte sich. Er fragte sich, wo würde ich an Darvills Stelle hingehen? Wo würde ich mich verstecken? Wenn ich lange und intensiv genug darüber nachdenke, werde ich die Kanaille schon aufspüren.

Lord Darvills Verschwinden beschäftigte auch Mariella. Als sie davon erfahren hatte, nahm sie zuerst an, er wäre nur vorübergehend abwesend. Vielleicht hatte er auf seinen ausgedehnten Ländereien zu tun und wußte gar nicht, daß die Behörden ihn verhören wollten. Aber als die Tage verstrichen, ohne daß man ihn sah oder etwas von ihm hörte, wuchs ihre Besorgnis. Warum war er gerade jetzt verschwunden? Keinen Augenblick glaubte Mariella daran, daß er etwas mit den französischen Spionen zu tun hatte. Diese Vorstellung war absurd. Aber seine Abwesenheit verstärkte offensichtlich das Mißtrauen der Leute gegen ihn, ein Mißtrauen, das sich sofort als unbegründet erweisen würde, sobald Lord Darvill käme und die ungeheuerlichen Anklagen gegen sich widerlegen würde.

Wieder fühlte sich Mariella isoliert. Tante Emilia weigerte sich strikt, über diese Angelegenheit zu sprechen, denn sie sagte, sie habe genug Sorgen mit den Vorbereitungen für die bevorstehende Hochzeit. Lord Stanley und seine Mutter standen Lord Darvill so feindselig gegenüber, daß die bloße Erwähnung seines Namens ausreichte, um sie beide in Wut zu versetzen.

Als der Hochzeitstag näherkam, wurde Mariella immer deprimierter. Wie im Traum hatte sie sich ihr Brautkleid anprobieren lassen, ihre Brautausstattung gekauft, Einladungen geschrieben und zugehört, wie George dem Organisten in der St.-Margarets-Kirche Anweisungen für die Auswahl der Musik während des Gottesdienstes gab. Der Schnee war immer noch an allen Wegrändern zu großen Schneehaufen aufgetürmt, und Mariella kam es so vor, als lebe sie in einer unwirklichen Welt, einer Welt, in der sie von der Realität nicht bedroht wurde.

Aber als sie am Vorabend ihrer Hochzeit zu Bett ging, sagte sie sich, daß zumindest sie selbst sich nichts mehr vormachen konnte. Als sie ihr langes, goldblondes Haar bürstete, gestand sie sich ein, daß ihr elend zumute und daß sie unglücklich war. Sie, die voll freudiger Erwartung sein sollte, saß vor ihrem Spiegel und konnte ihrem Spiegelbild nicht in die Augen sehen, aus Furcht vor dem Elend, das sie darin erblicken würde.

Morgen wäre sie Braut und würde am Arm eines der reichsten Männer von England vor den Altar treten. Und dann würden sie, sofern das Wetter es zuließ, nach London zurückkehren, wo man sie in ihrer neuen Stellung in der Londoner Gesellschaft feiern würde. Es lag eine leuchtende Zukunft vor ihr, eine sichere Zukunft. Lord Stanley und seine Mutter würden ihr gemeinsam Ratschläge darüber erteilen, was sie anziehen, was sie denken, wie sie handeln und wie sie ihren Haushalt führen sollte. Nichts wäre unvorhersehbar oder dem Zufall überlassen.

Zornig warf Mariella ihre Haarbürste hin. Warum ist Lord Darvill weggegangen, ohne ihr etwas zu sagen? Er muß doch wissen, wie wichtig es für mich ist, noch einmal mit ihm zu sprechen. Er sagte, ich habe die Wahl und soll zu ihm kommen, wenn ich mich entschieden habe. Das war alles vor der Ankunft von Lady Stanley gewesen, ehe es klar wurde, daß meine Hochzeit mit George unmittelbar bevorstand. Wenn Lord Darvill in Lynn ist, muß er erfahren haben, daß die Hochzeit morgen stattfinden wird. Jedermann in Lynn weiß von meiner Hochzeit. Warum hat er nichts unternommen, damit ich morgen nicht die St.-Margarets-Kirche betreten muß, wenn er mich wirklich liebt?

Wenn er mich liebte, würde er es nicht zulassen, daß ich einen anderen Mann heirate, einen Mann, von dem er selbst gesagt hat, daß er nicht zu mir paßt.

Und jetzt ist er verschwunden und ich kann keine Verbindung mit ihm aufnehmen. Ich gebe zu, daß ich unglücklich bin bei dem Gedanken daran, daß ich George heiraten muß. Es gibt keine Liebe zwischen uns, keine wahre Liebe, und es wird sie niemals geben, und alle materiellen Vorteile der Welt können das niemals aufwiegen.

Was soll ich tun? fragte sich Mariella verzweifelt. Ich habe nicht den Mut, allein vor George hinzutreten und ihm zu sagen, daß ich ihn nicht heiraten möchte. Er würde darauf hinweisen, und darin hätte er recht, daß ich nicht nur auf seinen Schutz verzichte, sondern auch auf eine gesunde finanzielle Zukunft. Ich bin ein Waisenkind und mittellos. Ich kann nicht, ich wage es nicht, mit George zu brechen, ohne vorher noch einmal mit Lord Darvill gesprochen und mich vergewissert zu haben, daß er all das, was er mir auf dem Weg bei der Red Mount-Kapelle gesagt hat, ernst gemeint hatte.

Mariella war sich immer noch nicht klar darüber, ob sie Lord Darvill liebte. Sie wußte nur, daß sich jeder Zoll ihres Körpers nach ihm sehnte – nach der Berührung seiner Hände auf ihren Schultern, nach seinem Mund auf dem ihren und dem Klang seiner Stimme, nach dem Gefühl des zueinander Hingezogenseins, sobald sie mit ihm zusammen war.

Sie wußte, daß er für den Rest ihres Lebens in Gedanken immer bei ihr sein würde. Sie würde George heiraten und mit ihm nach London zurückkehren, und als Mitglied der hochgeachteten Familie Stanley würde sie in den gesellschaftlichen Trubel hineingezogen werden. Aber es würde Zeiten geben, besonders wenn der Schnee dick und weiß die Erde bedeckte und der Welt einen zauberhaften Glanz verlieh, da sie nur mit sich allein sein wollte. Und wenn sie unter den mit Rauhreif bedeckten Bäumen von London ging, würde sie an die Tage in Lynn zurückdenken und um den Mann trauern, der gesagt hatte, er liebe sie, der aber nicht gekommen war, sie zu holen.

Sie sagte sich, daß sie nun zu Bett gehen mußte. Morgen um drei Uhr nachmittag werde ich George Stanley in der St.-Margarets-Kirche heiraten, und die Augen von ganz Lynn werden auf mich gerichtet sein. Wenn ich nicht bald schlafe, werde ich eine hohläugige, verhärmte und keineswegs eine strahlende Braut sein.

Es war warm in ihrem Zimmer, und sie wußte, daß sie fieberte. Trotzdem fiel Mariella, nachdem sie sich eine Weile hin und her geworfen hatte, in tiefen Schlaf. Es war für sie eine anstrengende Woche gewesen, und ihr Körper verlangte dringend nach Schlaf.

Am nächsten Morgen wurde sie von einem ungeheuren Lärm geweckt. Sofort war sie hellwach und voll freudiger Erwartung. Es konnte nur Lord Darvill sein, sagte sie sich, der an die Tür hämmerte, um mich zu entführen. Er muß erfahren haben, daß Lord Stanley die Nacht vor seiner Hochzeit nicht im Weißen Haus, sondern bei Lord Egremont verbracht hatte.

Mariella warf sich rasch eine Decke über die Schultern und lief zur Tür. Ihr Herz jubilierte. Er ist gekommen! Er ist gekommen!

Wie es zu erwarten war, wurde es im Haus lebendig. Unten eilten Dienstboten hin und her, und Stimmen wurden laut. Nur Mariella war vollkommen ruhig. Sie stand gelassen am oberen Treppenabsatz, und als Mrs. Gordon auf sie zugeeilt kam, war Mariellas Miene heiter, denn sie hoffte, bestätigt zu bekommen, daß Lord Darvill unten sei und sie zu sehen wünsche.

Mrs. Gordon war eine Frühaufsteherin und bereits angekleidet.

»Daß dies auch ausgerechnet an Ihrem Hochzeitstag geschehen mußte, Miß Ward«, sagte sie. »Aber ich bin sicher, es gibt keinen Grund zur Beunruhigung.«

Das waren nicht die Worte, die Mariella erwartet hatte. Sie hätte gedacht, der ganze Haushalt und die gesamte Dienerschaft würden beim Anblick Lord Darvills, der fast die Haustür einschlug, in Aufruhr geraten. Zögernd sagte sie:

»Der Krach, Mrs. Gordon! Ich wurde von einem lauten Krach geweckt...«

»Als ich es hörte, dachte ich schon, die Franzosen seien gelandet und würden das Haus mit Kanonen beschießen«, sagte Mrs. Gordon. »Aber dann sagte mir einer der Stalljungen, es sei nur der Schnee gewesen, der vom Dach heruntergefallen ist.«

»Der... der Schnee?« wiederholte Mariella leise.

Mrs. Gordon legte tröstend einen Arm um Mariellas Schultern und führte sie in ihr Zimmer zurück.

»Sie brauchen sie nicht zu fürchten. Sie waren die ganze Zeit so sehr mit den Hochzeitsvorbereitungen beschäftigt, daß Sie gar nicht bemerkt haben, daß Tauwetter eingesetzt hat. Es lag viel Schnee auf dem Dach, und wenn er herunterrutscht, klingt es so, als ob das ganze Haus zusammenfällt.«

Mariella fühlte sich elend.

»Sind Sie sicher, Mrs. Gordon, daß es nur der Schnee war?« fragte sie noch einmal. »Einen Augenblick glaubte ich, jemand hämmere an die Tür.«

»Wenn jemand das getan hätte, wäre er von der Dachlawine verschüttet worden«, sagte Mrs. Gordon unbekümmert. »Die Männer sind jetzt draußen und schaufeln den Schnee vor dem Haus weg. Ich versichere Ihnen, wenn zufällig ein Besucher vorbeigekommen wäre, hätten sie es mir inzwischen berichtet.«

Sie eilte die Treppe hinab.

Merkwürdige Fantasiebilder überkommen junge Mädchen an ihrem Hochzeitstag, dachte Mrs. Gordon nostalgisch. Auf was für einen Besuch hoffte Miß Ward, wenn die Dämmerung über Lynn gerade erst angebrochen war?

Mariella stand am Fenster und sah zu, wie die Dienstboten den Schnee wegschaufelten. Er war jetzt nicht mehr weiß, sondern schmutzig braun und begann zu schmelzen.

Er ist nicht gekommen, dachte sie niedergeschlagen, und sie wußte, daß er niemals kommen würde. Ihre verzauberte weiße Landschaft war mit der Hoffnung dahingeschmolzen, was sie füreinander hätten sein können.

Lebewohl, flüsterte Mariella, lebwohl, wo immer du auch sein magst. Gott schütze dich und behüte dich. Und wenn wir uns nie wiedersehen sollten, hoffe ich doch, daß du manchmal, wenn Lynn von Schnee bedeckt ist, an mich denkst, so wie ich an dich denken werde.

Unglücklich ging sie wieder ins Bett. Als um elf Uhr das Mädchen kam und die Vorhänge zurückzog, fiel Sonnenschein in ihr Zimmer.

»Was für ein schöner Tag für Ihre Hochzeit, Miß Ward«, sagte das Mädchen.

»Ja«, sagte Mariella, »es ist lange her, seitdem die Sonne so warm geschienen hat.«

Das Mädchen ging in die Küche und berichtete: »Miß Ward sieht heute früh hübscher aus als je. Und sie ist so gelassen! Wenn das mein Hochzeitstag wäre, würde ich vor Freude an die Decke springen.«

»Das zeigt den Unterschied zwischen dir und Miß Ward«, sagte die Köchin. »Wenn eine Dame wie Miß Ward heiratet, läuft sie an ihrem Hochzeitsmorgen nicht lärmend durch das Haus. Damen sind ruhig und gefaßt.«

»Du solltest dir davon eine Scheibe abschneiden«, sagte Mrs. Gordon und klopfte dem Mädchen leicht auf die Finger, als es nach einem Plätzchen griff, das auf dem Marmortisch der Köchin lag.

Mariella selbst hätte sich kaum als gelassen bezeichnet. Gelassenheit bedeutete Zufriedenheit, die sie nicht empfand.

Nein, ihre Stimmung war nichts anderes als stilles Erdulden. Die Entscheidung darüber, wen sie heiraten sollte, war ihr abgenommen worden. Und in einem gewissen Sinn war sie erleichtert, daß eine Entscheidung gefallen war und sie sich nicht mehr Tag und Nacht mit quälenden Zweifeln martern mußte.

Sie frühstückte allein in ihrem Zimmer, und dann kamen Tante Emilia und das Mädchen, um ihr beim Ankleiden zu helfen.

Lady Henlow, die ein schönes lavendelfarbenes Kleid trug, sah müde aus. Als Mariella ihre Tante nach ihrem Ergehen fragte, erklärte diese lächelnd, wenn sie blaß aussähe, dann käme dies nur von der Aufregung wegen der Hochzeit.

Und dann war Mariella angekleidet. Das weiße Samtkleid stand ihr vorzüglich. Es fiel lose, und der Rocksaum war mit zarter Stickerei verziert.

Als Mariella sich im Spiegel betrachtete, kam sie sich unwirklich vor, als durchlebte sie einen Traum.

Aber die Ankunft von Lady Stanley und Lord Melton war eindeutig kein Traum. Lady Stanleys krächzende Stimme drang bis zu ihr nach oben in ihr Zimmer.

»... nur ein kurzes Stück von Melton Hall entfernt, aber was für schmutzige Straßen durch all den Matsch! Ich fürchte, Lady Henlow, die Luftveränderung hier in Lynn hat meiner Gesundheit nicht gut getan. Ein Temperaturwechsel bringt Erkältung und Fieber als unvermeidliche Folge ...«

Langsam ging Mariella die Treppe zum Salon hinab. Es war ausgemacht gewesen, daß sie in Gesellschaft der Damen Stanley und Henlow, begleitet von Lord Melton zur Kirche fahren würde. George wollte zusammen mit Lord Egremont zur Margarets-Kirche kommen. In diesem Augenblick mußte er schon in der Kirche sein und sie erwarten, dachte Mariella. Ein Lächeln berührte ihre Lippen, als sie sich fragte, ob er wohl aufgeregt war und sich sorgte, sie könnte zu spät kommen.

»Wie bezaubernd Sie aussehen, meine Liebe«, sagte Lord Melton und ergriff Mariellas Hände. »Die reizendste Braut, die ich seit Jahren gesehen habe.«

Lady Stanley nickte.

»Du legst für uns Ehre ein, Mariella.« Sie runzelte die Stirn. »Ich hoffe nur, der Organist hat richtig zugehört, als ich mit ihm sprach. Ich habe ihm klare Anweisungen gegeben, daß er eine gemessene, ruhige Melodie und nichts Hektisches spielen soll, während du durch den Mittelgang gehst. Es gibt nichts Schlimmeres als Hochzeitsprozessionen, die zu einem unschicklichen Gang gezwungen werden, weil der Narr von Organist ...«

Sie unterbrach sich, als Stimmen laut wurden. Lord Stanley kam in seinem Hochzeitsanzug in den Salon gestürmt.

»George!« rief Lady Stanley ärgerlich. »Was machst du hier? Wir wollten gerade zur Kirche aufbrechen.«

»Es bringt Unglück, wenn der Bräutigam seine Braut sieht, ehe sie sich am Altar treffen«, rief Lady Henlow.

Lord Stanley sah sie der Reihe nach an und erklärte dann grimmig: »Heute findet keine Hochzeit statt!«

Zehntes Kapitel

Das Blut wich aus Mariellas Gesicht. Wie betäubt sah sie in die anklagenden braunen Augen ihres Verlobten.

Lord Stanley's Stimme klang enttäuscht und bitter.

Er hat es erfahren, dachte Mariella entsetzt. Er hat entdeckt, daß Lord Darvill mich liebt. George weiß, daß Lord Darvill mich auf dem Weg bei der Red Mount-Kapelle geküßt hat, und er fühlt sich betrogen, so daß er unsere Hochzeit absagt.

Mariella erlebte jetzt einen merkwürdigen Gefühlskonflikt. Einerseits war sie erleichtert darüber, daß die Hochzeit nicht stattfand. Aber auf der anderen Seite erschrak sie bei dem Gedanken an ihre Zukunft. Sie wußte, daß George ein kompromißloser Mann war. Nachdem er sie für schuldig befunden hatte, würde er sie nicht nur gnadenlos verstoßen, sondern er und seine Mutter würden dafür sorgen, daß ganz London von Mariellas skandalösem Verhalten in Lynn erfuhr. Ihr Ruf wäre dahin und kein anderer angesehener Mann würde sie bitten, seine Frau zu werden.

Mariella hob eine Hand an ihre pochende Stirn und schwankte gefährlich vor dem Feuer.

Lady Henlow war sofort neben ihr, führte sie zum Sofa und rief:

»Arme Mariella! Sie ist so weiß wie das Brautkleid. Es ist ein Schock für sie, ein schrecklicher Schock.«

Lord Melton sagte in einem vorwurfsvollen Tonfall zu Lord Stanley: »Es war herzlos von Ihnen, die Nachricht so schonungslos kundzutun.«

»Du mußt uns erklären, was deine dramatischen Worte heißen sollen«, sagte Lady Stanley herrisch. »Warum findet die Hochzeit nicht statt?«

Mariella saß mit niedergeschlagenen Augen da und konnte George nicht ansehen. Weshalb habe ich mich von Lord Darvill betören lassen, dachte sie. Er hat mich bezaubert, mir gesagt, daß er mich liebt, und mich dann verlassen. Und ich törichte Frau geriet so sehr in seinen Bann, daß ich die sichere Zukunft, die George mir anbot, aufs Spiel gesetzt habe. Erst sieben Tage ist es her, seit ich zwischen zwei Männern zu wählen hatte, und nun habe ich beide verloren.

»Ich bitte um Verzeihung dafür, daß ich Ihnen die Nachricht nicht in einer weniger direkten Art überbracht habe«, sagte Lord Stanley gewichtig. »Aber der Anblick, der mich in der St.-Margarets-Kirche erwartete, hat mich wirklich schokkiert.«

»Was für ein Anblick, Mann?« drängte Lord Melton.

»Ich fuhr zur Kirche um zu heiraten und stellte fest, daß sie zwei Fuß hoch unter Wasser steht«, sagte Lord Stanley grimmig.

»Du meinst damit, sie ist überschwemmt?« fragte Lady Stanley. »Und das ausgerechnet heute! Das kommt aber sehr ungelegen!«

Aus Lady Stanleys Tonfall ging hervor, daß sie, wenn sie die Möglichkeit dazu gehabt hätte, mit dem Allmächtigen selbst über dieses Thema ein ernstes Wort gesprochen hätte.

Lord Melton schlug sich mit der flachen Hand auf den Oberschenkel.

»Verflixt, warum ist mir das nicht vorher eingefallen, als das Tauwetter einsetzte? Melton Hall und Sie hier, im Weißen Haus, liegen höher, aber die St.-Margarets-Kirche wurde schon früher häufig überflutet.«

»Ja, das stimmt«, sagte Lady Henlow. »Ich erinnere mich daran, daß es in meiner Kindheit oft geschah, und natürlich dauerte es tagelang, bis die Kirche wieder trocken war.«

»Nicht nur die Kirche, sondern alle Häuser in ihrer Umgebung werden überflutet«, bemerkte Lord Melton. »Es ist ein sehr unangenehmes Ereignis, und es ist eine Heidenarbeit, bis man alles wieder trocken und aufgewischt hat. Noch wochenlang riecht alles muffig.«

Mariella, der die Farbe wieder in die Wangen zurückkehrte, nachdem sie den wahren Grund für die Verschiebung der Hochzeit kannte, bemerkte plötzlich Tante Emilias entsetzten Gesichtsausdruck.

»Fühlst du dich nicht wohl, Tante Emilia? Soll ich etwas Cognac bringen lassen?«

Vorerst war Lady Henlow unfähig zu sprechen. Erregt ging sie im Salon auf und ab und eilte dann plötzlich zur Tür. »Ich muß sofort zu Nanny Phipps«, rief sie. »Sie wohnt in der Priory Lane direkt neben der St.-Margarets-Kirche. Wenn die Kirche überflutet ist, steht auch ihr Haus unter Wasser. Ich muß ihr helfen.«

»Dann begleite ich Sie«, sagte Lord Melton. »Es werden viele in der gleichen Notlage sein, und es ist unsere Pflicht, den Leuten in der Stunde der Not zu helfen.«

Als Lord Melton mit Lady Henlow das Haus verlassen hatte, teilte Lady Stanley ihrem Sohn mit:

»Du fährst mich freundlicherweise nach Melton Hall zurück, George. Ich nehme an, du hast Lord Egremont bei der Kirche zurückgelassen, damit er allen ankommenden Gästen die Verschiebung der Hochzeit mitteilt?«

Lord Stanley nickte. Dann sagte er: »Ich begleite Sie sehr gern, Mama, aber ich lasse Mariella ebenso ungern in diesem schweren Augenblick allein.«

»Es ist das beste, wenn Mariella ihr Brautkleid auszieht und zu Bett geht«, sagte Lady Stanley. »Inzwischen treffe ich Vorbereitungen, damit die Hochzeit so bald wie möglich stattfinden kann. Komm, George, ich muß sagen, ich bin außerordentlich erschöpft, und wenn ich mich nicht bald hinlegen kann, fürchte ich, daß meine labile Gesundheit einen schweren Rückschlag erleidet.«

Mariella war dankbar, eine Zeitlang allein gelassen zu werden. Sie befolgte Lady Stanleys schroffen Rat, zog ihr Brautkleid aus, legte sich auf ihr Bett und horchte, wie der schmelzende Schnee vom Dach und von den Bäumen tropfte. Sie sorgte sich um Nanny Phipps und war froh, daß ihre Tante und Lord Melton zur alten Dame gegangen waren, um ihr zu helfen.

Mariella schlief eine Weile und erwachte davon, weil Tante Emilia die Lampe in ihrem Zimmer anzündete.

Ein Tablett mit weichgekochten Eiern, dünnen Brotscheiben und Butter und der vorzüglichen Mandeltorte der Köchin war neben ihr Bett gestellt worden.

»Wir essen heute spät zu Abend«, sagte Lady Henlow und zog die Vorhänge zu. Sie setzte sich auf Mariellas Bett. »Ich habe allen Dienstboten freigegeben, damit sie den Opfern der Überschwemmung im tiefer gelegenen Teil der Stadt helfen können.«

Mariella war hungrig und machte sich mit Genuß über die Speisen her, die ihre Tante so fürsorglich heraufgebracht hatte.

»Wie geht es Nanny Phipps?« fragte sie.

»Ihr Haus steht unter Wasser, wie ich befürchtet hatte. Aber man kann jetzt noch nicht sagen, wie viel Schaden es gelitten hat. Als ich mit Lord Melton bei ihr ankam, wartete sie ruhig im oberen Stock mit ihrer goldfarbenen Katze im Arm. Lord Melton hatte einen der Fischer gebeten, uns zu ihr zu rudern. Wir brachten Nanny und die Katze an einen sicheren Ort.«

»Wo wird Sie wohnen, bis ihr Haus wieder trocken ist?« fragte Mariella.

Lady Henlow zögerte einen Augenblick und sagte dann: »Im Darvill House. Lord Darvills Verwalter brachte Lord Melton einen Brief, in dem Lord Darvill darum bat, daß alle obdachlosen Opfer der Überschwemmung in seinem Haus Zuflucht finden sollen, bis ihre eigenen Häuser wieder bewohnbar sind.«

Mariella verschluckte sich an der Mandeltorte.

»Lord Darvill! Wo ist er?«

»Der Verwalter hat keine Ahnung«, sagte Tante Emilia. »Der Brief wurde im Darvill House gefunden mit der Anweisung, daß er unverzüglich an Lord Melton weitergegeben werden soll.«

Mariella wurde plötzlich lebendig. Lord Darvill war also noch in Lynn! Aber wo? Und wie war er seiner Verhaftung entgangen? Sie aß mit Genuß die Mandeltorte auf und bemerkte:

»Wie typisch von Lord Darvill, daß er trotz seiner eigenen Schwierigkeiten an die Not der Stadtbevölkerung denkt.«

»Ja«, stimmte Lady Henlow geistesabwesend zu. »Es ist typisch für ihn, daß er nicht von seinen eigenen Problemen sprach, sondern sich nur um jene sorgte, die plötzlich obdachlos sind.«

Mariella sah sie an. »Er *sprach* ... Tante Emilia, willst du damit sagen, daß du mit Lord Darvill gesprochen hast und daß du weißt, wo er ist?«

Lady Henlow errötete. »Nein, nein, meine Liebe, natürlich nicht. Das hast du falsch verstanden.«

Aber Mariella kannte ihre Tante gut genug um zu wissen, daß die erregten Gesten und das Zittern in ihrer Stimme bewiesen, daß sie nicht die Wahrheit gesagt hatte. Mariella nahm Tante Emilias Hände.

»Tante Emilia, bitte sag mir die Wahrheit. Ich verspreche dir, daß es niemand erfährt. Bitte sage mir, hast du mit ihm gesprochen?«

Lady Henlow zögerte. Dann nickte sie.

»Mariella, ich kann dir nicht sagen, was es mich gekostet hat, dies für mich zu behalten. Es ist solch eine Erleichterung, die Bürde mit dir zu teilen.«

Mariella wartete ruhig, bis ihre Tante sich gefaßt hatte und fortfuhr: »Letzte Woche, kurz ehe es hieß, Lord Darvill würde wegen der drei französischen Spione gesucht, um verhört zu werden, erhielt ich eine Botschaft von Nanny Phipps, ich solle sie sofort besuchen. Ich war nicht überrascht, Lord Darvill in ihrem Salon anzutreffen, denn ich wußte, daß sie eine hohe Meinung von ihm hatte. Lord Darvill sagte mir, er habe erfahren, daß die Behörden ihn suchten, und er müsse sich eine Weile versteckt halten.«

»War er die ganze Zeit bei Nanny Phipps?« fragte Mariella. »Kein Wunder, daß du dir heute Sorgen gemacht hast, als du erfuhrst, die Priory Lane sei überschwemmt.«

Lady Henlow nickte.

»Zum Glück war Lord Darvill so umsichtig, mich davon informieren zu lassen, daß Nanny Phipps ihn in ihrem Haus versteckt hielt. Er meinte, in einem Notfall wolle er sicher sein, daß Nanny jemanden zur Seite steht. Er wußte, daß ich verschwiegen bin, und deshalb weihte man mich von Anfang an in die kleine Verschwörung ein.«

»Aber warum mußte er sich verstecken?« fragte Mariella. »Wenn er unschuldig ist, wie ich annehme, kann er sich doch den Behörden stellen und deren Fragen beantworten.«

»Es ist alles streng vertraulich, Mariella. Du mußt mir versprechen, kein Wort von dem, was ich dir sage, weiterzugeben.«

»Natürlich«, sagte Mariella.

»Der Graf hat mir erklärt, daß die drei Spione gar keine Franzosen sind. Es sind Engländer, die in Sprache, Geste und Auftreten dazu ausgebildet wurden, sich als Franzosen auszugeben. Wie du weißt, befürchtet unsere Regierung, daß die Franzosen die Feindseligkeiten wieder aufnehmen wollen, und deshalb sollen die drei Männer nach Frankreich geschickt werden, um wichtige Informationen über geheime militärische Vorbereitungen auszuspionieren.«

Mariella war verblüfft.

»Aber wenn es Engländer sind und keine französischen Spione, warum regen sich dann alle so auf? Und warum soll Lord Darvill in diesem Zusammenhang verhört werden?«

»Weil sie von ihm ausgebildet wurden«, erwiderte Tante Emilia.

Jetzt verstand Mariella die geheimnisvollen Ausflüge in die Fens. Die ganze Zeit, während sich das übrige Lynn dem Wintersport hingab und Gerüchte über Gerüchte auf Lord Darvill häufte, arbeitete dieser für sein Vaterland, und das allein und unter gefährlichen Bedingungen und bildete heimlich drei Engländer aus, damit sie wie echte Franzosen aufträten und selbst während des Verhörs durch die einheimischen Behörden nicht entlarvt wurden.

Das sagte eine Menge über den Mut dieser Männer aus, aber auch viel über den Mann, der sie zu einem solchen Gipfel der Perfektion gebracht hatte.

Nachdenklich sagte sie: »Wie kam es, daß die drei angeblichen französischen Spione entdeckt wurden? Lord Darvill war doch sicher der einzige Mensch in Lynn, der von ihrer Anwesenheit draußen in den Fens wußte?«

»So ist es. Wie du weißt, wagen sich nur wenige Leute von Lynn während der Wintermonate in die verlassene Moorlandschaft. Aber kürzlich wagte sich noch ein Mann hinaus«, sagte Tante Emilia.

»Sir James Linton?« rief Mariella. »Als man sagte, daß die Spione Franzosen seien, verdächtigte ich Sir James, derjenige zu sein, der ihnen wichtige Geheimnisse verriet. Aber jetzt sehe ich, daß es sich anders verhielt. Auf einem Ausflug zu den Kirchen mußte er die drei Männer gesehen und gehört haben. Vielleicht sah er mehr als einmal Lord Darvill mit ihnen zusammen. Deshalb brachte er mit Recht die Spione mit Lord Darvill in Verbindung. Aber er verdächtigte ihn zu unrecht.«

Lady Henlow ging zur Tür. Sie öffnete sie einen Spalt und sah in den leeren Korridor hinaus. Als sie sich vergewissert hatte, daß ihr Gespräch von niemandem belauscht worden war, kehrte sie zu Mariellas Bett zurück und fuhr fort:

»In einem hast du recht, Mariella – Sir James ist nicht der, der er zu sein vorgab.«

»Ist er... ein Krimineller?« fragte Mariella.

»Nein, nein«, versicherte ihr Tante Emilia. »Er ist ein Agent, der für die Regierung arbeitet, um die Aktivitäten in gewissen wichtigen Städten außerhalb Londons zu beobachten. Lynn ist zwar keine große Stadt, aber sie ist wichtig für die Verteidigung des Landes, weil es eine Hafenstadt ist. Sir James' Aufgabe war es, sich zu vergewissern, daß in Lynn alles in Ordnung ist, damit die Stadt auf eine Invasion vorbereitet ist.«

»Dann war sein Interesse an Kirchen nur vorgetäuscht«, sagte Mariella.

»Ja, er verstand nicht viel davon«, stimmte Lady Henlow zu. »Das hat Lord Darvill rasch gemerkt. Er erkannte, daß Sir James ein Agent war und daß sein angebliches Interesse für Kirchen ihm nur einen ausgezeichneten Vorwand gab, zu seltsamen Tages- und Nachtzeiten in der Gegend herumzuwandern.«

Der Red Mount, dachte Mariella. An dem Tag, an dem ich unverhofft die Kapelle betrat, hielt mich Lord Darvill für Sir James. Könnte es sein, daß Sir James Lord Darvill fälschlich des Verrats bezichtigt hat? Lord Darvill, der seine eigene Maske nicht lüften wollte, indem er die Wahrheit gestand, war über Sir James' Einmischung zornig geworden.

Sir James wiederum, unwillig über Lord Darvills heftige Reaktion, hatte den hiesigen Behörden berichtet, was er in Erfahrung gebracht hatte, und sie nahmen daraufhin die drei ›Spione‹ fest und versuchten, Lord Darvill ebenfalls zu verhaften.

»Jetzt verstehe ich«, sagte Mariella leise. »Lord Darvill muß sich versteckt halten, um in aller Stille zu versuchen, die Behörden von seiner Unschuld zu überzeugen.«

»So ist es«, sagte Tante Emilia. »Denn wenn Lord Darvill die Wahrheit über die drei Männer aussagen würde, wären Monate harter Arbeit völlig umsonst gewesen. Lord Darvill hat einen Boten nach London geschickt. Zum Prinzregenten persönlich. Man glaubt, daß auch Sir James nach London zurückgereist ist. Sobald er dort auftaucht, werden ihn die Berater des Prinzregenten verhören und, wie ich mir vorstelle, ihn wegen seines uneinsichtigen Verhaltens zurechtweisen. Ich hoffe nur, daß einer der Berater des Prinzregenten selbst nach Lynn kommt, um Lord Darvill zu entlasten, damit die Mission der drei Männer in Frankreich ausgeführt werden kann. Aber bis sie wieder sicher in England zurück sind, dürfen natürlich nur eine Handvoll verschwiegener Menschen in Lynn die Wahrheit über sie und über Lord Darvills wichtige Rolle in dieser ganzen Angelegenheit erfahren.«

Mariella dachte daran, daß das alles vor ihren Augen geschehen war und sie nichts davon bemerkt hatte.

»Lord Darvill hat sich in Nanny Phipps Haus versteckt, und das Haus ist nun überflutet«, sagte sie. »Wo verbirgt er sich jetzt?«

Tante Emilia schwieg und beschäftigte sich damit, den Lampendocht hochzuschrauben.

»Bitte sag es mir, Tante, du weißt doch, wo er ist.«

»Ich... nun, es gab nur einen Ort, wo Lord Darvill jetzt sicher ist«, sagte Tante Emilia entschuldigend. »Nach all dem Trubel, der jetzt in der Priory Lane herrscht, hielten wir es für das beste, wenn er sich im Keller des Weißen Hauses versteckt hält.«

»Er ist hier!« Mariella schrie es beinahe. Lord Darvill war in greifbarer Nähe!

Mariella brauchte ihre ganze Selbstbeherrschung, um nicht vom Bett aufzuspringen und in den Keller zu laufen. Aber sie zwang sich, vor ihrer Tante gefaßt zu bleiben. Lady Henlows Bürde war schon schwer genug bei alledem, was sie über Lord Darvills Aufenthaltsort und seine Beziehungen zu den drei Spionen wußte. Es wäre zuviel verlangt gewesen, wenn sie auch noch Mariellas Geheimnis über ihren Konflikt, wen sie heiraten sollte, teilen mußte.

Dann kam Mariella ein Gedanke.

»Tante Emilia, wie kam Lord Darvill in den Keller des Weißen Hauses?«

»Es gibt einen unterirdischen Gang zwischen den Häusern in der Priory Lane und diesem Haus«, sagte Lady Henlow in beiläufigem Tonfall.

Mariella lächelte. Jetzt wußte sie, weshalb Nanny Phipps so kenntnisreich über die geheimen unterirdischen Gänge gesprochen hatte. Sie mußte gewußt haben, daß unter ihrem eigenen Haus ein Geheimgang war.

»Viele dieser Gänge waren während des Bürgerkriegs entstanden, als Lynn gegen Cromwell kämpfte und zum König hielt.«

»Nanny Phipps wußte natürlich von dem Tunnel«, sagte Tante Emilia, »und als Lord Darvill in ihr Haus ging, um sich dort zu verstecken, wurde ausgemacht, daß der Tunnel zum Weißen Haus ein ausgezeichneter Fluchtweg war, wenn das Haus durchsucht werden sollte oder ein anderer Notfall eintrat.«

Tante Emilia hielt inne, als sie nun Stimmen in der Halle hörte.

»Lord Stanley ist zurückgekommen. Ich werde ihm erklären, warum es das Abendessen heute später gibt. Ich glaube, es wäre das beste, wenn du hier oben bleibst, Mariella. Ich werde Lord Stanley vorschlagen, daß es für ihn bequemer ist, heute abend im Club zu essen.«

Alleingelassen, sprang Mariella aus dem Bett und tanzte vor Freude durchs Zimmer. Es schien unglaublich, unvorstellbar, daß er tatsächlich in diesem Augenblick nur zwei Stockwerke unter ihr war. Und wie seltsam, daß ein unterirdischer Gang die Priory Lane mit dem Weißen Haus verband. Wie viele Menschen wußten davon? fragte sich Mariella besorgt. Es gab viele solcher Durchgänge in Lynn, und der bekannteste davon war der vom Red Mount zu der Kapelle von Castle Rising. Bei einer gründlichen Suche nach Lord Darvill würden die Soldaten zweifellos die unterirdischen Gänge von Lynn durchsuchen. Natürlich nur dann, wenn die Männer sich nicht durch die seltsamen Legenden davon abhalten ließen, die mit den Durchgängen in Verbindung standen. Mariella erinnerte sich an die Geschichte mit dem betrunkenen Geiger, der von seinem Gang durch den Red Mount-Tunnel nicht zurückgekehrt war. Konnte es sein, daß Nanny Phipps vielen Menschen in Lynn diese Geschichte erzählt hatte, damit sie sich davor fürchteten, die Durchgänge nach Lord Darvill zu durchsuchen?

Je mehr Mariella darüber nachdachte, um so spannender fand sie die ganze Verschwörung. Wie tapfer von Nanny Phipps und Tante Emilia, Lord Darvill zu helfen, und dies besonders bei seinem Ruf. Hätte die Miliz die Priory Lane durchsucht, wäre Nanny Phipps vermutlich in ihrem gemütlichen Salon gesessen, ihre Katze auf den Knien, und hätte die Soldaten mit Geschichten aus ihrer Kindheit in Lynn abgelenkt, während in der Zwischenzeit der Mann, den sie suchten, nur wenige Schritte entfernt versteckt war.

Und Tante Emilia, wie falsch haben wir sie alle eingeschätzt, dachte Mariella. George hat mir oft gesagt, daß ihre Einfalt ihn unsäglich reizte. Gewiß, in vieler Hinsicht macht sie den Eindruck, in praktischen Dingen des Lebens hilflos zu sein. Aber das ist nicht der Fall. Sich vorzustellen, daß sie während dieser vergangenen Woche die Ankunft von Lady Stanley mit all dem damit verbundenen Trubel ausgehalten hatte, dazu die Vorbereitungen für die Hochzeit traf und die ganze Zeit Minute für Minute zu verhindern suchte, daß Lord Darvill entdeckt wurde... Wenn er in der Priory Lane entdeckt worden wäre, dann wäre die Lage für Nanny und Tante Emilia wahrhaftig katastrophal gewesen. Ganz abgesehen von dem strengen Verhör, dem die Miliz sie unterzogen hätte, wäre die Empörung in der Familie Stanley nicht zu ertragen gewesen.

Das war auch der Grund, weshalb Tante Emilia sich mir nicht anvertraut hatte, dachte Mariella. Sie entschied sich dafür, ihr Geheimnis allein zu tragen, statt zu riskieren, mich dem Zorn der Familie meines zukünftigen Mannes auszusetzen. Mariella lächelte, als sie sich der Ironie der Situation bewußt wurde. Während der letzten Woche waren sie und ihre Tante von Sorgen gequält, die den gleichen Mann betrafen.

Aber unser Wille, die andere Frau zu schützen, war so stark, daß jede von uns entschlossen schwieg und die Last, die schwer in fortgesetztem Schweigen zu tragen war, nicht auf die Schultern der anderen legen wollte. Aber der Mutigste von allen war Lord Darvill gewesen. Und der Prinzregent selbst hatte ihn für diese schwere Aufgabe ausgewählt. Mariella errötete vor Stolz und Bewunderung, als sie an Lord Darvill dachte. Es war der gleiche Mann, der sie in den Armen gehalten und ihr gesagt hatte, er liebe sie und wolle sie heiraten.

Und doch quälte noch eine Frage Mariella. Lord Darvill mußte gewußt haben, daß ihre Hochzeit für diesen Tag geplant gewesen war. Warum hatte er keine Schritte unternommen, um sie davon abzuhalten? Wenn er mich wirklich liebte, sagte sich Mariella zum hunderstenmal, hätte er Himmel und Erde in Bewegung gesetzt, um die Hochzeit zu verhindern. Nur ein Wort, eine kurze Nachricht, von Tante Emilia überbracht, hätte genügt. Wieviel hätte das für mich bedeutet! Alle meine Zweifel und Ängste wären verflogen. Aber er schwieg. Er unternahm nichts. Daß ich jetzt nicht Lady Stanley bin, ist nicht auf sein Eingreifen zurückzuführen, sondern einfach auf die Tatsache, daß das Tauwetter eingesetzt hat und die Kirche unter Wasser steht.

Mariella war unruhig. Ich muß mit ihm sprechen, sagte sie sich. Da er so nahe ist, innerhalb der Mauern dieses Hauses, könnte ich es mir nie verzeihen, wenn ich die Gelegeheit versäumte, mit ihm zu sprechen und mich ein und für allemal seiner wahren Gefühle für mich zu vergewissern. Wenn ich es nicht tue, werde ich mir für den Rest meines Lebens Vorwürfe machen. Ich muß es wissen. Und nur er kann es mir sagen.

Die Schlafzimmertür ging auf, und Lady Henlow trat ein.

»Lord Stanley ist in seinen Club gegangen«, erklärte sie. »Er sagte mir, seiner Mutter gehe es nach den dramatischen Ereignissen des Tages gar nicht gut, und er wird sie morgen in Melton Hall besuchen und fragen, ob sie ärztliche Hilfe braucht.«

Mariella hätte noch vor vierundzwanzig Stunden nichts dabei gefunden, wenn Tante Emilia Lord Stanley gebeten hätte, in seinem Club zu speisen, weil das für ihn bequemer sei.

Jetzt aber schätzte Mariella Lady Henlows taktvolle Art, Dinge zu arrangieren, um das Schicksal zu lenken. Sie wollte eindeutig, daß ihr Lord Stanley und die Dienstboten heute abend nicht im Weg standen, um Lord Darvill in aller Ruhe im Keller versorgen zu können und es ihm dort so bequem wie möglich zu machen.

Angetrieben von ihrem Entschluß, mit Lord Darvill über die Angelegenheit zu sprechen, die ihr am wichtigsten war, sagte Mariella:

»Ich schätze, daß es für unseren Gast viel zu tun gibt. Ich würde gern mein möglichstes tun und dir helfen. Soll ich in die Küche gehen und für ihn etwas zum Essen zubereiten?«

»Das ist nicht notwendig«, erwiderte Tante Emilia. »Ich möchte, daß du in deinem Zimmer bleibst und dich nicht um Dinge kümmerst, die Lord Darvills Hiersein betreffen. Ich bin froh, daß ich dir alles erzählt habe, denn jetzt wirst du verstehen, daß ich mich um unseren Gast kümmere, wenn ich zu unerwarteten Zeiten nicht da bin, und wenn einer der Dienstboten oder Lord Stanley mutmaßen, daß etwas nicht in Ordnung ist, wirst du die nötigen Ausreden für mich vorbringen. Aber abgesehen davon wäre es mir am liebsten, wenn du alles vergessen würdest, was ich dir erzählt habe.«

»Aber Tante, ich möchte dir so gern helfen«, rief Mariella enttäuscht. »Es ist zuviel verlangt, wenn du allein einen Mann versteckst, der von den Behörden gesucht wird. Die Last ist für dich allein zu groß. Ich kann für Lord Darvill Lektüre besorgen, mit der er sich die Zeit vertreibt. Ich wäre glücklich, wenn ich mit ihm sprechen könnte oder Schach spielen oder...«

»Nein!« beharrte Lady Henlow mit einer Vehemenz, die Mariella erstaunte. »Ich möchte nicht, daß du in die Affäre hineingezogen wirst, Mariella. Es ist zu gefährlich.«

»Es ist auch für dich gefährlich«, sagte Mariella.

»Ja«, erwiderte Tante Emilia ruhig. »Aber ich bin nicht mit Lord Stanley verlobt. Ich weiß ebenso wie ganz Lynn von der Antipathie, die Lord Stanley gegenüber Lord Darvill empfindet. Und mein Gewissen würde es mir nicht erlauben, dich in eine Konspiration gegen deinen Verlobten hineinzuziehen. In einem Augenblick spielst du mit deinem Verlobten Backgammon und im nächsten schlüpfst du nach unten, um mit seinem geschworenen Feind zu paktieren.«

»Aber Tante Emilia, so wäre es überhaupt nicht«, rief Mariella unglücklich. »Du verstehst es nicht.«

»Ganz im Gegenteil. Ich verstehe es nur zu gut«, sagte Tante Emilia. Und als könnte sie die Gedanken ihrer Nichte lesen, sagte sie: »Ich bin der einzige Mensch im Haus, der die Schlüssel zum Keller besitzt. Und diese Schlüssel bleiben Tag und Nacht bei mir. Ich warne dich, Mariella. Wenn ich dich auch nur in der Nähe der Kellertreppe sehe, werde ich sehr ärgerlich.«

Mariella ließ die Schultern hängen. Wer hätte je gedacht, daß Tante Emilia so energisch und entschlossen sein konnte. Trotzdem beschloß Mariella, als ihre Tante das Zimmer verließ und Mariella an dem heißen Getränk nippte, das diese ihr gebracht hatte, Lady Henlow zu trotzen. Ich habe keine andere Wahl, dachte Mariella. Meine Tante hat mir aus den besten Motiven heraus verboten, mit Lord Darvill zu sprechen. Aber sie kennt nicht die ganze Wahrheit. Wenn sie wüßte, daß Lord Darvill mir an jenem Tag am Red Mount seine Liebe erklärt hat, und daß ich seit damals in Unruhe bin, dann hätte sie mir keine so grausame Beschränkung auferlegt. Sie hätte verstanden, wie wichtig es für mich ist, den Grafen zu sprechen. Und leider bleibt mir nichts anderes übrig, als meine gute Tante zu umgehen. Heute nacht, wenn alle schlafen, werde ich in Tante Emilias Zimmer schlüpfen und ihr die Kellerschlüssel entwenden.

Aber Mariella bekam keine Gelegenheit dazu. Tante Emilia, die ihre Nichte gut kannte, hatte die Vorsichtsmaßnahme ergriffen und in ihr Getränk ein leichtes Schlafmittel gegeben.

Als Lady Henlow sich vergewissert hatte, daß es Lord Darvill in seinem Versteck gut ging, öffnete sie leise Mariellas Zimmertür und lächelte, als sie sah, daß das Mädchen fest eingeschlafen war.

Elftes Kapitel

Ebensowenig erhielt Mariella während der nächsten paar Tage eine Gelegenheit, mit dem heimlichen Besucher im Weißen Haus Kontakt aufzunehmen. Lady Stanley, die erklärte, sie sei am Rande eines Nervenzusammenbruchs, hatte sich in ihr Bett in Melton Hall zurückgezogen. Mariellas Anwesenheit dort war täglich erforderlich. Wenn sie ihre Pflichten in Melton Hall erfüllt hatte, meinte Lady Henlow, wäre es eine freundliche Geste, wenn Mariella den Opfern der Überschwemmung hülfe.

Obwohl das Tauwetter jetzt voll eingesetzt hatte, aber das Wasser schon wieder zurückging, gab es immer noch die endlose Aufgabe, das Wasser aus den Häusern zu entfernen und die Möbel zu trocknen. Mariella, die mit der Stadtbevölkerung in ihrer verzweifelten Lage Mitleid hatte, ging ständig in das überflutete Gebiet, bot Rat und Hilfe an und verteilte Nahrung und warme Getränke an jene, die sich darum bemühten, ihre Häuser wieder bewohnbar zu machen.

Als sie eines nachmittags müde ins Weiße Haus zurückkehrte, war sie überrascht, im oberen Stockwerk Lärm zu hören.

»Mrs. Gordon«, sagte sie zur Haushälterin, »bei dem Lärm da oben könnte man meinen, die französische Invasion habe bereits begonnen.«

Mrs. Gordon brachte ein schwaches Lächeln zustande, aber sie war sichtlich erregt.

»Das sind die Männer von der Miliz, Miß Ward. Sie durchsuchen das Haus nach Lord Darvill.«

Mariella erblaßte. Aber sie wußte, daß sie die Fassung bewahren mußte. Sie nahm ihren Hut ab und sagte beiläufig:

»Es gibt keinen Grund, sich aufzuregen, Mrs. Gordon. Die Männer werden in ein paar Minuten die Hausdurchsuchung abgeschlossen haben, und da sie selbstverständlich Lord

Darvill nicht unter einem der Bretter versteckt finden werden, gehen sie in das – nächste Haus.«

»Da bin ich nicht so sicher, Miß Ward«, murmelte Mrs. Gordon.

Mariella schwieg. Wollte die Haushälterin damit andeuten, daß sie das Geheimnis kannte? War Tante Emilia unvorsichtig gewesen und hatte etwas angedeutet?

Mrs. Gordon fuhr fort: »Der Hauptmann sagte mir, sie hätten Befehl, in jedes Zimmer und jeden Schrank hineinzusehen, auch wenn sie abgeschlossen sind. Zur Not sollen sie die Schlösser aufbrechen. Miß Ward, unser Keller ist im Augenblick abgeschlossen, und Lady Henlow hat die Schlüssel. Aber sie ist nicht zu Hause, und ich fürchte, daß sie mich für den Schaden verantwortlich machen wird, wenn sie wiederkommt und entdeckt, daß ich den Milizsoldaten erlaubt habe, die Kellertür aufzubrechen. Aber ich weiß nicht, wie ich die Männer davon abhalten soll.«

»Es ist wichtig, daß man sie gewähren läßt!« erklärte Lord Stanley energisch, als er das Haus betrat. Er warf seine Handschuhe auf den Tisch in der Halle. »Natürlich ist es eine Illusion, daß Darvill hier gefunden wird. Aber man soll sehen, daß die Milizsoldaten eine gründliche Hausdurchsuchung vornehmen, damit wir für den Rest von Lynn ein Beispiel geben. Ich selbst habe Lord Melton davon überzeugt, daß die Suche nach Darvill öffentlich ausgeführt werden muß. Da Darvill diesen Brief an Lord Melton geschrieben und dadurch bewiesen hat, daß er von der Überschwemmung weiß, ist es offensichtlich, daß er sich noch innerhalb der Stadtmauern befindet. Und wenn eine Suche von Haus zu Haus ihn nicht ans Licht bringt, dann weiß ich auch nicht, wie man ihn fassen soll.«

Mariella brauchte ihre ganze Selbstbeherrschung, damit sie vor Angst nicht von Kopf bis Fuß zitterte. Lord Darvill saß in der Falle! Wenn er hörte, wie die Milizsoldaten die Kellertür aufbrachen, wäre es sein erster Gedanke, durch den Tunnel, der zur Priory Lane führte, zu fliehen. Aber Mariella hatte den Nachmittag in der Priory Lane verbracht und wußte, daß es dort in jedem Haus von Helfern wimmelte.

Wenn Lord Darvill dort auftauchte, würde er gesehen, identifiziert und gefangengenommen werden.

Da Tante Emilia nicht im Haus ist, bin ich der einzige Mensch, der von der akuten Gefahr weiß, in der Lord Darvill schwebt, dachte sie. Ich muß handeln, und zwar rasch.

Sie machte ein unschuldiges Gesicht und wandte sich an ihren Verlobten.

»Aber George, ich dachte, man hätte Lord Darvill heute nachmittag schon gesehen.«

Lord Stanley packte sie an den Schultern und fragte eindringlich: »Was meinst du damit, Mariella? Willst du damit sagen, daß du ihn selbst gesehen hast?«

»Nein, nein, natürlich nicht. Ich habe den Flutopfern geholfen. Aber ich habe einige Männer sagen hören, daß ein Mann, auf den Lord Darvills Beschreibung paßte, beobachtet wurde, wie er eines der Schiffe am Hafen bestieg.«

»Ein Schiff!« schrie Lord Stanley. »Verflucht, das war eine Fluchtmöglichkeit, die ich völlig übersehen habe.«

Mariella murmelte unschuldig: »Diese Schiffe fahren doch in die Ostsee, nicht wahr? Es wäre sicher fast unmöglich, Lord Darvill zu verfolgen, wenn er in eines der skandinavischen Länder entkommen konnte.«

Sie stellte fest, daß Lord Stanley die breite Treppe hinaufrannte und den Hauptmann der Miliz zu sich rief. Zu Mariellas Erleichterung kamen die Milizsoldaten innerhalb weniger Minuten heruntergerannt und stürmten, angeführt von Lord Stanley, aus dem Haus.

Gleich darauf kam Lady Henlow nach Hause. Sobald sich die Tür hinter ihr geschlossen hatte, erzählte Mariella ihr über die Gefahr, in der Lord Darvill geschwebt hatte.

»Gott segne deine Geistesgegenwart, meine Liebe«, sagte Lady Henlow. »Dann ist die Gefahr also abgewendet?«

»Ja, aber für wie lange?« fragte Mariella aufgeregt. »Wenn Lord Darvill nicht auf einem der Schiffe gefunden wird, werden die Soldaten von neuem mit der Hausdurchsuchung beginnen.«

»Nein, das glaube ich nicht«, sagte Lady Henlow nachdenklich. »Du mußt bedenken, es gibt viele hundert Häuser in Lynn, und die Männer wissen genau, daß es eine Ewigkeit dauert, bis sie alle durchsucht sind. Sie werden sich mit dem Weißen Haus nicht noch einmal abgeben, zumal Lord Stanley hier wohnt und man es nicht für möglich hält, daß sich Lord Darvill bei uns versteckt.«

»Aber wir sollten Lord Darvill warnen. Wir sollten ihm erzählen, was geschehen ist«, sagte Mariella.

Tante Emilia sah sie gelassen an. »Später, wenn sich die Dienstboten für die Nacht zurückgezogen haben, werde ich mit ihm sprechen und ihm über die heutigen Ereignisse berichten. Aber was dich betrifft, Mariella, so halte ich es für das Vernüftigste, wenn du dir die ganze Angelegenheit aus dem Kopf schlägst und vergißt, daß Lord Darvill so nahe ist.«

Mariella konnte es aber nicht vergessen. Wie sollte sie auch? Es gab keine Minute des Tages, in der sie nicht an ihn dachte. Sie fürchtete um seine Sicherheit. Sie war besorgt um sein Wohlergehen, und es gab so viele Fragen, die sie ihm stellen wollte und die nur er beantworten konnte. Sie war entschlossen, mit ihm zu sprechen, trotz der Hartnäckigkeit ihrer Tante, die Mariella keine Gelegenheit dazu gab.

Mariella war klug und erkannte bald, daß das warme Getränk, das Lady Henlow ihr nun jeden Abend brachte, ein leichtes Schlafmittel enthielt. Mariella nahm ihrer Tante diese List nicht übel. Zweifellos würde ich in ihrer Lage das gleiche tun, sagte sich Mariella. Aber Tante Emilia weiß nicht alles. Sie glaubt, sie erweise mir als der Verlobten von Lord Stanley einen Dienst, indem sie mich von Lord Darvill fernhält, während er sich unter dem Dach des Weißen Hauses befindet. In Wirklichkeit bereitet mir Tante Emilia großes Leid. Und da ich es ihr nicht erklären kann, muß ich die Dinge selbst in die Hand nehmen, um sicher zu sein, daß ich nicht die Gelegenheit versäume, Lord Darvill zu fragen, ob seine Gefühle für mich seit jenem Tag am Red Mount unverändert geblieben sind.

Als Lady Henlow ihr an diesem Abend wieder ein Getränk brachte, wartete Mariella, bis ihre Tante das Zimmer verlassen hatte, und goß dann die Flüssigkeit in eine Blumenschale auf ihrem Toilettentisch. Sie hoffte, daß das Schlafmittel die

Blumen am nächsten Morgen nicht welk aussehen lassen würde.

Bald war es im Haus still. Trotzdem zügelte Mariella ihre Ungeduld, damit ihre Tante Zeit hatte einzuschlafen.

Tante Emilia muß erschöpft sein, nach all den Aktivitäten, in die sie während der vergangenen Woche verstrickt gewesen war, dachte Mariella. Sie öffnete leise ihre Zimmertür und schlich durch den Korridor zum Schlafzimmer ihrer Tante. Sie fröstelte und schlug ihren Schal enger um sich. Im Haus war es kalt, aber Mariella wußte, daß es die erwartungsvolle Erregung bei der Aussicht war, Lord Darvill wiederzusehen, die sie zittern ließ.

Sie drehte vorsichtig am Türknauf zum Zimmer ihrer Tante. Sie wußte, daß diese ihre Tür nie schloß, denn sie fürchtete sich vor Feuer und hielt es für gefährlich, das Schlafzimmer abzuschließen.

Mariella trat leise ein und ließ die Tür einen Spalt hinter sich offen. Sie wagte es nicht, eine Kerze anzuzünden und hoffte, ihre Tante habe die Kellerschlüssel auf den Nachttisch gelegt.

Vorsichtig schlich sie zum Bett ihrer Tante. Lady Henlow schlief fest. Sie hatte die Vorhänge um ihr Bett zugezogen. Mariella tastete den Nachttisch ab und unterdrückte einen Schrei der Freude, als ihre Finger an etwas Kaltes stießen.

Die Kellerschlüssel!

Eine Minute später hatte sie das Zimmer ihrer Tante verlassen und strahlte vor freudiger Erwartung. Sie zündete eine Kerze an und lief die Treppe hinab durch die Küche, bis sie die kurze Treppe erreichte, die zum Keller führte. Ihr Herz schlug wie wild. In wenigen Augenblicken würde sie Lord Darvill gegenüberstehen! Wie überrascht wird er sein, sie zu sehen.

Weil sie ihn nicht erschrecken wollte, klopfte sie leise an die Kellertür, um ihm zu sagen, daß es ein Freund sei und kein Feind, der vor der Tür stand. Dann steckte sie den Schlüssel ins Schloß, drehte ihn um und öffnete die schwere Kellertür.

Sie hielt ihre Kerze in die Höhe und sah, daß Tante Emilia

den Keller in eine bequeme Wohnung verwandelt hatte. Ein Tagesbett, auf dem Kissen und Decken lagen, stand an einer Wand, ein Tisch und ein Sessel daneben. Ein Berg Zeitungen und Zeitschriften lag herum. Aber Lord Darvill war nicht zu sehen.

Überrascht trat Mariella ein.

»Lord Darvill!« rief sie leise. »Ich bin es, Mariella.«

Sie erhielt keine Antwort. Spielte Lord Darvill ihr einen Streich? Versteckte er sich?

»Ich... ich muß mit Ihnen sprechen«, flüsterte sie leise. »Wenn Sie hier sind, bitte lassen Sie es mich wissen.«

Sie ging langsam weiter und erwartete, jeden Augenblick seine Hand auf ihrer Schulter zu spüren und seinen Atem an ihrer Wange. Dann wurde ihr klar, daß Lord Darvill nicht mehr hier war.

Mariella wurde ängstlich. Was war geschehen? Tante Emilia hatte sie doch nicht getäuscht? Mariella schüttelte den Kopf. Lord Darvill war eindeutig hier gewesen. Aber wo war er jetzt? Vermutlich hatte ihm Tante Emilia von der Hausdurchsuchung erzählt, und er wollte nicht riskieren, daß Lady Henlow in Gefahr kam, wenn er in ihrem Haus entdeckt wurde. Wohin war er nun gegangen?

Im Kerzenlicht sah Mariella eine kleine Tür, von der sie vermutete, daß sie zu dem Tunnel führte, der das Weiße Haus mit der Priory Lane verband. Sie öffnete die Tür und sah in die Finsternis des unterirdischen Ganges. Ihre letzte Hoffnung verschwand. Der Tunnel war dunkel.

Enttäuscht ging Mariella wieder die Treppe hinauf und legte den Schlüssel auf den Nachttisch zurück. Als sie in ihrem Zimmer war, bürstete sie sich verbissen das Haar, um ihren Ärger abzureagieren. Plötzlich schien sich die ganze Welt gegen sie verschworen zu haben und ihr Hindernisse in den Weg zu legen. Sie war zornig über sich selbst, weil sie die Dinge nicht früher selbst in die Hand genommen hatte und Lord Darvill schon in dem Augenblick aufgesucht hatte, als sie erfuhr, daß er sich im Weißen Haus aufhielt. Jetzt hatte sie ihre letzte Chance vertan.

Sie fror und ging ins Bett. Als sie am nächsten Morgen erwachte, war ihr erster Eindruck der einer großen Leere. Lord Darvill war weg, an einem unbekannten Ort. Während er im Haus gewesen war, hatte sie durch seine Nähe ein Gefühl der Sicherheit gehabt, aber jetzt überkam sie eine überwältigende Einsamkeit.

Später an diesem Morgen, als sie und Lady Henlow zusammen eine Tasse heiße Schokolade tranken, kam Lord Stanley schlecht gelaunt in das Frühstückszimmer und schlug die Tür hinter sich zu.

Lady Henlow hob vorwurfsvoll die Augenbrauen und sagte:

»Ist etwas nicht in Ordnung, Lord Stanley?«

Er wärmte seine Hände am Kaminfeuer und sagte grimmig:

»Ich habe eben erfahren, daß Lord Darvill nicht mehr wegen seiner Beziehungen zu diesen drei französischen Spionen verhört werden soll. Die Durchsuchung der Häuser ist abgebrochen worden, und Darvill wird wegen dieser Angelegenheit nicht mehr belangt.«

»Wirklich?« sagte Lady Henlow mit einer Ruhe, um die Mariella sie beneidete. Sie selbst freute sich so, daß sie fürchtete, man könnte das ihrer Miene ansehen.

Lord Stanley jedoch war zu sehr in seine Gedanken vertieft, um etwas zu bemerken. Er schleuderte einen Holzscheit in das Feuer und sagte wütend: »Melton hat mir eben berichtet, daß der Prinzregent höchstpersönlich Anweisung gegeben hat, die Sache mit den Spionen nicht öffentlich bekannt werden zu lassen und besonders, daß Darvills Name nicht mit ihnen in Verbindung gebracht wird.«

»Der Prinzregent!« rief Lady Henlow. »Wie aufregend! Ich hatte keine Ahnung, daß Lord Darvill so angesehen ist.«

Lord Stanley schnaufte: »Angesehen? Lady Henlow, ich fürchte, unser geliebter Prinzregent ist über Darvill falsch informiert. Es ist doch jedem von uns in King's Lynn klar, daß Darvill militärische Geheimnisse an die Spione weitergegeben hat. Aber der Prinzregent ist natürlich hundert Meilen entfernt und kennt nicht alle Tatsachen.«

»Sie haben recht«, sagte Lady Henlow in einem beruhigenden Tonfall. »Aber ich bin froh, daß die Angelegenheit endlich erledigt ist und wir alle wieder unser normales Leben aufnehmen können.«

»Erledigt? Nein, die Angelegenheit ist überhaupt nicht erledigt, wenigstens nicht für mich!« erregte sich Lord Stanley. »Ich bin überzeugt, daß Darvill in diese Affäre verstrickt ist, und in dem Augenblick, in dem ich nach London zurückkomme, werde ich um eine Audienz beim Prinzregenten nachsuchen und ihn von meinem Verdacht unterrichten.«

»Zweifellos würden Sie Ihre Pflicht vernachlässigen, wenn Sie dies nicht täten«, sagte Lady Henlow im gleichen ruhigen Tonfall. »Aber inzwischen müssen Sie sich hier um Ihre eigenen Angelegenheiten in Lynn kümmern. Ich höre, daß die St.-Margarets-Kirche jetzt wieder trocken ist, so daß Sie heiraten können.«

»Ach richtig, die Hochzeit«, sagte Lord Stanley. »Aber es kommt nun nicht mehr in Frage, daß wir in Lynn heiraten.«

Lady Henlow sah ihn erstaunt an. »Sie wollen sich nicht mehr in Lynn trauen lassen? Warum nicht? Ich hatte mich so darauf gefreut.«

»Erstens, weil ich unverzüglich nach London muß, um dem Prinzregenten meinen Verdacht bezüglich Darvills mitzuteilen, und zweitens, weil die Gesundheit meiner Mutter seit ihrer Ankunft hier ernstlich gelitten hat und wir rasch nach London zurückfahren müssen. Nachdem sich das Wetter gebessert hat, kann nichts mehr unsere Rückkehr nach London aufhalten.«

Er wandte sich an Mariella. »Du wirst nun also doch eine Londoner Hochzeit feiern, meine Liebe.«

Mariella saß wie erstarrt auf ihrem Stuhl, und ihre Freude über die Nachricht, daß Lord Darvill nun in Sicherheit war, verwandelte sich in Trauer bei dem Gedanken daran, daß sie Lynn verlassen mußte.

»Ich... ich brauche mehrere Tage, um mich auf die Reise vorzubereiten, George«, sagte sie und dachte, daß ihr dies wenigstens die Gelegenheit geben würde, sich davonzustehlen und Lord Darvill in seinem Haus aufzusuchen.

»Mehrere Tage? Nein, nein, wir brechen sofort auf. Heute

noch!« sagte Lord Stanley und stand auf. »Das Gepäck kann man uns nachschicken, Mariella. Mama will Lynn so rasch wie möglich verlassen, und ich sehe keinen Grund, weshalb wir nicht noch heute nachmittag abfahren sollten.«

»Aber das ist ganz unmöglich«, rief Lady Henlow und ließ ihre Stickerei zu Boden fallen.

Lord Stanley sah sie erstaunt an. »Warum das, Lady Henlow?«

Sie schob sich eine silberne Haarsträhne aus der Stirn. »Weil... weil ich morgen Geburtstag habe und ein Festessen vorbereiten ließ. Nur innerhalb der Familie, nichts Großes.«

»Natürlich können wir dich an deinem Geburtstag unmöglich allein lassen«, sagte Mariella. Sie wandte sich an ihren Verlobten. »George, es wäre herzlos, Tante Emilia an einem solchen Tag allein zu lassen.«

Lord Stanley sah sie finster an. »Ich habe noch nie verstehen können, weshalb die Frauen solch ein Aufhebens um die Geburtstage machen. Ich selbst kann mich kaum daran erinnern, wann ich Geburtstag habe.«

»Im Juni, George«, sagte Mariella.

»Ach ja, richtig.«

Dann wurden seine Augen schmal, und er sagte scharf zu Lady Henlow: »Wie ich mich erinnere, haben wir eines Abends beim Essen darüber gesprochen, und ich meine mich zu erinnern, daß Sie auch im Juni Geburtstag hätten, und zwar am gleichen Tag wie ich.«

»O nein, da irren Sie sich«, sagte Tante Emilia lachend. »Ein Tag, den eine Frau nie vergißt, ist ihr eigener Geburtstag. Obwohl wir, eitel wie wir sind, nur zu gern die Erinnerung daran verlieren, wieviele Geburtstage wir schon gefeiert haben. Ich erinnere mich an eine Lady Minton in Lyme Regis, die ihre Urenkel um sich scharte und steif und fest behauptete, daß sie nicht mehr als dreißig Sommer gesehen hat. Und da war Lady...«

»Natürlich möchte ich Ihnen nicht mit unserer plötzlichen Abreise Kummer bereiten«, unterbrach sie Lord Stanley. »Aber ich finde, ein Geburtstag ist kein Grund, unsere Abreise nach London zu verzögern.«

Lady Henlows Augen füllten sich mit Tränen. »Aber meine liebe Mariella, wer weiß, wann ich sie wiedersehe. London ist so weit weg, und ich bin nicht mehr die Jüngste...«

»George, bitte«, rief Mariella. »Du kannst nicht so herzlos sein und drauf bestehen, daß wir sofort aufbrechen. Es kommt doch wirklich nicht auf einen Tag an, besonders wenn unser Hiersein Tante Emilia so viel bedeutet.«

Lord Stanley war den Bitten der beiden Damen nicht gewachsen. Mit einem schweren Seufzer breitete er geschlagen die Arme aus.

»Also gut, wir verschieben unsere Abreise bis übermorgen. Sobald wir auf der Landstraße sind, werde ich den Kutscher anweisen, so schnell wie möglich in die Hauptstadt zu fahren.«

»Ja, George, natürlich«, flüsterte Mariella. »Meine Tante und ich sind dir sehr dankbar.«

Als Lord Stanley sich in den männlichen Frieden der Bibliothek zurückgezogen hatte, konnte Mariella nicht widerstehen und kam sofort auf das Thema zu sprechen, das ihrem Herzen am nächsten war.

»Tante Emilia, Lord Darvill ist nicht mehr in Gefahr, verhaftet zu werden. Ich bin so glücklich, das zu hören.«

Lady Henlow nickte. »Soviel ich weiß, ist ein persönlicher Beauftragter des Prinzregenten gestern ganz im geheimen in Lynn eingetroffen und hat die Nachricht überbracht, daß Lord Darvill in keiner Weise mit den Spionen in Verbindung gebracht oder verhört werden darf.«

Mariella versuchte, unbefangen zu sprechen. »Dann stelle ich mir vor, daß er nicht mehr im Weißen Haus versteckt ist.«

»Nein, er ist letzte Nacht gegangen«, sagte Lady Henlow. »Aber er ist nicht direkt ins Darvill House gegangen. Heute hat er eine geheime Verabredung mit dem Beauftragen des Prinzregenten, und bespricht mit ihm die Angelegenheit.«

Mariella war vor Ungeduld so aufgeregt, daß sie kaum stillsitzen konnte. Da ihre Abreise von Lynn nun aufgeschoben war, hatte sie gehofft, an diesem Nachmittag ins Darvill House gehen und mit dem Grafen sprechen zu können. Aber sicher würde Lord Darvill nach seinem Treffen mit dem Beauftragten des Prinzregenten morgen nach Hause zurückkehren, dann muß ich eine Ausrede finden, um mich für ein paar Stunden vom Weißen Haus davonzustehlen.

Am nächsten Tag verließ Mariella in der Tat das Weiße Haus, aber sie kam nicht einmal in Sichtweite des Hauses Darvill.

»Ich habe heute mit den Vorbereitungen für unsere Abreise zu tun«, sagte Lord Stanley am Morgen zu ihr. »Da Mama immer noch unpäßlich ist, bin ich dankbar, wenn du sie in Melton Hall besuchst und dich bemühst, sie abzulenken. Ich fahre dich selbst hin und hole dich rechtzeitig am Nachmittag wieder ab, damit du dich für das Geburtstagsessen deiner Tante umziehen kannst.«

In Melton Hall kam sich Mariella in Lady Stanleys muffigem Schlafzimmer vor, als läge sie in Ketten.

Lady Stanley saß im Bett und wollte im einen Augenblick Pikett spielen, im nächsten die Zeitung lesen, im übernächsten vorgelesen bekommen; einmal war das Licht im Zimmer zu grell, dann zu düster. Ja, sie wollte versuchen, ein wenig Hühnchen zu essen ... nein, das Huhn war zu salzig und Mariella solle die Köchin beauftragen, ihr etwas Rindfleisch heraufzuschicken, sehr dünn geschnitten mit ganz milder Meerrettichsoße ...

Es hätte wenig gefehlt, und Mariella hätte eine Entschuldigung an den Haaren herbeigezogen und wäre zum Darvill House gelaufen.

Um vier Uhr holte Lord Stanley, wie er es versprochen hatte, Mariella ab, um sie nach Hause zu bringen. Unterwegs hielt er an und kaufte eine herrliche Perlenkette als Geburtstagsgeschenk für Lady Henlow.

Das Geburtstagessen im Weißen Haus war eine angenehme, wenn auch undramatische Feier, die für die beiden Damen verständlicherweise mit Trauer vermischt war.

Sie gingen früh zu Bett, und um zehn Uhr am nächsten Morgen stand Lord Stanley an der Eingangstür und drängte zum Aufbruch. Aber ihre Abreise verzögerte sich bis zum Nachmittag, denn Lady Melton war zu Nanny Phipps gefahren und kehrte erst spät nach Hause zurück.

Lady Stanley konnte natürlich nicht zulassen, daß es in Lynn und später in London hieß, es mangele ihr derartig an guter Erziehung, daß sie abreiste, ohne ihrer Gastgeberin für ihre freundliche Aufmerksamkeit während ihres Aufenthaltes zu danken.

Aber endlich war die ganze Gesellschaft versammelt, und nach einem tränenreichen Abschied von ihrer Tante stieg Mariella in die Kutsche und warf einen letzten Blick auf die Stadt, die sie so liebgewonnen hatte.

Lord Stanley schlief in der Kutsche sofort ein, als wolle er sich beim Aufwachen in London wiederfinden. Er empfand nichts von Mariellas Wehmut, als sie durch das südliche Stadttor auf die Straße fuhren, die in die Fens führte.

In ihre Gedanken über die wilde, ungezähmte Schönheit der mysteriösen Moorlandschaft vertieft, bemerkte Mariella nicht, daß die Dunkelheit rasch hereingebrochen war. Selbst als der Kutscher anhielt, um die Lampen anzuzünden, und dann die Pferde zu einer schnelleren Gangart antrieb, verharrte Mariella in ihrer eigenen Welt. Sie wollte nicht an London denken, an ihre Ehe und an alles, was vor ihr lag. Sie wollte immer hierbleiben, mitten in diesem Netzwerk der Wasserwege mit den großen Binsen, die sich in der winterlichen Brise wiegten.

Lady Stanley klagte über den Durchzug und bat darum, daß die Jalousien heruntergelassen würden. Deshalb bemerkte niemand, wie sich draußen die Landschaft veränderte. Aber der Kutscher, der versuchte, die Pferde durch einen weißen Schneesturm zu lenken, wischte sich den Schnee aus den Augen und fluchte. Innerhalb einer Stunde lag der Schnee fußhoch auf der Erde, und es gab kein Anzeichen dafür, daß der Schneesturm nachlassen würde.

Der Kutscher ließ schließlich die Pferde anhalten, stieg von seinem Bock und klopfte an die Kutschentür.

Lord Stanley war ärgerlich, weil man ihn aufgeweckt hatte, und er wurde noch zorniger, als er den Schnee draußen sah.

»Der Wind bläst mir direkt ins Gesicht, Sir, und ich sehe nicht genug, um die Pferde sicher zu lenken. Es sieht nicht so aus, als würde der Schneesturm nachlassen. Darf ich vorschlagen, daß wir die Nacht im *Schwarzen Schwan* verbringen?«

Wenn Lord Stanley allein gewesen wäre, hätte er wahrscheinlich sofort abgelehnt und darauf bestanden, daß sie weiterfuhren. Aber Lady Stanley, in ihre Pelze gehüllt, stöhnte leise.

»Ich muß mich hinlegen, George, und wenn es in diesem schrecklichen Gasthaus ist. Außerdem könnte es sein, daß die Pferde durchgehen und wir alle im Graben landen, wenn der Kutscher nichts sieht.«

Und so statteten Lord Stanley und Mariella im *Schwarzen Schwan* einen unerwarteten Besuch ab. Bei dem plötzlichen Wetterumsturz waren sie nicht die einzigen Reisenden, die sich in jener Nacht im Gasthaus zusammendrängten, und zu Lord Stanleys Ärger stellte er fest, daß die guten Zimmer sehr knapp waren. Der Wirt gab natürlich Lady Stanley das beste Zimmer im Haus, aber Mariella fand sich in einer kleinen Kammer über der Schankstube wieder.

Als sie gegessen und sich zurückgezogen hatten, konnte Mariella nicht einschlafen, teils weil es jetzt bitter kalt geworden war, und teils wegen des Lärms der von der Schankstube heraufschallte.

Selbst als die meisten Zecher betrunken waren, blieben immer noch ein paar übrig, die sich laut mit rauhen Stimmen unterhielten. Mariella versuchte, ihre Ohren zu verschließen, aber plötzlich hörte sie einen Namen, der sie im Bett aufsitzen und aufmerksam zuhören ließ.

»... trinkt aus, Freunde, die Nacht ist noch jung, und ich bin ein reicher Mann. Die Überschwemmung in Lynn war für manche Leute schlimm, aber ich habe gutes Geld dabei verdient. Man hat mir eine schöne Summe dafür bezahlt, daß ich die St.-Margarets-Kirche sauberputzen half. Jetzt ist sie trokken wie ein Knochen und auf Hochglanz für die Hochzeit, die in drei Tagen dort stattfinden wird.«

»Das ist doch der feine Herr aus London, Lord Stanley, nicht wahr?«

»Nein, der ist mit seiner hübschen Verlobten wieder nach

London aufgebrochen. Aber das macht nichts, unser Weibervolk wird trotzdem eine große Hochzeit erleben. Lord Darvill heiratet!«

»Was du nicht sagst! Wer ist seine Braut?«

»Die schöne Lady Clara. Meine Frau sagt, die beiden werden das schönste Paar, das die Grafschaft je gesehen hat.«

Mariella umklammerte ihren Bettrand, um sich zu zwingen, ruhig liegenzubleiben. Sie wäre am liebsten sofort die Treppe hinabgelaufen und hätte den Mann in der Schankstube gefragt: »Ist es wahr? Sind Sie sicher? Sie müssen falsch informiert sein. Es kann nicht wahr sein!«

Lord Darvill will Clara heiraten! Aber er hat gesagt, er liebe mich, dachte Mariella wie gelähmt. Als er mich am Red Mount küßte und mir seine Liebe erklärte, konnte er mich doch unmöglich getäuscht haben? Wie konnte er mich bitten, seine Frau zu werden, und jetzt Clara Melton einen Heiratsantrag machen?

Trotz der Kälte im Zimmer wurde es Mariella heiß. Sie steckte ihre Hände in den Wasserkrug und benetzte ihr Gesicht mit dem kalten Wasser.

Clara mit Lord Darvill verheiratet! Clara in seinen Armen. Sie hob ihr Gesicht, um von ihm geküßt zu werden. Sie seufzte in seiner leidenschaftlichen, intimen Umarmung. Ich kann es nicht ertragen, sagte sich Mariella. Ich kann mich mit der Vorstellung nicht abfinden. Und warum nicht? Weil ich Lord Darvill liebe!

Verflogen waren die Zweifel, die Befürchtungen, die Ängste, die ihr Urteil umnebelt hatten. So groß war ihr Schmerz bei der Vorstellung, daß Lord Darvill Clara heiraten könnte, daß Mariella ohne den Schatten eines Zweifels wußte, daß dies der Mann war, dem sie mit Leib und Seele gehörte. Er durfte keine andere Frau heiraten! Er gehörte ihr, sie liebte ihn!

Aber du hast deine Chance verpaßt, Mariella, sagte sie sich. Er hat dir gesagt, daß er dich liebt, er hat dich gebeten, seine Frau zu werden, und anstatt in seine Arme zu fliegen, hast du gezögert. Du hättest wissen sollen, von dem Augenblick an, als seine Lippen die deinen berührten und du in seinen Armen lagst, daß du ihn liebst. Aber trotzdem hast du gezaudert, und jetzt hast du ihn an Clara Melton verloren. Er wird Clara heiraten, und du wirst nach London zurückkehren und George heiraten.

Nein! Mariella warf sich unruhig auf dem Bett hin und her. Ich kann George nicht heiraten. Ich liebe ihn nicht. Ich habe ihn nie geliebt. Ich war es gewöhnt, daß er mich beschützt und führt, und das mißverstand ich als Liebe. Ich empfinde natürlich Sympathie für ihn, aber das ist nicht zu vergleichen mit dem überwältigendem, leidenschaftlichen Verlangen, das ich nach Lord Darvill habe. Dies ist der Prüfstein: Ich kann mir ohne Schmerz vorstellen, daß George ein anderes Mädchen heiratet, aber der Gedanke daran, daß Lord Darvill eine andere liebt, versetzt mich in Verzweiflung.

Er kann Clara nicht wahrhaft lieben. Ich glaube es nicht. Irgendwie muß sie ihn zu dieser Heirat verführt haben. Wenn ich an jenem Tag am Red Mount nur nicht gezögert hätte. Da ich verlobt war, ließ er mir die Wahl. »Komm zu mir, wenn du sicher bist«, hatte er gesagt. Und die Ereignisse hatten sich gegen uns verschworen und es unmöglich gemacht, miteinander Kontakt aufzunehmen. Jetzt wird er Clara heiraten und nicht mich!

Jedesmal, wenn sie an Clara dachte, war es für Mariella wie ein Dolchstoß. Sie lag wach und marterte sich, wenn sie sich das Paar vorstellte: Lord und Lady Darvill, glücklich in ihrem schönen Haus; Lady Darvill, deren Porträt über der Treppe hing; Lord Darvill, der am Bild seiner Frau vorbeiging und in ihr Schlafzimmer, sie in die Arme nahm und ihr Gesicht, ihren Hals, ihren Busen mit Küssen bedeckte.

»Nein!« rief Mariella und sprang aus dem Bett. »Nein, nein, nein! Ich liebe diesen Mann. Jeder Zoll von mir sehnt sich nach ihm. Es ist noch Zeit, die Hochzeit zu verhindern, denn sie soll erst in ein paar Tagen stattfinden. Ja, ich werde ihn zurückerobern. Ich will ihn heiraten!«

Entschlossen zog Mariella die Vorhänge zurück. Draußen brach die Dämmerung an und warf einen zauberhaften, perligen Schimmer auf den frischen, weißen Schnee. Aber diesmal hatte Mariella keinen Blick für die Schönheit. Sie blickte wie gebannt über die verschneiten Wege und die zugefrorenen Kanäle und sagte sich, daß es, bis das nächste Tauwetter einsetzte, unmöglich wäre, das Gasthaus zu verlassen. Sie war hier gefangen, und in drei Tagen wollte Lord Darvill heiraten.

Zwölftes Kapitel

Einen Augenblick erfaßte sie Verzweiflung, aber dann erschien vor ihr ein Bild von Lord Darvill... groß, stattlich, mit jenen saphirblauen Augen, die sie mit Verlangen erfüllten.

Sie warf ihr goldenes Haar zurück.

»Ich gebe mich nicht geschlagen! Weder Schnee noch Eis werden mich daran hindern, zu dem Mann zu gehen, den ich liebe!«

Schon formte sich in ihrem Kopf ein Plan. Aber zuerst mußte die Sache mit George geregelt werden. Sie konnte das Gasthaus nicht verlassen, ohne ihm mitzuteilen, daß sie ihre Verlobung löste. Sie wußte, daß sie ihm eigentlich direkt gegenübertreten sollte, aber es war sehr früh am Morgen und er schlief wahrscheinlich noch tief. Es war schlimm genug für einen Mann, dachte Mariella, mit der Mitteilung aufgeweckt zu werden, daß seine Verlobte ihn verließ. Aber George hatte am Morgen immer einen schweren Kopf und würde die Nachricht besonders übel aufnehmen. Er würde wüten und toben. Man würde zweifellos auch Lady Stanley wecken, damit sie George beistand. Angenommen, dachte Mariella entsetzt, angenommen, sie schließen mich ein, weil sie glauben, ich hätte vorübergehend den Verstand verloren?

Nein, beschloß sie, dieses Risiko darf ich nicht eingehen. Es steht zuviel auf dem Spiel. Meine ganze Zukunft steht auf dem Spiel. Ich kann nicht zulassen, daß George und seine Mutter meine Pläne durchkreuzen.

Hastig nahm sie ihr Schreibzeug aus ihrem Handkoffer, setzte sich hin und schrieb:

Lieber George,
es fällt mir schwer, diesen Brief zu schreiben, und ich kann mir vorstellen, wie zornig Du wirst, wenn Du ihn liest. Aber ich schulde Dir Offenheit.

Nach vielem Nachdenken habe ich erkannt, daß ich Dir nicht die Frau sein kann, die Du verdienst. Deshalb kann ich nicht mit Dir nach London zurückkehren. Ich gebe zu, daß ein anderer Mann mein Herz gewonnen hat. Wenn Du diese Zeilen liest, bin ich auf dem Weg zu ihm.

Bitte verzeih' mir und glaube mir, daß ich für all die Hilfe, die Du mir zuteil werden ließest, sehr dankbar bin. Ich weiß, Du wirst mich für töricht und eigensinnig halten, aber ich kann Dir niemals die Frau sein, die Du Dir wünschst.

Mariella

Mariella mußte zugeben, daß es kein sehr elegant formulierter Brief war, aber in der kurzen Zeit, die ihr zur Verfügung stand, war es das einzige, was sie aufsetzen konnte. Es hat keinen Zweck, George zu sagen, er sei besserwisserisch, langweilig und herrisch, dachte sie. Er kann nichts dafür, daß er so ist. Es ist viel besser, wenn ich die Schuld auf mich nehme und betone, daß ich seiner nicht wert bin.

Sie hatte gezögert, ob sie Lord Darvill als den Mann nennen sollte, den sie liebte, aber die Feindseligkeit, die Lord Stanley gegenüber dem Grafen empfand, war so groß, daß Mariella glaubte, es wäre besser, in diesem Stadium nicht noch Öl in das Feuer von Georges Zorn zu gießen. Hoffentlich wird er hundert Meilen entfernt in London sein, wenn er die Wahrheit herausfindet.

Mariella vermutete auch, daß es George nach seiner Rückkehr nach London an weiblicher Gesellschaft nicht mangeln wird.

Während sie Lady Stanley in Melton Hall gepflegt hatte, war sie überrascht gewesen von ihr zu hören, daß viele Menschen in der Hauptstadt die Ankündigung seiner Verlobung mit einer anderen Dame erwartet hatten.

»Aber statt dessen wählte er dich«, hatte Lady Stanley gesagt. »Lady Selina Torrington war sehr enttäuscht, und ich höre, daß sie George bis heute noch nicht vergessen hat.«

Ich wünsche euch beiden alles Gute, dachte Mariella und zog ihren hermelinbesetzten Mantel an. Leise ging sie nach unten und bat den Wirt, ihren Brief Lord Stanley zu übergeben, sobald dieser aufgestanden war. Dann ging sie zur Hinterseite des *Schwarzen Schwans.* Obwohl es noch sehr früh war, herrschte in der Küche bereits Leben wie in einem Bienenstock, und es roch verführerisch nach frischem Brot.

Sie ignorierte die erstaunten Blicke des Personlas und sprach ein dunkelhaariges Küchenmädchen an, das ungefähr so groß war wie sie selbst. Nach ein paar Minuten lächelten beide Mädchen glücklich, und das Küchenmädchen steckte strahlend Mariellas Silbermünze in die Tasche.

Fünf Minuten später saß Mariella auf einem Baumstumpf neben dem zugefrorenen Kanal und aß einen Kanten frischgebackenes Brot mit scharfem Käse. Sie wußte, daß sie die Stärkung brauchte, denn sie hatte einen langen, anstrengenden Weg vor sich. Sie zerstreute die restlichen Brotkrümel für die Vögel und zog die Schlittschuhe des Küchenmädchens an. Sie paßten ihr genau.

Als Mariella auf das Eis ging, konnte sie sich die wütenden Argumente Lord Stanleys vorstellen, wenn er gesehen hätte, was sie vorhatte.

»Bist du ganz und gar verrückt geworden, Mariella? Willst du mir im Ernst sagen, daß du über die zugefrorenen Kanäle den ganzen Weg zurück nach King's Lynn auf Schlittschuhen laufen willst? Weißt du nicht, wie weit das ist?«

»George, ich weiß, daß ein guter Schlittschuhläufer eine Meile in vier Minuten schafft. Ich werde natürlich viel länger brauchen, denn ich bin ein Neuling auf dem Eis, aber ich werde mich häufig ausruhen.«

Dann hörte sie Lady Stanleys herausfordernde Stimme:

»Du besitzt die Unverschämtheit, mir zu sagen, daß du meinen Sohn und alles, was eine Verbindung mit der illustren Familie Stanley dir zu bieten hat, aufgibst wegen eines Mannes, von dem es heißt, er habe seinen Vater ermordet?«

»Ich glaube diese Gerüchte nicht. Mit meinen eigenen Augen habe ich gesehen, daß Lord Darvill zu seinen Mitmenschen freundlich und hilfsbereit ist. Außerdem würde der Prinzregent nicht selbst Lord Darvill für eine wichtige Aufgabe ausgewählt haben, wenn es wahr wäre, daß er kaltblütig seinen Vater ermordet hat.«

»Mariella, ich bestehe darauf, daß du mir zuhörst!«

»Mariella, wie kannst du dich so widerspenstig und eigensinnig betragen!«

Nein, dachte Mariella mit geröteten Wangen und funkelnden Augen, nein, ich höre dir nicht zu, George. Denn endlich habe ich den Mut gefunden, nur auf mein Herz zu hören.

Sie verdoppelte die Anstrengung und fuhr auf ihren Schlittschuhen wütend weiter, bis das zornige Echo der Stanley-Stimmen abstarb. Sie behielt die Kapuze ihres Mantels auf, um ihre Ohren gegen die beißende Kälte zu schützen und ihre Augen vor dem hellen Sonnenschein.

Sie war sich bewußt, daß sie alles andere als eine gute Schlittschuhläuferin war, aber sie wußte auch, daß es wichtig für sie war, nicht zu schnell an einem Stück zu fahren, um nicht zu rasch zu ermüden. Deshalb setzte sie sich Ziele. Sie würde bis zur nächsten Flußbiegung fahren oder bis zum nächsten hohen Schilf, dann innehalten und sich ausruhen.

Der Himmel war klar und blau, und sie wußte, daß an diesem Tag kein Schnee mehr fallen würde.

Während ihres Aufenthaltes in Lynn war Mariella von der Schneelandschaft bezaubert gewesen, aber jetzt betrachtete sie diese mit besonderer Zuneigung. Hätte nicht der plötzliche Schneesturm eingesetzt, dachte sie, dann wären wir jetzt schon auf halbem Weg nach London. Wir wären nicht im *Schwarzen Schwan* eingekehrt, und ich hätte nie von Lord Darvills Absicht erfahren, Clara Melton zu heiraten.

Clara. Mariella wollte dem Mädchen nicht erlauben, in ihre Gedanken einzudringen. Nicht, als ob ich etwas gegen Clara persönlich hätte. Sie ist ein ruhiges, angenehmes Mädchen. Ehe ich mir meiner Gefühle für Lord Darvill bewußt wurde, habe ich Clara gemocht. Aber seitdem mir klar ist, daß ich Lord Darvill liebe, betrachte ich Clara als Rivalin. Ich werde gegen dich um ihn kämpfen, Clara. Ich werde bis zum letzten Atemzug kämpfen.

Als Mariella über das Eis lief, dachte sie, was für ein Glücksgefühl es war, nun zu wissen, welchen Mann sie heiraten sollte. Ich habe mir zuviel Zeit gelassen, mich zu entscheiden, sagte sie sich. Es war mein eigener, törichter Fehler, und jetzt bezahle ich dafür. Aber ich weiß jetzt, daß ich Lord Darvill liebe, und wenn ich nicht Schlittschuh liefe, würde ich vor Glück und Freude tanzen und singen.

Es war spät am Vormittag, als sie müde, aber glücklich die Kirchturmspitzen von Lynn vor sich aufsteigen sah. Noch vor wenigen Minuten hatte sie gefürchtet, daß ihre schmerzenden Füße sie nicht mehr tragen würden. Aber da Lynn in Sichtweite war, konnte sie plötzlich ihre Geschwindigkeit noch steigern, um die letzten paar Meilen bis zur Stadt hinter sich zu bringen.

Am Ufer fuhr ein Wasserträger mit seinem Pferdekarren vorbei.

Mariella rief ihn an. »O bitte, könnten Sie mich zum Weißen Haus fahren? Ich habe keine Schuhe dabei, und in Schlittschuhen über das Kopfsteinpflaster zu gehen, ist nicht sehr einfach.«

Der Wasserträger lachte und half ihr in seinen Wagen.

»Ich habe nicht jeden Tag das Vergnügen, eine schöne Dame zu befördern. Aber heute kommen wirklich ein paar außergewöhnliche Erlebnisse zusammen.«

»Wirklich?« fragte Mariella und setzte sich erleichtert auf den knarrenden Sitz.

Der Mann knallte mit der Peitsche. »Als ich heute früh meine erste Runde machte, irrte ein Mann im Schnee herum. Es war ein Ausländer, und er war völlig durchgefroren. Er kam im Schneesturm über die Fens und trug nur Hosen und einen mit Borten besetzten Mantel. Er war halb zu Tode gefroren. Deshalb brachte ich ihn direkt in das Vine-Hotel und sagte dem Wirt, er soll ihm etwas zu essen und ein warmes Bett geben.«

Ein Bett, dachte Mariella. Wie schön wäre es jetzt, unter die warme Daunendecke im Weißen Haus zu schlüpfen. Aber sie mußte unverzüglich in das Darvill House. Sie konnte später schlafen, wenn sie mit Lord Darvill gesprochen hatte.

Als sie sich von dem freundlichen Wasserträger verabschiedete und die Stufen zum Weißen Haus hinaufging, fragte sich Mariella, wie sie ihrer Tante ihre unerwartete Rückkehr erklären sollte. Sie wußte, wenn sie vor Tante Emilia ihre Liebe zu Lord Darvill eingestand, würde diese darauf bestehen, daß Mariella ihr sofort die ganze Geschichte erzählte. Aber Mariella hatte im Augenblick keine Zeit für Erklärungen, das mußte warten.

Das Glück war auf Mariellas Seite, denn Mrs. Gordon teilte Mariella mit, daß Lady Henlow zum Einkaufen in Lynn war. Erleichtert lief Mariella die Treppe hinauf, um sich umzuziehen. Wegen ihrer übereilten Abreise aus der Stadt war die meiste Garderobe im Weißen Haus zurückgeblieben und sollte von einem Dienstmädchen gepackt und ihr nach London nachgeschickt werden.

Mariella nahm sich Zeit, ihre Kleidung sorgfältig auszuwählen. So begierig sie darauf war, Lord Darvill wiederzusehen, wollte sie möglichst gut aussehen, zumal er sie nun mit ihrer Rivalin, Clara, vergleichen würde.

Sie wählte ein einfaches Kleid aus tief lavendelfarbenem Samt, das ihre veilchenblauen Augen noch betonte. Außer einem goldenen Medaillon trug sie keinen Schmuck, und ihr Haar kämmte sie zu einem Kranz offener Locken. Die frische Luft und das Schlittschuhlaufen hatten ihrem makellosen Teint Farbe gegeben, und ihre schönen Augen strahlten vor Erregung, Erwartung und Liebe. Als sie das glückliche Mädchen im Spiegel betrachtete, wußte Mariella, daß sie Lord Darvill zurückerobern würde, daran hatte sie keinen Zweifel.

Sie zog einen tiefblauen Mantel an und bat darum, daß man ein Pferd für sie sattelte. Im hellen Sonnenschein ritt sie durch die verschneiten Straßen von Lynn zum Darvill House.

Während sie die lange, gewundene Einfahrt hinaufritt, konnte sie ein Lächeln nicht unterdrücken, als sie über den zugeforenen See blickte, auf dem Lord Darvill ihr das Schlittschuhlaufen beigebracht hatte. Wenn er es nicht getan hätte, wäre ich jetzt nicht hier, denn dann hätte ich keine Möglichkeit gehabt, aus dem *Schwarzen Schwan* zu entrinnen.

Ihr Herz schlug heftig vor Erregung, als sie das Pferd vor der Eingangstür zügelte. Wie, wenn er jetzt nicht zu Hause ist, dachte sie. Vielleicht ist er in Melton Hall bei Clara? Könnte es sein, daß alles umsonst war? Aber der Diener, der ihr das Pferd abnahm, sagte ihr, Lord Darvill sei in seiner Bibliothek.

Als sie hinter einem zweiten Diener durch die herrliche Halle eilte, war Mariella so nervös, daß sie von Kopf bis Fuß zitterte. Nur noch eine Minute, und dann würde sie dem Mann gegenüberstehen, den sie liebte. Wie würde er auf ihre unerwartete Ankunft reagieren?

»Miß Mariella Ward, Mylord.«

Lord Darvill, der am Fenster gestanden hatte, fuhr herum. Als er Mariella unter der Tür stehen sah, wurde er so ernst, als würde er einen Geist sehen. Dann verdunkelten sich seine Augen, und er kam auf sie zu.

»Mariella! Mein Gott, ich fürchtete schon, ich würde dich nie wiedersehen.«

In Sekunden war Mariella bei ihm und lag in seinen Armen. Während der langen Fahrt durch das wilde Moor hatte sie immer wieder die Worte geprobt, die sie in diesem Augenblick sagen würde. Aber jetzt, wo sie in seinem Armen lag, sprudelte sie leidenschaftlich heraus:

»Du hast gesagt, ich soll kommen, wenn ich weiß, daß ich dich liebe. Du sagtest, ich habe die Wahl. Wir brachen gestern nach London auf, um dort zu heiraten. Aber heute nacht wurde mir klar, daß ich George nicht heiraten kann. Ich liebe dich mit meinem ganzen Herzen und meiner ganzen Seele.«

Und da sagte er die Worte, nach denen Mariella sich gesehnt hatte:

»Mariella, meine Liebe, meine einzige Liebe!«

Strahlend hob sie ihr Gesicht, damit er sie küßte, aber er nahm ihr den Mantel ab und zog sie neben sich zu einem ledernen Armsessel.

Er fuhr ihr mit den Händen durch das Haar und strich ihr dann zärtlich über das Gesicht. »So vieles ist geschehen, seit ich dich das letzte Mal gesehen habe. Hast du gedacht, ich hätte dich im Stich gelassen, als ich untertauchen mußte?«

»Ich wußte nicht, was ich davon halten sollte. Als ich hörte, daß du im Zusammenhang mit den drei Spionen gesucht wirst, wußte ich natürlich, daß du unschuldig warst und kein Verräter. Aber da du gehört haben mußtest, daß ich George in der St.-Margarets-Kirche heiraten sollte, konnte ich nicht verstehen, weshalb du nicht gekommen bist, um mich davon abzuhalten. Selbst du hast nicht wissen können, daß die Kirche an jenem Tag wunderbarerweise überschwemmt sein würde.«

Er lächelte und schloß sie in seine Arme. »Es war auch für mich eine Zeit großer Qual. Ich wollte mit dir sprechen und dich davon überzeugen, daß jedes Wort ernst gemeint war, das ich dir am Red Mount gesagt hatte. Aber wegen der unglückseligen Geschichte mit den drei Spionen mußte ich mich verstecken, bis ich nach London Nachricht geben und den Prinzregenten bitten konnte einzugreifen. Ich wagte es nicht, dir über Lady Henlow eine Nachricht zu schicken. Ich war schon besorgt genug darüber, daß sie in das Geheimnis eingeweiht war. Hätte sie gewußt, daß wir einander lieben, ich fürchte, sie hätte es nicht für sich behalten können. Aber ich hätte es niemals zugelassen, daß du Lord Stanley heiratest. Wenn die Kirche nicht überflutet worden wäre, dann wäre ich ins Weiße Haus gekommen und hätte dich entführt.«

»Aber...«

Seine Lippen berührten leicht ihren Mund, dann fuhr er lachend fort: »Ich habe dabei nur eines übersehen: die natürliche weibliche Intuition, die ihr Frauen zu haben scheint, wenn zwei Menschen sich lieben.«

Mariella machte große Augen. »Willst du damit sagen, daß meine Tante von unserer Liebe weiß?«

»Ja. Ich glaube, sie wußte es noch vor dir, Mariella.«

»Oh, necke mich nicht«, sagte Mariella. »Tief in meinem Herzen wußte ich natürlich, daß ich dich liebe.« Ich wäre sonst nicht so gefesselt und fasziniert gewesen von jedem Wort das er sprach und von allem, was er tat, dachte sie.

»Die arme Lady Henlow«, sagte Lord Darvill lächelnd, »sie erzählte mir gestern von ihrem Komplott, um dich so lange wie möglich in Lynn zurückzuhalten. Sie behauptete sogar, sie habe Geburtstag, nur um dich noch eine Nacht länger im Weißen Haus zu haben. Nanny Phipps beteiligte sich am

Komplott, indem sie Lady Melton stundenlang in ihrem Haus zurückhielt, als die Dame sie besuchte.«

»Ja, George war wütend!« sagte Mariella lachend. »Aber Lady Stanley wollte Melton Hall nicht verlassen, ohne sich verabschiedet zu haben.«

Lord Darvill nahm ihre Hände. »Und du, Mariella, weshalb bist du zurückgekommen, nachdem dein Verlobter mit dir abgereist war?«

»Ich... ich war in dem Gasthaus... und...«

Mariellas Stolz erlaubte ihr nicht, über Clara zu sprechen.

»Ich erkannte, daß ich dich liebe, und daß ich ohne dich nicht leben kann.« Sie sah in die flackernden Flammen des Feuers und sagte: »Aber warum hast du mich mit George abreisen lassen? Du sagtest, wenn die St.-Margarets-Kirche nicht überflutet worden wäre, hättest du mich entführt, um die Hochzeit zu verhindern, und doch hast du nicht verhindert, daß ich Lynn mit George verließ.«

Er schwieg. Sie blickte auf und sah ihm in die Augen.

Leise und sehr ernst sagte er: »Mariella, ich liebe dich mehr als mein Leben. Du bist alles, was ich mir je von einer Frau gewünscht habe, und wenn ich frei wäre, würde ich dich noch heute zu meiner Frau machen.«

»Wenn... wenn du frei wärst?« flüsterte Mariella.

Er schloß für einen Augenblick die Augen und sagte dann: »An jenem Tag auf dem Red Mount, als ich dich bat, mich zu heiraten – ja, da war ich frei. Aber seit jenem Tag haben sich die Ereignisse gegen mich verschworen... gegen uns. Ich liebe dich, Mariella, aber ich kann dich nicht heiraten.«

Mit trockenen Lippen zwang sich Mariella zu fragen: »Heiratest du eine andere?«

»Ja, Clara Melton wird meine Frau.«

»Clara! Aber wie kannst du sie heiraten, wenn du sie nicht liebst? Das kann doch nicht wahr sein, nein, das kann nicht sein.«

Außer sich vor Eifersucht schlug sie mit den Fäusten an seine Brust und wollte, daß er die Worte zurücknahm, daß er ihr sagte, Clara Melton würde nicht seine Frau werden.

Lord Darvill zog sie an sich: »Ich gebe mir selbst die Schuld,

Mariella, daß ich es dir nicht gleich gesagt habe, als du in die Bibliothek gekommen bist. Aber als ich dich in der Tür stehen sah, verließ mich alle Vernunft, und es war mir unmöglich, dich nicht in die Arme zu nehmen.«

Zornig stieß Mariella ihn von sich. »Du spielst mit mir! Wie konntest du das tun? Eben sagtest du noch, daß du mich liebst. Und doch willst du eine andere heiraten?«

Er lehnte sich in dem tiefen Ledersessel zurück.

»Du bist mit Recht zornig, aber ich versichere dir, dies war kein Spiel. Ich wünschte, es wäre eines gewesen.«

Er stand auf und ging zu der Cognacflasche, die auf dem Nußbaumtisch stand. Er schenkte zwei Gläser ein und reichte eines davon ihr.

»Komm, trink! Du wirst eine Stärkung brauchen, denn die Geschichte, die ich zu erzählen habe, ist nicht schön.«

Mariella fröstelte trotz der Wärme des Cognac und des Feuers. Sie wollte nicht hören, was er ihr zu erzählen hatte. Sie wollte nur, daß die Zeit vor fünf Minuten stillgestanden wäre, als er sie in die Arme genommen und ihr gesagt hatte, sie sei seine einzige Liebe.

Unruhig ging Lord Darvill in der Bibliothek auf und ab.

»Um es kurz zu machen, meine Geliebte, mir bleibt keine andere Wahl, als Clara Melton zu heiraten. Ihre Tante, Lady Melton, erpreßt mich. Nachdem du nach London abgereist warst, kam sie zu mir und sagte, es käme nicht in Frage, daß ich dir nachreise und dich als meine Frau zurückbringe, denn das war genau das, was ich vorhatte.«

»Womit erpreßt sie dich? Hat es etwas mit den drei Spionen zu tun?« fragte Mariella ängstlich. Sie hatte Lady Melton noch nie gemocht, aber daß diese zu einer Erpressung fähig war, die Idee war zu fantastisch.

Lord Darvill schüttelte den Kopf. »Nein, es hat nichts mit den Spionen zu tun. Die ganze Geschichte geht auf jene schreckliche Nacht zurück, in der mein Vater starb. Wie du weißt, hat es in Lynn viel Gerede darum gegeben, und man hat mich selbst verdächtigt, meinen Vater erschossen zu haben.«

»Ja, das wußte ich«, sagte Mariella. »Und ich erinnere mich

daran, daß ich es zuerst von Lady Melton selbst gehört habe.«

»Das wundert mich nicht«, sagte Lord Darvill. »Es lag in ihrem Interesse, das Gerücht zu schüren und es nicht in Vergessenheit geraten zu lassen.«

»In ihrem Interesse? Warum?« fragte Mariella verwirrt.

»Weil sie wußte, daß sie mich in der Hand hatte, wenn sie gewisse Tatsachen ans Licht brachte.«

Eine schreckliche Vorahnung überkam Mariella. Was für Tatsachen meinte er, und – was noch wichtiger war – was hatte Lord Darvill bei den Ereignissen jener Nacht für eine Rolle gespielt, als sein Vater starb?

Lord Darvill stand neben dem Kamin.

»Es ist in Lynn, ja sogar in ganz Norfolk ein offenes Geheimnis, daß mein Vater und ich nie gut miteinander auskamen. Ich verabscheute ihn wegen der Art, wie er meine Mutter behandelte. Sie war eine zarte, tugendhafte Frau und in ihrer Jugend sehr schön gewesen. Mein Vater war ständig grob und unfreundlich zu ihr.«

»Warum hat sie ihn dann geheiratet?« fragte Mariella leise.

Lord Darvill erwiderte mit einem bitteren Lächeln: »Mein Vater konnte mit seinem Charme die Vögel von den Bäumen herunterlocken, wenn er es sich in den Kopf gesetzt hat. Und genau das hat er getan, als er um meine Mutter warb, denn sein eigener Vater hatte den größten Teil des Familienvermögens verspielt, und er mußte eine reiche Erbin heiraten. Sobald er meine Mutter und ihr Geld hatte, vernachlässigte er sie.«

»Waren da... andere Frauen?« fragte Mariella.

Er nickte. »Ich war sieben Jahre alt, als ich meinen Vater im Heustadel mit einer Wäscherin entdeckte. Das war nur eine von vielen Affären. Meine Mutter wußte natürlich davon und war tief verletzt. Aber wenn sie darüber mit meinem Vater sprach, wurde er gewalttätig.«

»Er hat sie geschlagen?« rief Mariella entsetzt.

»Als ich älter und stärker wurde, habe ich natürlich eingegriffen, und es gab zwischen meinem Vater und mir häßliche Szenen. Oft beschwor ich meine Mutter, ihn zu verlassen.

Aber das wollte sie nicht. Sie glaubte, eine Ehe müsse ein ganzes Leben lang andauern, und ich vermute, sie hoffte, daß er sich eines Tages ändern würde. Um alles noch schlimmer zu machen, gab er sich am Morgen nach solchen Szenen reumütig und schwor, daß es nie wieder vorkommen würde, daß er sie über alles liebe und sich ändern wolle. Sie glaubte ihm, weil sie ihm glauben wollte.«

Mariella stellte ihr Glas ab. »Aber sicher hat doch jedermann in Lynn gewußt, was hier im Darvill House vor sich ging?«

»Anscheinend nicht«, erwiderte Lord Darvill. »Meine Mutter hat nie ein Wort von ihrem Unglück verlauten lassen. Und auch das Personal, das seit Jahren bei der Familie war, bewahrte Stillschweigen. Ich habe keinen Zweifel daran, daß die Tändeleien meines Vaters mit den Wäscherinnen allgemein bekannt waren. Aber da sich meine Mutter nie über diese Liebschaften beschwerte, nahm jedermann an, sie drücke ein Auge zu und es wäre ihr völlig gleichgültig.«

»Aber das war es nicht«, sagte Mariella. »Ich bin sicher, wenn mein Mann mir untreu wäre, würde ich sowohl ihn, als auch die Frau mit bloßen Händen umbringen.«

Ein unnatürliches Schweigen herrschte nach Mariellas leidenschaftlicher Erklärung in der Bibliothek.

Dann sagte Lord Darvill ruhig: »Ja, letzten Endes war es genau das, was meine Mutter versucht hat.« Er schob sich eine dunkle Haarlocke aus der Stirn und fuhr leise fort: »Ich war nur am Ende dieser letzten, tragischen Konfrontation zwischen ihnen dabei. Ich war draußen auf dem Land gewesen, und als ich nach Hause kam, hörte ich im Blauen Salon laute Stimmen, dann einen Pistolenschuß. Ich rannte hinein. Mein Vater lag tot auf dem Fußboden und meine Mutter hielt die Pistole in ihren zitternden Händen. Eine Lampe war umgefallen, und die Vorhänge standen in Flammen.«

Der Graf schenkte sich noch einen Cognac ein. »Meine Mutter hatte meinen Vater mit seiner Geliebten überrascht und ihn erschossen.«

»Und was geschah mit der Frau?« fragte Mariella leise.

»Sie entkam durch das offene Fenster. Der Wind entfachte

die Flammen und löste einen Brand aus, so daß ein Teil des Hauses völlig niederbrannte. Aber meine größte Sorge galt meiner Mutter. Ich nahm ihr die Pistole aus der Hand und wies sie an, sofort zu Nanny Phipps zu gehen und dort auf meine Anweisungen zu warten. Schließlich arrangierten wir für sie eine Reise nach Italien, wo sie in Sicherheit wäre. Ich legte die Pistole neben meinen Vater, und als die Dienstboten angerannt kamen, sagte ich ihnen, er habe Selbstmord begangen. Nur wenige Menschen glaubten mir natürlich, aber sie konnten nie etwas anderes beweisen.«

»Und natürlich konntest du nicht die Wahrheit sagen, um deine Mutter nicht zu belasten«, murmelte Mariella.

»Ja, und bis jetzt ist es mir auch gelungen, sie aus der Sache herauszuhalten. Aber durch den losen Mund eines Dienstboten behauptet Lady Melton erfahren zu haben, was in jener Nacht wirklich geschah. Sie droht, die Behörden zu benachrichtigen und meine Mutter aus Italien holen und wegen Mordes an meinem Vater vor Gericht stellen zu lassen. Das will ich nicht zulassen. Meine Mutter würde eine solche öffentliche Verhandlung nicht überstehen. Ich kann nicht erlauben, daß sie einer solchen Schicksalsprüfung ausgesetzt wird.«

Mühsam sagte Mariella: »Und als Gegenleistung für ihr Schweigen bietet dir Lady Melton ihre Nichte Clara als Braut an.«

»Ja.« Lord Darvill lächelte bitter. »Ich fragte sie, warum sie unbedingt ihren Familiennamen mit dem meinen verbinden wolle, und sie sagte mir ganz offen, daß sie das Weiße Haus besitzen möchte.«

»Das Weiße Haus?« rief Mariella verblüfft.

Er nickte.

»Wie du weißt, entspricht es meiner Familientradition, daß meine Braut darüber entscheidet, wer im Weißen Haus wohnt. Da Clara Melton sich so leicht von ihrer Tante beeinflussen läßt, würde Lady Melton ihre Nichte dazu überreden, ihr die Schlüssel des Weißen Hauses zu übergeben.«

»Aber warum will sie das Haus haben?« fragte Mariella. »Melton Hall ist eine der eindrucksvollsten Residenzen in der ganzen Grafschaft! Das Weiße Haus ist nichts im Vergleich dazu.«

»Ich habe meinen Verdacht«, sagte Lord Darvill, »aber im Augenblick ist es klüger, wenn ich noch nicht darüber spreche.« Er blickte zu Mariella hinüber und sah, wie ihr blonder Kopf vor Müdigkeit auf ihre Brust sank. Sofort war er an ihrer Seite.

»Mein Liebes, du bist erschöpft«, sagte er zärtlich. »Ich war so überwältigt, als ich dich sah, daß ich dich gar nicht fragte, wie du vom *Schwarzen Schwan* hierhergekommen bist.«

»Auf Schlittschuhen«, murmelte Mariella schläfrig.

»Auf Schlittschuhen?«

»Ich war nicht der einzige Mensch, der sich durch Eis und Schnee durchgekämpft hat«, sagte Mariella. Sie lehnte ihren Kopf an seine Schulter. »Der Wasserträger erzählte mir von einem Mann, einem Ausländer, der sehr unpassende Kleidung trug und so durchgefroren war, daß der Wasserträger ihn erst einmal im Vine-Hotel absetzte.«

Ihre Stimme starb und sie schlief ein. So kam es, daß sie seine freudige Miene nicht wahrnahm. Er hob sie auf und küßte sie mit einer solchen Zärtlichkeit auf den Mund, daß Mariella im Schlaf lächelte. Dann trug er sie die Treppe hinauf und wies die Haushälterin an, auf sie zu achten, bis sie aufwachte.

Lord Darvill ließ sich rasch ein Pferd satteln und galoppierte nach Lynn.

Als Mariella aufwachte, war es sowohl in dem Zimmer, in dem sie lag, als auch in den Tiefen ihrer Seele Nacht. Die Haushälterin zündete die Lampen an und holte etwas zu essen, aber Mariella wußte, daß sie nichts davon anrühren würde.

Lord Darvill würde Clara heiraten! Sie hatte es aus seinem eigenen Mund gehört.

Aber was hatte er für eine Wahl, dachte sie. Lady Melton erpreßt ihn und droht, seine Mutter der öffentlichen Demütigung auszusetzen, wenn er sich weigert, ihre Nichte zu heiraten.

Mariella sank in ihre Kissen zurück. Ihre Augen füllten sich mit Tränen. »Ich dachte, ich könnte ihn zurückgewinnen«, flüsterte sie, »aber trotz seiner Liebe zu mir kann er mich nicht heiraten. Ich habe keine andere Wahl als die bittere Pille der Niederlage zu schlucken.«

Sie schlug die Hände vor das Gesicht. Was wird nun aus mir, dachte sie. Sie konnte nicht mehr zurück nach London und George gegenübertreten. Und ebensowenig konnte sie in King's Lynn bleiben, in unmittelbarer Nähe des Mannes, den sie liebte, der aber eine andere heiraten mußte.

Und was wird aus Tante Emilia, wenn Lady Melton ihr Ziel erreicht und das Weiße Haus bezieht? Es gibt natürlich andere Häuser in Lynn, aber Tante Emilia wird bekümmert sein, wenn sie erfährt, daß sie das Weiße Haus verlassen muß. Und das bedeutet, daß ich Lynn nicht so schnell den Rücken kehren kann, sondern bis zum Frühjahr hierbleiben muß und ihr helfen werde, ein anderes Haus zu suchen.

Frühjahr! Mariella stellte sich vor, wie die Apfelbäume blühten und wie die frischen grünen Blätter der Nußbäume und der Linden sprießten. Aber sie wußte auch, daß sie, solange sie hier bliebe, nie wieder unter den Bäumen am Red Mount spazierengehen konnte, ohne zu fürchten, das Herz würde ihr brechen. Immer würde sie an jene zauberhafte Zeit zurückdenken, als die Zweige mit Rauhreif bedeckt waren und Lord Darvill sie in die Arme genommen und von seiner Liebe zu ihr gesprochen hatte.

Sie hörte, wie unten eine Tür zuschlug. Mariella trocknete hastig ihre Tränen und erwartete, Lord Darvills Schritte auf der Treppe zu hören. Aber als die Zimmertür aufging, kam nicht der Graf, sondern Lady Melton ins Zimmer gestürmt.

Sie gab Mariella keine Gelegenheit zu sprechen, sondern zo sie derb aus dem Bett und zerrte sie aus dem Zimmer.

»Wie kannst du es wagen, nach Lynn zurückzukommen, du eigensinnige kleine Hexe?« zischte sie.

Unten an der Treppe fand Mariella ihre Stimme wieder.

»Haben Sie völlig den Verstand verloren, Lady Melton? Lassen Sie mich augenblicklich los!«

»O nein«, sagte Lady Melton drohend. »Du kommst mit,

irgendwohin, wo der Graf dich bis nach der Hochzeit mit Clara nicht findet.«

Mariella zuckte zusammen, als sich die scharfen Fingernägel der Frau in ihre Arme gruben. »Warum stört Sie meine Anwesenheit in Lynn, Lady Melton?«

Lady Melton lachte bitter. »Glaubst du, ich wüßte nicht, daß Lord Darvill dich liebt! Man sieht es seinen Augen an, wenn er dich anblickt. Und glaubst du, ich wüßte nicht, daß du ihn dazu bringen wolltest, mit dir nach Italien zu fahren und dort zu heiraten.«

»Aber...«

»Ich bin nicht so dumm, das kannst du mir glauben!« kreischte Lady Melton. »Ihr wolltet euch alle drei in Italien verstecken, du, Lord Darvill und seine Mutter, die Mörderin. Aber ihr sollt keine Gelegenheit dazu bekommen. Ich werde dich in einer meiner Hütten auf unserem Grundstück einsperren, bis Lord Darvill mit Clara verheiratet ist.«

Mariella fürchtete, Lady Melton habe den Verstand verloren. Sie holte tief Luft und wollte um Hilfe rufen. Aber in diesem Augenblick ging die Haustür auf und Lord Darvill stand vor ihnen.

Er war gefaßt und keineswegs überrascht, die beiden Frauen im Streit miteinander in seiner Halle anzutreffen.

»Kommen Sie in den Salon«, sagte er ruhig, aber energisch. »Ich möchte Ihnen beiden etwas sagen.«

Sein Tonfall war so bestimmt, daß Lady Melton Mariella losließ und vor Lord Darvill in den Goldenen Salon rauschte.

Sie setzte sich auf das Sofa und fragte herablassend: »Nun, Lord Darvill, was für ein Komplott haben Sie diesmal geschmiedet, um Ihre Hochzeit mit meiner Nichte zu verhindern?«

Lord Darvill lehnte sich lässig an den Kaminmantel und sagte:

»Heute früh traf ein Bote mit einem wichtigen Dokument in Lynn ein. Wegen des Wettersturzes konnte er mir das Dokument nicht sofort aushändigen und wurde zum Vine-Hotel gebracht, um sich von den Anstrengungen seiner Reise zu erholen.«

Der Fremde, von dem mir der Wasserträger erzählt hat, dachte Mariella.

Lord Darvill nahm ein Pergament aus der Tasche und hielt es Lady Melton hin.

»Sie sehen, daß dies ein unterzeichnetes Geständnis meiner Mutter ist, in dem sie zugibt, daß sie meinen Vater erschossen hat.«

Beide Damen keuchten, Mariella vor Entsetzen und Lady Melton triumphierend.

»Das ist aber sehr zuvorkommend von Ihnen, daß Sie mir direkt in die Hände spielen, Lord Darvill, und mir ein unterzeichnetes Geständnis Ihrer Mutter aushändigen.«

Lord Darvill lächelte. Aber als er Lady Melton ansah, erreichte das Lächeln seine Augen nicht.

»Erlauben Sie mir, ein wenig vom Hintergrund dieses Geständnisses zu erläutern, Lady Melton. Vor einiger Zeit schrieb mir meine Mutter aus Florenz, sie beabsichtige, wieder zu heiraten, und zwar einen italienischen Grafen. Sie schrieb, wenn sie heirate, habe sie etwas sehr Wichtiges im Zusammenhang mit dem Tod meines Vaters vor. Als ich heute von der Ankunft eines Boten in Lynn erfuhr, dachte ich mir, daß es ein persönlicher Abgesandter meiner Mutter und ihres jetzigen Mannes, des Grafen, sei.«

Lady Melton gähnte. »Ich kann mir nicht vorstellen, weshalb Sie glauben, die neueste Romanze Ihrer Mutter sei von geringster Bedeutung für mich, Lord Darvill.«

»Sie ist sogar von großer Bedeutung«, sagte Lord Darvill mit eisiger Stimme. »Erstens, weil meine Mutter sich der Jurisdiktion des englischen Gesetzes entzieht, indem sie einen Italiener heiratet. Sie schrieb ihr Geständnis, sowohl um ihr eigenes Gewissen zu reinigen, als auch um mich vor den Gerüchten zu schützen, ich hätte meinen Vater ermordet. Weil sie jetzt mit einem Italiener verheiratet ist, kann sie trotz des Geständnisses nicht hier vor Gericht gestellt werden. Zweitens, Lady Melton, wenn Sie sich die Mühe geben, das Geständnis zu lesen, werden Sie feststellen, daß Sie die Ereignisse der Nacht schildert, in der mein Vater starb – wie sie den Blauen Salon betritt, ihren Mann in einer intimen Umarmung mit einer anderen Frau antrifft, sie nennt den Namen dieser Frau...«

Mariella schrie auf, als Lady Melton wütend aufsprang, um das Geständnis ins Feuer zu werfen.

Aber Lord Darvill war schneller. Er entriß ihr das kostbare Papier und schleuderte sie zurück auf das Sofa.

»Ja«, sagte er verächtlich. »Sie waren es, Lady Melton, die meine Mutter in den Armen meines Vaters fand. Sie waren da, als meine Mutter die Pistole abdrückte, und Sie flohen durch das Fenster, da sie den Skandal fürchteten. In Ihrer Eile stießen Sie die Lampe um, die das Haus in Brand steckte.«

»Ich... ich... muß nach Hause«, murmelte Lady Melton.

Lord Darvill nahm ihren Arm und führte sie in die Halle.

Er kam nicht sofort zurück, aber Mariella hörte ihn zornig sprechen.

Sie setzte sich auf das Sofa, von wo man bei Tag auf den See hinausblickte, auf dem Lord Darvill ihr das Schlittschuhlaufen beigebracht hatte. Aber an diesem Winterabend waren die Seidenvorhänge zugezogen.

Schließlich kam Lord Darvill zurück. Er war ernst, aber zufrieden. »Sie ist fort! Und ich bin sicher, daß sie nie wieder öffentlich über den Tod meines Vater sprechen wird.«

»Das kann ich mir denken«, sagte Mariella nachdenklich. »Weiß Lord Melton von ihrer Liaison mit deinem Vater?«

»Ich glaube nicht. Vermutlich weiß er auch nichts von den anderen Aktivitäten seiner Frau... Aktivitäten, die Lady Meltons Wunsch erklären, das Weiße Haus zu besitzen. Lady Melton ist einer der wenigen Menschen, die von dem Durchgang zwischen dem Weißen Haus und der Priory Lane eine Ahnung haben.«

»Aber wenn sie von dessen Existenz wußte, warum hat sie dann nicht die Miliz dorthingeführt, als sie dich suchten? Sie mußte doch vermutet haben, daß du den Tunnel benutzt, der zu deinem eigenen Haus führt?«

»Sie wollte nicht kundtun, daß der Tunnel brauchbar ist, sie wollte ihn selbst benutzen, sobald das Weiße Haus in ihrem Besitz war, und zwar aus Zwecken, die die Behörden mißbilligen würden. Kurz, Lady Melton ist diejenige Person in Lynn, die unseren Feinden, den Franzosen, Nachrichten übermittelt hat.«

»Sie hat spioniert?«

»Ja, seit vielen Jahren. Denke daran, einflußreiche Männer kommen zu ihr zu Tisch, und durch arglose Fragen hat sie viele wertvolle militärische Geheimnisse von ihnen erfahren. In London war es bekannt, daß irgend jemand in Lynn Informationen an die Franzosen weitergab. Deshalb wurde Sir James Linton hierhergeschickt, um den Verräter zu entlarven.«

»Statt dessen stach er in ein Hornissennest, indem er sich in deine Arbeit einmischte.«

»Ja, deshalb war ich damals in der Red Mount-Kapelle so wütend auf ihn«, bestätigte Lord Darvill. »Ich habe Linton mißtraut, seit ich mit euch allen im Weißen Haus zu abend gegessen habe. Denn für einen Mann, der sich angeblich für Kirchen interessierte, machte er mehrere Fehler, und der größte davon war seine Erklärung, Dr. Burney sei Organist in St. James gewesen. In Wirklichkeit hätte ein Mann von seinen angeblichen Kenntnissen wissen müssen, daß Dr. Burney in der St.-Margarets-Kirche Organist gewesen war.«

Mariella sank in die Kissen zurück. »Was wird nun mit Lady Melton geschehen? Wirst du sie verhaften lassen?«

»Nein, ich habe ihr eine Standpauke gehalten und ihr gesagt, um ihres Mannes und ihrer Familie willen würde ich nichts unternehmen, aber nur unter der Bedingung, daß sie künftig keinen Verrat mehr begeht. Ich ging hart mit ihr ins Gericht.«

Das konnte sich Mariella gut vorstellen. Lord Darvill war zu großer Zärtlichkeit fähig, aber er war kein Mann, der sich übertölpeln oder erpressen ließ.

»Ich frage mich, weshalb sie ihr Vaterland überhaupt verraten wollte«, überlegte Mariella.

Der Graf zuckte die Achseln. »Ich glaube, sie hatte in ihrer Jugend eine unglückliche Liebe zu einem Franzosen, und sie hat ihre romantische Zuneigung für Frankreich nie verloren.«

»Jetzt darf Tante Emilia im Weißen Haus bleiben, das sie so liebt?« fragte Mariella.

»Natürlich«, sagte Lord Darvill lächelnd. »Wie eine jede Lady Darvill darfst du entscheiden, wer künftig darin wohnt.«

Er nahm sie in die Arme. »Als Lady Darvill wirst du viele angenehme Entscheidungen treffen, Mariella. Möchtest du gern verreisen?«

Sie sah ihn mit leuchtenden Augen an. »O ja, nach Europa natürlich, und – glaubst du, es wäre möglich, in die Neue Welt zu fahren?«

Er lachte und streichelte ihr blondes Haar. »Nachdem wir jetzt zusammen sind, meine Liebe, ist alles möglich.«

»Zusammen!« Mariella lächelte, als sie an das wunderbare Leben dachte, das nun vor ihnen lag. Sie wußte, daß sie, so weit sie auch in ferne Länder reisen würden, immer gern nach England zurückkehren würde, in dieses herrliche Haus, das bald ihr Heim sein würde. Hier, bei dem Mann, den sie liebte, lag ihr wahres Glück.

»Erinnerst du dich an die Nacht, in der wir uns kennengelernt haben?« fragte sie.

»Wie sollte ich das je vergessen«, sagte er. »Aber am stärksten erinnere ich mich daran, wie sehr ich mich danach sehnte, dich in meine Arme zu nehmen und dich zu lieben.«

Mariella hielt den Atem an, als sie die leidenschaftliche Botschaft in seinen Augen las. Als er ihr Gesicht zu dem seinen hob, gab sie sich voll Freude seiner Liebe und der Seligkeit seiner Küsse hin.

HEYNE BÜCHER

DER GROSSE LIEBESROMAN

Romane voll Abenteuer und Leidenschaft, aus Historie und Gegenwart.

28/57 - DM 6,80

28/58 - DM 6,80

28/59 - DM 6,80

28/60 - DM 6,80

28/61 - DM 6,80

28/62 - DM 6,80

28/63 - DM 7,80

28/64 - DM 6,80

Caroline Courtney

international gerühmt als „die neue Georgette Heyer"

BASTEI-LÜBBE TASCHENBÜCHER

■ **BEATRICE**
Sieg des Herzens
10159/DM 4,80

außerdem:

■ **ISABELL**
Brau wider Willen
10114/DM 4,80

■ **ANGELINA**
Entführung bei Nacht
10121/DM 4,80

■ **MARILYN**
Die schöne Lady und der Lord
10127/DM 4,80

■ **DIANA**
Flucht ins Glück
10139/DM 4,80

■ **JESSICA**
Die widerspenstige Erbin
10148/DM 4,80

■ **MADELEINE**
Rettung aus höchster Not
10168/DM 4,80

SELINA
Flammen der Leidenschaft
10318/DM 4,80

GOLDMANN TASCHENBÜCHER

■ **VANESSA**
Doppelspiel des Glücks
6596/DM 5,80

außerdem:

■ **LUCINDA**
Geheimnisvolle Liebe
3965/DM 5,80

■ **DAVINIA**
Königsweg der Liebe
3994/DM 5,80

■ **OLIVIA**
Triumpf der Liebe
6361/DM 5,80

■ **CARINA**
Die Liebeswette
6401/DM 5,80

■ **MIRANDA**
Auf verbotenen Wegen
6406/DM 5,80

■ **STELLA**
Sehnsucht des Herzens
6373/DM 4,80

■ **ARABELLA**
Ein Herz fängt Feuer
6485/DM 5,80

HEYNE TASCHENBÜCHER

■ **AMANDA**
Die russische Affäre
01/DM 5995/DM 5,80

außerdem:

■ **CLARINDA**
Die Herzogin in der Maske
01/5789/DM 5,80

■ **CLARISSA**
Liebe im Schatten der Angst
01/5829/DM 5,80

■ **VERENA**
Die Königin der Ballnacht
01/5878/DM 5,80

■ **ANTOINETTE**
Der Ruf des Herzens
01/5962/DM 4,80

CAMILLA
Das Geheimnis des Blutes
01/6047/DM 5,80

FRANCESCA
Die zwei Gesichter einer Frau
01/6085/DM 5,80

JEANNETTE
Die Liebe einer Nacht
01/6247/DM 5,80

MARIELLA
Die Macht der Leidenschaft
01/6305/DM 5,80 (Dez.'83)

■ Deutsche Erstveröffentlichung